年百部篇正典

孟繁华　主编

晚霞消失的时候　礼平

北极光　张抗抗

北方联合出版传媒(集团)股份有限公司

春风文艺出版社

·沈阳·

图书在版编目（CIP）数据

晚霞消失的时候 / 礼平著. 北极光 / 张抗抗著. —
沈阳：春风文艺出版社，2018.7（2022.1重印）
（百年百部中篇正典 / 孟繁华主编）
ISBN 978 - 7 - 5313 - 5462 - 8

Ⅰ. ①晚… ②北… Ⅱ. ①礼… ②张… Ⅲ. ①中篇小
说 — 小说集 — 中国 — 当代 Ⅳ. ①I247.5

中国版本图书馆CIP数据核字（2018）第086873号

北方联合出版传媒（集团）股份有限公司
春风文艺出版社出版发行
http://www.chunfengwenyi.com
沈阳市和平区十一纬路25号　邮编：110003
北京一鑫印务有限责任公司印刷

选题策划：单瑛琪	**责任编辑**：刘　维
封面设计：琥珀视觉	**责任校对**：于文慧
印制统筹：刘　成	**幅面尺寸**：145mm × 210mm
字　　数：218千字	**印　　张**：9
版　　次：2018年7月第1版	**印　　次**：2022年1月第4次
书　　号：ISBN 978-7-5313-5462-8	
定　　价：42.00元	

百年中国文学的高端成就

——《百年百部中篇正典》序

孟繁华

　　从文体方面考察，百年来文学的高端成就是中篇小说。一方面这与百年文学传统有关。新文学的发轫，无论是1890年陈季同用法文创作的《黄衫客传奇》的发表，还是鲁迅1921年发表的《阿Q正传》，都是中篇小说，这是百年白话文学的一个传统。另一方面，进入新时期，在大型刊物推动下的中篇小说一直保持在一个相当高的水平上。因此，中篇小说是百年来中国文学最重要的文体。中篇小说创作积累了极为丰富的经验，它的容量和传达的社会与文学信息，使它具有极大的可读性；当社会转型、消费文化兴起之后，大型文学期刊顽强的文学坚持，使中篇小说生产与流播受到的冲击降低到最低限度。文体自身的优势和载体的相对稳定，以及作者、读者群体的相对稳定，都决定了中篇小说在消费主义时代能够获得绝处逢生的机缘。这也让中篇小说能够不追时尚、不赶风潮，以"守成"的文化姿态坚守最后的文学性成为可能。在这个意义上，中篇小说很像是一个当代文学的"活化石"。在这个前提下，中篇小说一直没有改变它文学性的基本性质。因此，百年来，中篇小说成为各种文学文体的中坚力量并塑造了自己纯粹的文学品质。中篇小说因此构成百年文学的奇特景观，使文学即便在惊慌失措的"文化乱世"中也取得了令人瞩目的艺术成就，这在百年中国的文化语境中不能不说是一个奇迹。作家在诚实地寻找文学性的同时，也没有影响他们对现实事务介入的诚恳和热情。无论如何，百年中篇小说代表了百年中国文学的高端水平，它所表达的不同阶段的理想、追求、焦虑、矛盾、彷徨和不确定性，都密切地联系着百年中国的社会生活和心理经验。于是，一个文体就这样和百年中国建立了如影随形的镜像关系。它的全部经验已经成为我们最重要的文学财富。

编选百年中篇小说选本，是我多年的一个愿望。我曾为此做了多年准备。这个选本2012年已经编好，其间辗转多家出版社，有的甚至申报了国家重点出版基金，但都未能实现。现在，春风文艺出版社接受并付诸出版，我的兴奋和感动可想而知。我要感谢单瑛琪社长和责任编辑姚宏越先生，与他们的合作是如此顺利和愉快。

入选的作品，在我看来无疑是百年中国最优秀的中篇小说。但"诗无达诂"，文学史家或选家一定有不同看法，这是非常正常的。感谢入选作家为中国文学付出的努力和带来的光荣。需要说明的是，由于版权和其他原因，部分重要或著名的中篇小说没有进入这个选本，这是非常遗憾的。可以弥补和自慰的是，这些作品在其他选本或该作家的文集中都可以读到。在做出说明的同时，我也理应向读者表达我的歉意。编选方面的各种问题和不足，也诚恳地希望听到批评指正。

是为序。

2017年10月20日于北京

目　录

晚霞消失的时候

礼 平

谁都有自己的经历。这些经历弥漫在生活的岁月中，常常被自己看得杂乱无章而又平淡无奇。但是，岁月流逝，当你在多少年后又回过头来看这些已经淡漠的往事时。你也许会突然发现，你早已在自己的人生中留下了一篇动人心弦的故事。

难道不是这样吗？多少人都是这样写出了，或者希望写出关于他们自己的小说。

我的经历也是这样的。在我的少年时代，我也和千千万万的普通少年一样，生活中充满了各种各样不值得那样欢乐的欢乐和不值得那样忧虑的忧虑。可是由于我生活在这样一个时代，我就有机会在自己的人生中留下了一段我永远也不能忘怀的往事。虽然我知道，我过去的生活平凡、平庸，而又平淡，但是我的故事中那些不平常的人物，却使我在想起他们的时候心情永远也无法平静。

下面，我就要来讲它了。当然，正像一切人的经历在被写成小说时都不可避免的那样，它的某些情节已不再真实。然而这故事的逻辑却是真实的。这样的事情，曾经发生并现在正发生在人间的各个角落，而且只要这个纷纷攘攘的世界还没有毁灭，这部踉踉跄跄的历史还没有了结，这样的事情就永远值得人们记取和回味。

记住吧，朋友，假如你能明白这故事的逻辑，并且能善处它，那么当这样的事情终于也来到你生活中的时候，你不知会从中免去多少你能够免去的痛苦，更不知会得到多少你应该得到的幸福……

第一章　春

在春暖花开的时候，少年的梦，总是非常香甜、深沉。在我的故事开始发生的那天早晨，我也曾经做过这样一个梦。我不能说，那神奇美妙的梦境与我后来的经历有什么联系，然而梦是这样一种东西：它好像没有发生过，又好像确实发生过；它不是你命运中任何事件的原因，却常常导致你的生活中发生些什么。所以我不能忘记那个梦。而且，至今我都常常怀疑：梦，乃至一切虚假空幻的东西，对于人的生活是否真的那样无足轻重？

那天晚上，宁静的月光，从玻璃窗外洒进房间，照得遍地清辉如水。窗外那清新的月色使人神清气爽，睡意全消。于是我从床上坐起来，悠然走出门外，踏进了无边无际的原野。一条洒满月光的小路，正舒展着长长的身躯，指向远方的群山。夜晚的凉风，从原野上轻轻吹来，遍地的鲜花在月色中拂动。天空中，烟波浩渺的银河从天幕的这一端流到另一端。明镜般的月亮高高悬挂在宇宙深处，从那里发出美丽的光辉。

我步履飘然地踏上了那条小路，竟来到了一个神话般美丽的地方。

这是一个月夜的山谷，无数黑色的山峰高高地矗立在星光灿烂的夜空中，从四面八方把夜空围成一个镶有镂空花边的巨大的深蓝色玻璃盘。在山谷深处，一片明净的小湖，静静地躺在群山的怀抱中，像是在微憩，又像是在沉睡。天空浩繁的星河和黑黝黝的峰尖倒映在湖水深处，在微风吹起的阵阵涟漪中抖动。

当我的脚步踏上湖岸的时候，我身边的花草丛中突然惊起了一大片五色缤纷的蝴蝶。它们忽地惊飞四散，又聚拢起来，随着一阵轻风飘向湖面，在那里闪起一大片光辉！

我被这奇异的景象惊呆了。

那些令人目眩的蝴蝶开始莫名其妙地迎风起舞。忽然，它们成群地飘落湖面，无声无息地沉入水底。一瞬间，它们又飞出清波，直上夜空，在银河与繁星间闪烁。当它们在远处飘舞的时候，纷纷然就像是一片飞舞的火星；而当一阵轻风卷着它们从我身边群飞而过的时候，又像是流过千万团燃烧着的火焰，同时满空中都是金属碰撞的轻微响声。

这一切简直是一场神秘的魔术表演，把我的整个心灵都迷住了。于是我鼓起勇气，怀着一颗孩子的激动的心，冲着湖面，冲着山谷大声喊了起来："喂！这是什么地方？"

我的声音震动着那些飞舞的金翅，荡过湖面，消失在对岸的丛林中。

美丽的山峰静静地矗立着。蝴蝶仍在神秘地飞舞。湖水与山林一片寂静。

我开始怀着巨大的好奇心在湖岸上徘徊。就在这个时候，从对岸我声音消失的地方，又开始隐隐响起一阵轻柔缥缈的歌声。这歌声在微风中抖动着，由小而大，渐渐传遍整个湖面和山谷。

在这安详的夜色中，那歌声显得十分遥远而清晰，抑扬婉转，然而我却一个字也无法听清，我努力向歌声响起的地方望去，只见在那边山脚的林木中，正泛出一层微明。

我断定，那歌声一定是这片山林湖谷的主人，并且是这一切奇妙景象的操纵者。于是我拨开遍地的花草，踏着清寒的泥土，毅然决然地沿着湖岸向那歌声响起的地方走去……

然而正当我努力要在那浓密的天涯芳草中寻找一条小道的时候，似乎是从天外传来的一个熟悉而亲切的声音在我耳边大声响了起来，同时我的身体受到一阵摇撼。

"快起床吧，看都什么时候啦?"

梦中的山林湖水和蝴蝶、歌声顿时飞散得无影无踪。我使劲睁开眼睛，醒了。

晨光透过长长的窗帘，在房间里洒满柔和的光线，天已经这样亮了。我一挺身，从床上坐了起来。

"快点起来吧，孩子，你爸爸都起来很久了。"妈妈一边说着，一边走到窗前哗哗地拉开了窗帘。清晨的阳光，顿时满屋子倾泻开来。

我揉揉惺忪的睡眼，推开窗户，深深吸了一口清凉的空气，顿时睡意全消。

在这个春暖花开的早晨，整个城市已经开始活跃起来。这个世界的又一天生活开始了。对于那时的我来说，这是一种多么美好的生活呀！

我站在窗前用力运动了几下双臂，一边心满意足地回想着那令人愉快的梦境，一边动手穿衣服。但是就在这时，客厅里传来爸爸那浓重的江西口音："看看你桌子上的表！都什么时候了，还在睡觉？简直不像话！"

我赶紧穿好衣服，悄悄溜进盥洗室，心情不像刚才那样欢乐了。

爸爸似乎仍然在生着气。他很重地放下碗筷离开了桌子，回到自己房间，拿起了皮包准备去上班。但是他走到门口却并未走出去，而是隔着走廊冲我大声问了起来："喂！你今天上课要不要跟我的车一起走？"

我却吓坏了。

今天是他那个兵种的联合演习，他一早要赶到现场去，正好路过我们中学。本来，坐爸爸的汽车走上一段是件很美的事，这样的事在我考上中学后简直还没过。可是由于昨天晚上刚刚挨过爸爸的训，所以我今天真怕坐到他的车里去。

"不要，我得先上公园……"我连忙回答，但马上就知道这句话又答错了。

"又去玩吗？"果然，爸爸生气地把门砰的一声重新关上了。

"不，我每天都要去那里温习功课的。"我打着满脸的肥皂，伏在洗脸池上怯生生地说。

爸爸的脚步声向盥洗室传来，我的心跳得厉害起来了。

门口出现了爸爸威严的身影。他那身笔挺的军装今天好像有点吓人。我接着哗哗的水龙头，拼命冲着脸上的泡沫，尽量不去看他。

"骑车子去吗？"爸爸站在我身旁问，声音温和了一些。

"嗯。"

"时间够吗？"

"嗯。"

"光知道嗯！"爸爸没好气地说了一句，便把一件硬东西，放在镜台上，"上课不许迟到！"说罢，就转身走了。

走廊里传来爸爸下楼梯的声音，随后汽车的门在院子里砰的一声关上，一阵马达声很快远去了。

我这才放下心，擦干脸上的水珠抬起头来，这时我才发现，爸爸把他的手表给我留在镜台上了。

一阵感激和轻松，使欢乐又重新回到我的心头。我高高兴兴地抓起爸爸的大手表，松松垮垮地往手腕上一套，然后把毛巾丢在洗脸池里，飞快地跑回自己的房间。我把课本、作业和文具收进书包，抓起来就跑过客厅，只见爸爸没吃完的早点还放在桌上，于是我把它们也统统塞进书包，端起盛粥的小锅就匆忙地喝了起来。

这些举动，都被正准备上班去的妈妈看到了。她一边收拾文件，一边冲我喊道："又吃剩饭！你的饭在厨房里，自己去端！"

"不用！"我匆匆喝了几口，拉开门就往楼下跑。

"你就那么忙吗？"妈妈嗔怪地叫道，"吃饭都顾不得啦？"

这时我已经从楼梯底下推出自行车，跨上一条腿，就像出窝的燕子一样，一溜烟飞出了院门。

大街上，朝阳明媚，晨风清凉。我骑着车子，卷在上班人流的潮水中，沿着干净整洁的街道一直向公园飞去。

在这个公园的山后，有一片浓密的树林。树林中间，有一块绿草如茵的空地，那里有一座不知道是哪个朝代修下的石筑高台。这座高台已经倾颓破败了，四面的砖壁上长着灌木和青松，台顶上，汉白玉石的栏杆已经残缺不全。巨大的铺地青砖也破碎了。碎砖乱石中，长满了青苔绿草和星星点点的黄色或紫色的小花。在石台的东面，有一条台阶直通高高的台顶。

当我终于钻进这片空地，大步登上台顶，并坐在石栏杆上以后，快跑后的喘息和心跳很久才平息下来。

我环顾了一下四周，除了栏杆外面的青松伸出枝梢，在晨风中轻微地晃动外，一点声响也没有。

我打开书包，一边掏出点心啃着，一边拿出我今天早上必须温习的俄文课本。我皱着眉头翻了翻这门我最讨厌的功课，一种无可奈何的心情顿时涌上心头。我不禁深深地叹了一口气，昨天晚上在我房间里发生的情景，又浮现在了眼前……

"你把这一课给我背出来。"

爸爸此刻正和妈妈一起坐在我的桌子前面，手里拿着我的这本俄文书。由于背向台灯，他们的脸都很暗。

我规规矩矩地坐在床沿上，应付着这场不曾防备的考试。说实话，我根本无法把它背下来，因为那根本不是我们的作业。但爸爸向来是严厉的，在这种时候不容我不要强。我只好尽量背得快一些，管它对不对，只要显得熟练就有可能混过去。

这可真糟糕。三十年前，爸爸妈妈都在苏联学习过，这点俄文当然难不住他们。我的脸红了。

"一个学生，不老老实实地掌握功课，投机，取巧，这叫什么态度？"爸爸声色俱厉地说着，好像我是一个只知淘气的糟糕透顶的学生一样。这真使我满肚子都是委屈。

"爸爸！在学校里我的各门功课都是最好的，就是俄文我实在受不了，它实在太枯燥了。再说，我又不想当翻译，学好了有什么用！"我忍不住为自己争辩起来。

本来嘛！我在学校里所有功课都学得不错。不管是文史地还是数理化，我的成绩都足以叫爸爸自豪。这也没什么奇怪的，因为我从小就喜欢它们。但是俄语，它算什么呢？在学习的时候，整整一个班的中学生跟着老师喊什么："妈——妈""爸——爸""桌——子""椅——子"，我一点也不喜欢它，也断定我将来根本用不着。所以，去年考试，这门倒霉的功课使我破天荒第一次闹了个不及格。从那以后，爸爸就不再夸奖我，而是越来越严厉了。

"有什么用？"爸爸奇怪地看了妈妈一眼，"你看这样的问题有多奇怪！"

妈妈笑笑，什么也没说。

"我问你，"爸爸合上书放在膝盖上，"在我们的部队里，战士们天天要出操。可是齐步走和立正在作战中有什么用？难道有一个士兵提出这样的问题吗？"

我不说话，但我心里认为这完全是另一码事。

"谁也不能提这样愚蠢的问题。"爸爸继续说，"因为每一个军人都晓得，军队必须具备严格的纪律才能作战。而纪律在战争中不是一种手段，而是一种素质，你记住，是素质！一种素质比一百种手段都重要。那么，你们做学生的是否也需要一种什么素质呢？需要的。这种素质就是善于学习，善于记忆，善于思考。要知道学校里开了这样多的课程，并不仅仅是为了教给你们那些专门知识，不，这种全面的学习还在于培养你们一种善于学习的能力。善于学习，你懂吗？如果你能学到这一条，天下的本事都是你的！"

他说着，一根竖起的指头还在空中一挥，好像天下的本事都在这根指头上拴着，他想丢给谁就丢给谁似的。

"不错，你今天学的东西将来并不一定都会用得着。但是，我的孩子，你又怎么能知道你将来用得着什么，用不着什么呢？人是无法事先挑着有用的东西去学的。书到用时方恨少，学任何东西都不会多余!"

"孩子,你爸爸说得对。我们从前也学了很久俄语,到后来几乎一点也没用。但是那种学习却开阔了我们的眼界。它的好处现在我们还能感觉得到。"

爸爸对妈妈的插话很满意,特地向她点了点头。

"妈妈,我根本办不到!"我叫了起来,"没有兴趣的事我得花十倍的力气去做。您不知道为了这门倒霉的俄语我熬了多少夜了。今年市教育局难得举行的数学竞赛,我没有能得奖,就是死抠了俄语的过……"

"糊涂!"爸爸把书啪的一声放在桌子上,发火了,"我不要你去争什么竞赛,我要你的知识全面发展,我要你完成党交给你的所有学业!什么兴趣?那是你学习的出发点吗?年纪不小啦,孩子,不是你抱着木头枪趴在泥巴里玩打仗的时候了!"

爸爸把手撑在膝盖上,摆着威严的架势。我再也不说话了。

我坐在石栏杆上,轻轻叹了一口气:"唉,还得温习它呀!"

我拍拍手上的点心渣,收敛起那种无可奈何的心情,没精打采地翻到了昨天的那篇课文。

这是一篇糟糕透顶的课文,全课一句吸引人的话也没有,又那样长,简直没意思透了。我草草看了一遍,就打算把它背下来,但是不行,心里好像总不太踏实,于是我又看了一遍。果然,几个嬉皮笑脸的单词藏在字里行间,正狡猾地看着我。

我使了使劲,努力把它们的面目记住了。

可是当我再一次准备去背它的时候,却被一种什么声音吸引住了。我的心不禁一动。

这声音很轻，但是也很近，好像就在高台的下面。我仔细听了听，似乎是有个人在下面读着什么。

"怎么，这里已经有人了？"对于有人闯进这寂静的小天地，我心中感到几分不快。

我悄悄跳下地，轻手轻脚走到对面，用手指顶着栏杆向下望去，马上就发现了这个"入侵者"。这是一个穿着淡蓝色外衣和浅灰色长裤的女孩子。她正横坐在一尊张牙舞爪的青灰色石兽的背上，聚精会神地读着手中一本厚厚的外文书。因为她低着头，所以我完全看不清她的脸，只能看到她的不算长的双辫搭在肩后，再就是那白色的衬衫领口。这个女孩子悠然自得地读着，一边读一边还不停地来回晃动着两条长长的伸出去的腿，根本不会想到附近早已有了人。天晓得她是什么时候跑进来的。

此刻，几束阳光正挤进树叶的缝隙，倾泻在她周围的草地上。这个神态安详的女孩子，和那尊昂首怒目的石兽，坐落在一片晴翠之中，构成了一幅十分巧妙而醒目的图画。

我退回来，心中茫然了。

该怎么办呢？溜掉？去路已被她挡住了。从后边跳下去？又太危险。悄悄地猫在这里？可躲在一个女孩子附近偷听人家读书算怎么回事呢？要不，读我自己的！唉，那可不行，我这蹩脚的俄语叫她听到会笑掉牙的——我可领教过这些女孩子的厉害。有时你要是什么事没弄好，一个女孩子的嘲笑比一班男生的哄堂大笑还叫人难堪呢！我真有些打不定主意了。

下面的朗读声断断续续地传上来。很快我便听出那不是俄文而是英文。由于平时接触的读物趣味迥异，我对英文的兴趣反而更浓一些。但我从未发现我竟能从别人的朗读中听出一些单词和短语来。于是我一边在肚子里打着主意，一边怀着几分好奇听了起来。

下面念出了一个长句，我听出一个词是"王冠"。记得在和一个同学谈天中偶然讲到它的时候，我一下子就记住了。但她那句的完整意思我听不懂。

她又一口气念了一个整段。由于她读得太快，我只听出最后一个词是"命运"。但是前面那个词我没听清，所以弄不清是个好的命运还是个糟的命运。

她念得简直太棒了。又有一个清晰的词是我非常熟悉的，但一时又忘了。我咬着嘴唇想了半天，终于想起了那句欧洲名言："彼以剑锋创其始者，我以笔锋竟其业。"这名言大概与拿破仑有关。她念的那个词就正是这里面的"宝剑"。

王冠？……命运？……宝剑？……

她念的究竟是什么呢？我不禁被吸引住了。那一连串和谐的元音说明这是一首长诗。随后我又断断续续听出一些关于宫廷谋杀和贵族决斗的只言片语，这又说明那一定是一篇非常精彩的古典故事。这可真使我大大地嫉妒了起来，因为我这个蹩脚的俄文学生要听懂它是无论如何不可能的。

"反正我听不懂！"我这样想着，低头看看手中那本露着一副苦相的俄文课本，开始想到我的功课了。是呀，人家倒是念得扬扬得意，可我总不能叫她给困在这里不得脱身哪！

真是"急中生智"，我考虑了半天，终于想出了一个办法：将她轰走！我想，只要我突然爆发出一阵大喊大叫，她一定会吓得赶紧离开的。

主意一定，心里就踏实多了。我憋足了一口气，冲着天上，冲着半空中那根倒挂的藤萝，突然爆发出一连串的大叫。这叫声是这样响，把我自己都吓了一跳。我从来也没有这样念过外文，而这样的喊叫一经开始就再也无法收住了。那一连串的俄语单词，就像是被轰出笼子的鸡一样，叫着，扑打着，乱七八糟地飞向空中！

我紧张得心都不跳了。偏偏这个时候，一个突然忘掉的单词卡住了这场热闹。

"该死！"我暗暗骂了一句。但"急中生智"又一次救了我。我把一个现成的短句送了出去，立即把这一串叫破天的外国话结束了。那句和课文毫不相干的短句实际上是："滚开，女学生！"

树林中突然陷入一片寂静。高台下面更是静得出奇。这林子好像突然受到一阵暴雨的洗劫似的，一切都被冲刷得干干净净，什么也没有了。

好久，下面书包中的铅笔盒哗哗响了一下，同时听到那个女孩子轻轻跳下草地的声音。但随后而来的不是匆忙的急跑，而是一阵稳稳当当的脚步声沿着那台阶传了上来。

脚步越来越近。在台阶口那里开始露出一个女孩子好奇张望的脸庞，随后是双肩、上胸、半腰、全身。当一个女孩子已经完完全全走上台顶，并端端正正地站在台阶上的时候，我才猛地省悟过来：下面那个女孩子没有逃走，而是找上来了。

我警惕地从栏杆上面滑下来："干什么？"

"不干什么。"对方平静地回答。

"不干什么你为什么上来啦？"

"看看不行吗？"

"看看？这儿有什么好看的？"

"想看看。"

"那你看吧。真讨厌！"我嘟哝着，转过身去。

可是她突然在我背后笑起来，好像挺快活似的向我说："我听出来，刚才你有一句话说错了。"

"什么?"我腾地跳起来，简直不相信自己的耳朵。我长这样大了，从来就不曾有一个女孩子敢在离我这样近的面前向我说："你错了!"

我不禁仔细打量了一下对方。

这是一个挺清秀的女孩子，她的眉毛又细又长，一双眸子简直黑极了。她把头发大大方方地拢在耳后，露着聪颖的前额，显得神清气爽。此刻，她正用几分好奇的眼神看着我，好像我不是一个随时都会向她发火的男孩子，而是一只和和气气的大熊猫一样。这种打量真使我格外恼火。

"错啦? 哪儿错啦?!"

"俄文的'离开'，你是怎么说的?"她认认真真地问道，连眼睫毛都不眨一下，"你用的是命令式。那不是叫人家滚开吗?"

"滚开? 我没那个意思。"

"那你是什么意思呀?"

"我又没说你!"

"那你是在说谁呀?"

"我，我爱怎么说就怎么说——我温习功课呢!"我气得脸上发烧。

"'滚开，女学生'也是你的功课?"她竟毫不退让。

叫一个女孩子这样追问简直不成体统。我气得叫起来："天哪，哪儿冒出你这么个宝贝来? 咱们谁也不要打扰谁好不好?"我知道我已经窘极了。

"哟! 我以为这个高高在上的人多凶呢。原来也会叫天哪!"

她快活地大笑起来，又尖又脆的笑声震得树叶沙沙响，好像对自己这调皮的玩笑十分得意似的。

"哼！岂有此理！"我瞪了她一眼，对这个又活泼又大胆的女孩子毫无办法。

"岂有此理？你叫人家滚开岂有多少理？"她仍然笑容可掬地看着我，嘴里可是一点台阶也不给我下。

"讨厌，简直是讨厌得要命！"我狠狠地白了她一眼，转身就去拿我的书包。这次亏只能吃到这里为止了，我必须赶快脱身走掉。但就在这时，我大难临头了。由于气急败坏，我跨出去的脚投错了方向，竟对着石栏杆的一处缺口迈了出去！

那个女孩子立即就发现了危险，脸色刹那间大变。她猛地扬起手惊呼了一声"小心"，便不顾一切地冲上来拉我。可是已经完全来不及了。我虽然赶紧收住了脚，身体重心却已经完全移到边缘外面去了。我的手臂徒劳地在空中划了两下，整个身体便迅速向外倒下去。

那个女孩子冲上来，一把抓住了我的后衣襟，而这是一个相当危险的动作：这会使我们叠床架屋似的一起摔下去。

但是正像人在猝然发生的危险中常会有的那样，当时我还来不及惊慌。对这场危险的恐惧差不多是过了好几天以后才笼罩了我的心头的。在那个间不容发的刹那，我只是飞快地判断了一下眼前的地形和环境，便使劲挣开她的手，对准了台壁上一根粗壮的松枝，同时两脚用力一蹬，就扑了出去。

身后传来一声悲惨的惊呼。但是我成功了。这决定性的一跃，使我准确地抓住了那根松枝，随后便高高地吊在了上面。

我抬起头，看到那个女孩子已经扑到石栏杆上，正惊恐万状地探出身子，向下面的草地上寻找已经摔得半死的我。当她终于在松枝间发现我已平安地吊在这根救命的"单杠"上晃来晃去时，不禁"呀"地长舒了一口气，精疲力竭地一下子靠在了栏杆上。

"真吓死人了！"她万分庆幸地说了一句后，便大着胆子伸下手来，"拉住我！"

"不用，小心你也掉下来！"我咬着牙，双臂一收，一侧身坐上了树杈。然后又攀住砖缝，登上台壁，翻过栏杆重新回到了台顶上。直到这时，我才意识到我是从一种多么危险的灾难中幸存了下来。

这时，那个女孩子正站在我身边，使劲地绞着双手，两眼万分抱歉地看着我，似乎这一切过错都是她给我带来的。我则尽量不去看她，努力显得满不在乎地拍去了手上和裤子上的灰尘。我知道，经过了这场不大可也不小的变故，我刚才的窘态早已飞出九霄云外，现在该轮到她为难了。

"我……"她似乎在犹豫该说些什么，但突然想起似的把我上下打量了一下，"啊，没有伤着吧？"

"没有。"我的心已经开始后怕得咚咚跳。

"真危险。要不是那根树杈，结果真不堪设想！"

"哼，起码摔个半死！"

"这都是我惹的祸。我……我真不知该怎么向你道歉才好！"她倒并没有犹豫多久，就直截了当地表示了对一个女孩子来说是多么难言的歉意。我不禁看了她一眼。只见她脸上正露着一般女孩子很少有的那么一种坦率而诚恳的神情。我的心一下子被感动了。

"没关系，又不怪你。"这不但是表示宽容，也是表示镇静，其实本来也不能怪她。

“万一你摔下去，那我一个人真是一点办法也没有了！”

“那只好听天由命了！——这个鬼地方，真他妈……”话一出口，我马上意识到又要坏了，脸不禁呼的一下红了起来。不过她似乎并未在意。“反正只要有个什么东西。我总能抓住的。”老实说，这可是有几分吹牛。因为刚才那根树枝再稍微远一点我就完了。然而她对我的话竟信服得要命。

“这我看得出来，”她宽慰地笑笑，“你刚才并没有慌，一点也没慌。如果你挣扎着不下去，那一定坏了。可你竟一不做，二不休地跳了下去。我还以为你成心想寻死呢！”

我开心地大笑起来：“是吗？我真像一个跳崖寻死的吗？”

“那倒不像！倒是……”她咬着嘴唇想了一下，便笑着说，“倒像是一头扑出去的豹子。”

豹子！这可真叫我喜出望外。因为这恰恰是我十分喜爱的一种身手矫捷的猛兽。看来，刚才我就是以这样一个形象从她的视线中消失的。这无疑给她留下了非常深的印象。从她那惊恐犹存的钦羡神情中，我知道我已经在这个陌生的女孩子眼中一下子变成了一位凯旋的英雄。我不禁万分得意地晃了晃脑袋：“只要摔不断脊梁，我倒愿意当个豹子。不过那根树杈，我是死活再也不上去了。”

这句话终于逗得她也和我一样地大笑起来。我们那愉快的、毫无顾忌的笑声互相交织在一起，震动了整个树林。直到今天还在我心头回荡。

然而她似乎仍在想着一个我极力想避免的话题：当一切误会和意外都消除了以后，她显然在打算向我告辞了。

“你知道刚才我为什么上来吗？”她问。

"不是因为我叫你滚开吗?"我一边笑着回答,一边重新坐到了栏杆上。

"不,我是想上来道个歉的。因为我一点也不知道这里已经有人了,所以打扰了你。"

"哪里,你又不是成心的。再说这地方又不是我的。"

"可是起码我可以不作声。所以我想道个歉就换个地方。想不到刚说了几句话你就摔下去了。"

我们又笑了起来。可是,我能说什么呢? 此刻,她正亭亭玉立地站在面前等着我的回答,似乎我只要说一声"算啦,没事",她马上就会很礼貌地告辞走掉,从此便永远消失在这个世界上。然而这时,她的出现却早已给这片树林带来了一种动人的气息。这是我从来没有感觉过的。这气息从她身上散发出来,如此强烈地影响着我的心,使我无论是在与她谈笑还是对她假装生气的时候,都怀着一种从未有过的隐隐的激动和欢乐。这种复杂的感觉和心情,在我心中张开了一张无形的网,极力想去遮挡她告辞的路。无论如何也不愿意她这样快就悠然离去。可是,我能说什么呢?

我无可奈何地看了她一眼:"道歉? 不作声? 都随便。反正我是看不下去了。"

"怎么啦?"

"热闹了这么半天,你还能看书?"

"真是,我也没心看了。"她想想,笑了。

"你也在温习外语吗?"

"我在看课外书,瞎翻。你呢?"

"我也是,温习不温习都行。"

"那干脆谁都别温习了呗!"

这实际上已经是友好的邀请了。我看看她，她正用征询的眼睛看着我，显然很愿意用聊聊天来消磨这剩下的时间。于是我把课本往书包中一塞，又像赶走什么似的把手一挥："对，谁也不温习了！"

　　至此，我们已经获得了充分的谅解，并从心底深处感到在一起谈一谈是件很愉快的事。最初的对立早已冰消雪融了。就这样，在这片春光明媚的树林中，在这座古老的高台上，我忘掉了手中的功课，忘掉了父亲的责备，忘掉了世界上正在发生的一切事情，平生第一次和一个少女开始了长谈……

　　"你也在念外文？"现在，她也坐在了石栏杆上，舒适地靠在雕有小狮子的柱子上。她一只脚低垂在地面，另一只脚则钩在它膝盖后面，使我又想起她坐在下面石兽背上的情景。

　　"对，我在念俄语。"我答道。

　　"大概你很不喜欢。"

　　"你怎么知道？"

　　"因为你念得不太好。"她还是那么直截了当，批评起人来一点弯子也不绕。我觉得有些不自在。

　　"这我承认。不过我下定了决心不学好它。"

　　"为什么？"她对这样的决心显然大为惊讶。

　　"不为什么，就因为它太枯燥！"

　　"枯燥？我也是学俄文的，可为什么我一点也不觉得枯燥呢？"怪不得她刚才一下子就听出了我轰她走的那句话。

　　"那我就不知道了。"我说，"反正那些干巴巴的单词真要了我的命。发音又那么难听，读得人舌头都转筋了。"我怀着几分恶作剧的心情，快活地报复起俄语来。

"瞎说！"她气愤得叫起来，连身子都跟着一动。我真怕她会掉下去。可她却坐得很稳。"你读过普希金的诗吗？没有？那你去读读吧，你去读读那是什么话吧！我想你会入迷的。"

　　"真可惜，我一篇也没读过。但我绝不会入迷，更不会神魂颠倒。"

　　"那么，你知道《渔夫和金鱼的故事》吗？"

　　"渔夫和金鱼？"我想起来，这童话是我很小就知道的。我得承认，那的确十分迷人。"那是故事，不是俄语。"我争辩道。

　　"是故事，也是俄语。"她不容争辩地肯定了这个结论。她用这样认真的努力来捍卫这样一个题目，使我觉得她简直有些可笑。但这种感觉马上就被她丰厚的外文知识彻底消除掉了。

　　她仰起脸略微回忆了一下，开始用流利的俄文为我背诵这首著名的长诗。这个外文造诣相当深的女孩子在念着那些不朽的诗句时，神情非常专注和严肃，仿佛她注视的不是一片空旷的树林，而是那部俄国童话的一幕幕场景。我静静地听着。虽然我不能全部听懂，但那铿锵的节奏和鲜明的韵脚，却在我的听觉上造成了强烈的乐感。我清清楚楚地听出了两个完全不同的主角在对话：一个是那条美丽的金鱼，一个就是那位诚实而懦弱的老渔夫。她胸膛深处那感情的回声，将我的心深深地打动了。

　　"……于是渔夫走向大海。看见海面滚动着黑色的波涛。激怒的海浪在奔驰着，咆哮着。他开始呼唤。金鱼向他游来，问道：'您还要什么，老爹爹？''鱼姑娘，做做好事吧。我怎样才能对付那该死的婆娘？她不愿再做地上的女皇，她要做海上的女霸王，要您亲自在海上将她侍奉……'金鱼什么也不再讲，她转身游进深深的大海，尾巴在水中轻轻一摇……"

她译出了这些诗句。我知道，这一幕已经接近那条金鱼一去不复返的尾声了。

这些诗句，在我面前展开了这部童话的奇丽场面：大海在阳光下闪着金光；海面上翻涌着深蓝色的波涛；海底，是雄伟水宫的尖顶，而在晶莹透澈的海水中，游动着那条美丽而神奇的小金鱼。……突然，白浪滔天的海面上乌云密布，沙滩上，就孤立着那架先后变成过漂亮的木房、富丽的庄园、雄伟的城堡和金碧辉煌的宫殿的小泥棚……

直到现在，我好像才领悟过来，俄语，它根本就不是中学课本中的那些枯燥乏味的东西。在那广阔的俄罗斯的土地上，它为那个民族哺育了多么富丽堂皇的文学呀！

我望着这个我后来永远也没能完全了解的女孩子，深深地折服了。

现在，我已经清楚地看出来，她完全不是一个泼辣尖刻的女孩子。她大胆，但这大胆是为一种想了解对方的好奇心所驱使；她活跃，这活跃也同样是受到一种想和对方保持融洽关系的愿望的鼓舞。而一旦两相投契，她就会向更深的了解来发展她和你的关系。这时，她听你讲话时会很认真，思索你的问题也会很深沉，而当她自己说的时候，尽管坦率而轻松，但神态中仍会隐隐保持着所有女孩子都会有的那种拘谨。我头一次在自己的眼睛后面仔细地观察一个人，而现在，我用我一颗少年的心感觉到：我面前的这个女孩子和我见过的一切女孩子都不同。她的学识，她的性情，她的品格，她的一切内在的气质，都比她表现出来的要丰满、充沛得多！

当我想着这些的时候，她已经离开童话世界，迅速回到了我几乎已经忘掉的话题上："这难道不是一种最美的语言吗？你却说它难听！我真不明白，你们这些男孩子如果对什么东西不满意，为什么马上就会说出一些那样难听的话来呢？"

想起刚才的事，我哈哈大笑起来："那倒是，骂人在我们简直是家常便饭呢！"

她脸上掠过不满："干吗要这样呢？不是人人都知道这样很不好吗？"

"人人？不，我就认为这很好！"当我明白这个女孩子实际上很老实的时候，天晓得我怎么突然想到和她开开玩笑。

"好？"她果然睁大了眼睛，"骂人还好吗？"

"究竟又坏在哪里呢？"我反问。

"野蛮。"她斩钉截铁地回答。

"野蛮？你可不知道这点野蛮对于一个男孩子多么重要。谁的性格中要是没有几分野蛮，他就是一个软蛋，就别想在大家中间立足。"

"我不信。我不信在你们中间没有友谊，只有强权。"

"强权？好大的字眼！如果得不到朋友的钦佩还能有什么友谊？不，我说的野蛮是一种强有力的性格，并不见得就是对别人的冒犯。就说骂人吧，它有时连自卫都不是，因为根本没有对象。常常有这种事：左右为难的时候，一声'他妈的'就下了决心；遇到挫折，一声'滚他娘的'就把烦恼忘得一干二净；就是吃了天大的亏，拍案而起的一声'混蛋'，也比唉声叹气强得多！"

"哟！"她几乎大笑起来，"骂人还有这么多优越性？可即使在这些事情上，文明点不是更好一些吗？"

"这又怎么分得开呢？文明和野蛮就像人和影子一样分不

开。《奥德赛》和《伊利亚特》你看过吧?"我说的是当时绝少见到的书,但她点了点头,"全部《荷马史诗》,都是关于那场远征特洛伊城的战争的。也就是说,在一场最残酷的古代战争中,产生了一部最美丽的古代神话。它们能分开吗?希腊神话是文明的故事还是野蛮的故事?"

她的眼睛一亮,显然被一种意想不到的思想触动了,不禁直瞪瞪地望着我。

"阿伽门农为了当统帅而将女儿送上了祭坛,希腊人为了夺回一个海伦而将整个特洛伊城夷为平地,连整个奥林匹斯山上的诸神都卷入了人间的这场阴谋与厮杀。可是人们感到了什么?怕不是愤怒和不平吧?你自以为信奉文明,可你自己又怎么样呢?奥德赛在地中海里漂泊了十一年才回到故乡,你不是也津津有味地欣赏着他那些数也数不清的苦难吗?那你的文明又在哪儿呢?"

她被弄迷惑了:"……真是。那些故事说起来也够凶残的了,可是却感动了人们三千年。我们到底是喜欢它的一些什么呢?人真奇怪:他们常常反对和谴责战争,诅咒它弄死了那样多无辜的人。却又特别爱去描写和颂扬那些将军们惊心动魄的事业……人真是太矛盾了。"

我得意地笑起来:"矛盾?矛和盾永远是两件配套的武器,文明和野蛮也永远分不开。什么东西使人类进入了文明?铁。恩格斯说过,冶铁术的发明使人类脱离野蛮状态而进入文明时代。但铁最初却是用来制造武器的。而且直到今天,钢铁也仍然是最重要的战略物资。那么你来说吧,铁究竟是文明的天使呢,还是战争的祸根?"

她咬着嘴唇思索着，不再说话了。

今天我不知道是怎么了，竟突然说出了这样一套好像挺有分量的话，并且还把它们发挥得淋漓尽致。能在这样一个聪明清秀的女孩子面前大出风头，并显然使她大为钦佩，更使我感到一种难以抑制的得意和高兴。

不过她显然并不以这些似是而非的玄谈为满足，她努力想寻找出它们最终的答案来。可是她在思索了很久以后，却终于说道：“是呀，这是一个无法解决的矛盾。从前我一直认为，野蛮是人间一切坏事的根源。而今天，你却和我证明了它可能是好的……”

是的，这是一个无法解决的矛盾。后来，一直到十五年以后，当我们最后一次见面的时候，我们也没有能够穷究这个囊括了全部人类历史的大题目。

春天的阳光静静地洒在草地上，树林中只有我们两个人的谈笑声在回荡。时间一点一点地过去了。

我终于注意到了她手上的那本大厚书。

“你刚才在下面念的就是这本书吧？可以看看吗？”

她马上从膝盖上拿起它，隔着栏杆递给了我。

这是一本沉甸甸的，装潢十分精美的书。封皮上方，压印的一圈金色蔷薇花围着一块半躺的方碑。碑上刻有两行烫金的英文大写字母。我拼出有“莎士比亚”几个字。

“莎士比亚的书吗？”

“《莎士比亚戏剧集》。”

“真好，”我不禁赞美道，“你刚才在读哪一段？”

“李尔王。”

“哦！”我想起我看过这个故事的小人书。

"看过吗?"

"看过。"

"你最喜欢哪个人物?"

"肯特伯爵!"我毫不犹豫地选中了这个忠实的廷臣。他在被放逐海外的时候,仍然念念不忘老国王和小公主的命运,一直使我深受感动。

"科德丽霞呢?"她问的正是那个把父王比作盐的最小的公主。

"也喜欢,不过我更可怜她。但是我很不喜欢老国王。这个老糊涂轻信别人,而且无情,结果自己倒了霉,国家也分裂了。"

"老国王我也喜欢。"

"你喜欢的人太多了!"我笑起来,"这些人物即便可爱,也该受到批判。毕竟,莎士比亚作为资产阶级的作家,他那些情调或多或少总是反映了他那个阶级的没落情绪。所以他的故事尽管动人——确实动人,但我们作为无产阶级的后代却不能过于欣赏他,而应该分析他,认识他,批判他!"

"错了。"她出我意料地挺身而起捍卫她的莎士比亚,"莎士比亚是文艺复兴时期的作家,那时全欧的资本主义都刚刚在萌芽,怎么是没落?而且马克思和列宁都很喜欢他的作品,他们甚至能整段整章地背诵。马克思的手稿中甚至有《哈姆雷特》的专论。"

她说得非常认真,毫不顾及这针锋相对的反驳会给我一个冷不防的难堪。

"专论?我没听说过。"

"他没能写完,为了《资本论》,他把许多事都耽误了。"

"但无产阶级的情调总和资产阶级的不同。"

她眉毛一扬,充分意识到自己在这个问题上的优势:"对莎士比亚不能这样分。恩格斯说过，资产阶级的伟大人物并不仅仅属于他自己的阶级，他们属于整个人类。"

"在哪儿说的?"这话显然与我以往的理解相矛盾。

"在《自然辩证法》的导言里。"

我什么也不能说了！我并不太熟悉这位四百年前的老作家。她讲的这些我也完全不知道。我重新意识到，这个娴雅的女孩子绝不是一个无知的人，相反，倒是我自己在知识上显得更贫乏。我望着她，心中感到奇怪：她看上去与我年龄相仿，在我面前甚至还带着几分天真的神气。可她竟懂得这样多！我开始产生一种错觉，好像她完全不是一个与我同龄的少女，而是一个天真的小妹妹和一个成熟的大姐姐的复杂的结合。

这本书我已经有些舍不得还给她了。我把它拿在手里："可以借给我看几天吗?"

她笑了："你喜欢?"

"已经非常喜欢了。"

"可以，那后面还有英汉对照。"她很大方地答道，"不过你一定要爱护。"

"那你能把这本书多借我一段时间吗？我想好好看看。也许我也会对它发生兴趣的。"

她又笑起来："我想你会的，随便你看多久。有了这本书，我看你大概不会再把英语也送给什么动物去讲了……"

我哈地一笑："当然!"随即万分高兴地打开书包，把它小心地塞了进去，但我听出她的声音好像突然变了。

我抬起头来，发现她正吃惊地看着我的手。她看到什么啦？我赶紧低下头来寻找，眼睛马上在爸爸那块大手表上停住了。

时间，啊，爸爸一再关照过的时间！我心中猛地一惊：我们光顾聊得高兴，竟把时间完全忘了！

她小心地从栏杆上滑下来："什么时候啦？"

我看看表，扑通一声跳到了地上："我的天哪，还有七分钟就该上课了！"

顿时，我们一齐慌了起来。

"你怎么走？"她问。

"我要到后门去取车。你呢？"

她已经急得在跺脚了："哎呀，我还得去正门乘电车呢！"

"那你可得快点！"我催促她，"再见。"

"再见！"她一边裹紧书包，一边匆匆看了我一眼，便飞快地转身跑下高台。

那一瞥留给我的印象是永远难忘的。那是一闪而过的注视。她的眼睛在一瞬间闪动了一个明亮的火花，这火花从此便埋藏在了我的心底深处，再也没有熄灭掉！

她头也不回地飞下台阶，张开双臂跳过一条长满青草的小沟，一弯身钻进了树林。那淡蓝色的背影和雪白的衬衫领口在浓密的树叶间一闪就不见了。

林外传来一阵急促远去的跑步声。林中又呈现出突然的寂静。

我也飞快地钻出树林，一溜烟跑到后门取出车子，飞一般地向学校骑去。

我十分后悔这次匆忙的分别，既没通姓名，也没留地址，连个约会也没有，我只好在课堂上偷偷翻阅那本英文戏剧集。我什么也没有找到。只是在雪白的扉页上，看到几行秀丽的钢笔字：

送给我最亲爱的南珊

愿你

知勤知勉，永期上进！

妈妈。一九六四年四月

于法国西部布勒斯特

从此，这本书就永远留在了我的身边。

第二章　夏

炎热的夏天，轰轰烈烈的红卫兵运动开始了。

仅仅几天的时间，学校里突然变得面目全非。一向干干净净的墙壁上贴满了大字报，到处拥挤着看大字报的人群。教室里再也无法上课了，桌椅被乱七八糟地堆在一起，肮里肮脏的屋子变成了各种集会的场所。学生们三五成群地聚在一起，教室里、走廊中、操场上、柳荫下、校墙边，到处是议论着和争吵着的人们。

这种混乱很快就从学校波及社会。一批又一批穿着军装、戴着袖章的学生几乎同时出现在街头上。这些红卫兵以一种不可阻挡的神气和劲头，取消了各种古旧的路标，拆毁了公园里奇形怪状的花卉和栏杆，砸掉了几乎所有商店的霓虹灯……

到处是一种狂热的激情。这种激动不安的情绪裹挟了所有的年轻人，也裹挟了我。我们不顾一切地行动了起来——没有明确的动机，也没有明确的目标，只要是破坏某种陈旧的东西，干什么都行。

这天傍晚，在我们学校的一间教室里，人声嘈杂。六七十个红卫兵乱七八糟地坐在桌子上、椅子上和窗台上，满屋子都是绿军装、绿军帽和红袖章。几乎所有的人都在大声地议论着，同时注意着教室中央两个红卫兵针锋相对的辩论，他们激烈的言辞不时在人堆中激起阵阵叫声。

我坐在讲台桌上，正主持着这个乱糟糟的会议。在我的手里，拿着一份抄家名单，这是今晚争论的焦点。

"喂，你们要吵到什么时候是个完哪！"一个穿军装扎小辫的女孩子冲着争吵的人尖声喊道。

"我的同志，不能把党的政策踩到脚底下去！"那个戴眼镜的高个子红卫兵正说得十分激动。他猛烈地反对我们今晚的抄家，在大家众口一词的反驳下，他现在正拼命想保护一个政协的旧将领。

他的对面，就站着我最要好的那个朋友。他义正词严地逼视着对方，一手叉腰，一手斩钉截铁地在空中挥舞着："不对。党的政策是为了党的斗争！"

"党对他们的政策已经定了：保护！""眼镜"大叫道。

"'文化大革命'中不应该有新的政策吗？你为什么造反呢？"

"对！政策是变的，变的！"人堆中马上有不少人响应。

"但是基本的不能变！"

"什么是基本的，什么不是基本的呢？"

"不放过一个坏人，但也不能冤枉一个好人！"

"好人？你能断定他是好人吗？我再说一遍，他是国民党的军长、中将！"

"但是他投降了！"

"那又怎么样呢？"

"眼镜"一下被噎住了。屋子里一阵哄笑。

"别打岔!"这个外校红卫兵头头是专门来表示反对意见的,他一再威胁着要抵制我们这次大规模的抄家行动。他大声向满屋子的红卫兵嚷道:"我再说一遍,我们绝不同意你们这样蛮横地践踏党的政策。我们要求你们爱护红卫兵的荣誉。要从革命的需要出发,不要从革命的激情出发。因此,我代表我们的组织呼吁你们:全市的红卫兵都应从街道转入学校,从破坏转入批判!"

"你混蛋!""软骨头!""呸!败类!……"人群中顿时响起一片怒骂。

这时,早已不耐烦的人群中啪地飞来一只军帽,正好打在我怀里:"喂,头头!别光坐在那儿啦,到底干不干哪?"

"是呀,都他妈什么时候啦?""不跟他费嘴,干我们的!"

"对!"人们一致附和。

"眼镜"此刻早已被彻底孤立了,在这突然激起的一阵怒骂声中惘然不知所措地站在那里。

我对原定计划受到这样的阻挠早已感到十分厌恶。于是我站起来环视了一下会场,看也不看"眼镜"一眼就打开手中的抄家名单,念出了最有争议的那一家:"楚轩吾,原为国民党伪国防部高级专员,后任国民党第二十五军代理军长。其父楚元,原系军阀冯玉祥旧部。一九四四年洛阳陷落时阵亡。其子楚定飞,为国民党下级军官,在解放战争中被人民解放军击毙。楚轩吾本人于一九四八年在淮海战役中战败被俘。"

随后,我念出了最后意见,并且有意加重了语气:"楚轩吾为国民党高级将领,追随反动军队征战多年,血债累累,但新中国成立后一直受到宽大处理,从未严格审查。我们认为,历史上的重大反革命分子,不应长期逍遥法外。因此,为维护无产阶级铁打江山，应对其彻底改造，予以查抄。"

"对！""抄！""应该干！"人们拍着桌子，跺着脚，纷纷大叫起来。

"你们胡闹！""眼镜"愤怒地挥着手臂大叫。

"呸！窝囊废！……"他又被一阵笑骂声淹没了。

我看了那位斜睨着眼向满屋子人挑战的书生一眼，斩钉截铁地说道："这次抄家，是我们红卫兵自成立以来最大的一次行动，也是最大的一次考验。它不但将标志出我们的革命热情是否强烈，也将标志出我们的政策立场是否坚定。不错，今晚的行动应该无愧于红卫兵的光荣称号。但在这里，我们要强调一个基本的问题，这就是：我们红卫兵究竟是干什么的？我要说：我们红卫兵是造反的！正因为这样，我们在这场伟大的'无产阶级文化大革命'中就承担着一种伟大的任务，这就是要以我们的力量，形成一种革命的洪流，冲向四面八方！不如此，就没有革命的下一个高潮！而我们今晚的抄家行动，就正是这洪流的一个巨大洪峰，它对于'文化大革命'新高潮的形成非常重要！我认为，这才是我们的历史任务，这才是我们政策的基点。刚才有人说：我们蛮横！会伤了好人！请问：革命难道不是暴烈的行动吗？暴烈的行动难道能是不蛮横的吗？至于什么好人，对不起，在马克思主义的辞典里没有这样的词汇。作为一个无产阶级革命者，作为一个红卫兵，说出这样的话来是丧失觉悟的，可耻！如果装在他头脑中的不是阶级和斗争，而是什么好人和坏人，那么，我要向他说：这不是我们红卫兵在这场激烈的阶级大搏斗中所使用的语言，而是无知小孩在看电影时所使用的概念！"

"说得好！"人们再次叫起来。

我的心也被自己的演说深深地激动了："楚轩吾是个什么人？是个操过屠刀的人。他的手上有人民和我们父兄们的鲜血！当然，在强大的革命暴力面前，他把屠刀放下了。但他是否立地成佛了呢？我们只能说，我们还不知道。那就让我们闯进去看看吧！看看那个楚轩吾是个放下了屠刀的佛，还是个藏起屠刀的妖！当我们把他的真面目弄清了以后，人民群众会掌握正确的政策的！"

我的演说在他们争吵的时候已经酝酿了很久，现在终于轰动了会场。红卫兵们的欢呼声差点把屋顶都掀起来！

"我声明，""眼镜"叫道，"你们这样做是要受到惩罚的！……"

他下面的话完全被起哄的欢呼淹没了。他气得掀起军帽往头上一扣，愤怒得扭歪了脸，用力挥舞了一下拳头就离开了会场。门在他身后被人用脚砰的一声关上了。

"去他的吧！没有他，我们干得更好！"我的朋友兴奋地大叫道。

于是，这项人人都期待着大干一场的行动计划，就在一片欢呼声中获得了一致通过。

就这样，在天黑以后，几十个学校的几千名红卫兵一齐行动了起来。大规模的抄家开始了。

卡车驶过灯火辉煌的大街，在一条僻静的胡同口停下了。我一跳下驾驶室，满车的红卫兵也扑通扑通地跳了下来。一个守候在黑暗中的红卫兵从路边走向我。

"灵隐胡同。没错吧？"我问。

"没错！"

"门牌多少号？"

"七十三号。"

我立即把手一挥："集合！"

二十四个红卫兵马上排成了整齐的一列。

"大家注意，行动要肃静，要出其不意！"

"知道了！"大家回答得精神抖擞。

一队人静悄悄地走进黑暗的胡同，很快在七十三号的门前停住了。

这是一座很漂亮的小门，深红色的门脸儿，黑色的门框，在路灯下反射着微弱的光，紧闭的门侧，刻着两行对联，陈旧的字迹在黑暗中看不清楚。

我踏上石阶，从门缝向里望去，里面黑洞洞的什么也看不清。于是我伸手撳了下门旁的电铃。从很深的院子里远远传来一阵铃声。

"谁呀？"一个中年妇女的声音在过道尽头大声问道。

"电报！"我用早编好的话应了一句。

"等一下。"那个声音走过来，哐啷一声拔开了门闩。

"不要动！"门刚打开一条缝，我便一步抢进去，把那个农村打扮的妇女吓得差点叫起来。我定睛看了一下，断定这是个保姆，马上厉声问道："楚轩吾在不在家？"

保姆已被吓呆了。她惊恐地看看我，又看看外面的一群红卫兵，却不肯说话。

"我们是红卫兵，快说！"我急了，生怕里面有什么变化。

"都……都在正房看……看电视……"她结结巴巴地答道。

"快进！"我赶紧把手一挥。

大家立即蜂拥而进。一阵纷乱的脚步声踏碎了夜晚的宁静，冲向深处的庭院。

当我们向右一拐，冲进那道月亮门以后，看到的是一个干净整齐的小四合院。这院子宽长各二十来步，地面铺着平整的方砖。院子东南角，立着一架葡萄，院子中央摆着一对盆松和一对夹竹桃。西厢房的灯全黑着，只有东厢的一间房子亮着一盏台灯。北房是正屋，此刻正传出阵阵电视机的音乐声。

我大步踏上台阶，一把将客厅的门拉开了。

在电视机闪烁的微弱亮光中，我一眼就看到了一个老人坐在沙发上的背影。他头发花白，肩膀宽阔，手放在靠手上沉静地坐着，并不回头后看，只是略微把头向右偏了一下。在他旁边，一个弱小的老太太正惊慌地立起身来。

吧嗒一声，电灯开关被拉开了。四支日光灯管在头顶的天花板上一齐闪了几下，顿时把雪亮的灯光射向整个屋子，刺得人睁不开眼。

我迅速环视了一下这间客厅，它布置得雅致而古朴。红漆地板上，铺着一块灰绿色的旧地毯。藏青色的沙发前，摆着一张玻璃茶几，茶几上散放着几本线装古书和一套青瓷烟具。电视机显然是刚刚挪过来的，摆在一张大写字台上，正对着沙发和门口。屏幕上，一群手执红旗的舞蹈者正在蹦来蹦去。四面的墙上挂着几幅山水字画，窗户上拉着青竹窗帘。在屋角的一架简易钢琴下，两尊巨大的青花瓷缸里插着一些卷轴和一柄拂尘。显然这个老人就是楚轩吾了。

一个红卫兵走到电视跟前，一把拉掉了天线，荧光屏闪了一下就灭掉了。我以不可抗拒的威严口气问道："谁是楚轩吾？"

老人慢慢站起来，转过身看看这突然出现的满屋子的红卫兵，冷静地答道："我就是。"

"这是谁？"我用手指着惊呆在一边的老太太。

"我的妻子。"

"家中还有什么人？"

"两个外孙。"

我紧紧盯着这个略微矮胖的老人。他前额宽阔，眉毛很浓，眼睛不大，却炯炯有神。虽然他那身夏布长裤和柞绸短衫完全是一副闲散家居的打扮，但那很自然地挺起的胸脯，却仍旧保持着旧军人那种训练有素的气概。他正很镇静地看着我。

"楚轩吾，我们是红卫兵。你要明白，你在历史上是有罪的，因而我们有权力对你进行审查和改造！我先告诉你：今天你要老老实实将你的历史问题交代清楚，同时，对你在新中国成立后的问题也要老实交代。否则一切后果由你自己负责。别动！"我喝住老太太，"还有，为了审查你改造自新的情况，我们现在决定对你的老窝进行查抄。你们要老老实实对待——听清了没有？"

老太太这时再也抑制不住了。她叫起来："你们要干什么呀？我的天……"

"安静点，不会出什么事……"楚轩吾安慰她。

"少废话！"我厉声喝道，"把她带走，先押起来！"同时把手一挥，"抄！"

一声令下，所有的红卫兵马上散开了。一时所有的房间都大放光明，照得院子一片通亮。各房间里，开始传出乒乒乓乓砸门撬锁和翻箱倒柜的声音。

老太太被连推带搡地赶到了西厢房。我叫人把客厅里的家具全部搬空，只留下写字台和三把椅子。然后叫楚轩吾站在客厅中间，由我当主审，我的朋友和另外一个红卫兵当记录，摆出一个法庭的模样对他开始了审讯。

"姓名？"为了有一个庄严的开端，我把这个问题重复了一遍。

"楚轩吾。"

"出身？"

"军人。"

"是军阀！"我厉声纠正，"你老婆呢？"

"官僚。"

"一对老混蛋！"我的朋友在旁边发出了一声厌恶的怒骂。

楚轩吾没有什么表示。

我仍然紧紧地盯着他："你的年龄？"

"六十二。"

"籍贯？"

"江苏宜兴。"

"职务呢？"

"市政参事室参事。"

"还有！"

"历史学会会员和军事研究院特聘研究员。"

"问你军内职务！"

他想了想："当过国防委员会的顾问。"

"政治方面呢？"

"市政协委员。"

"哪儿的市政协委员？"我感到越来越不对味儿了。

"北京。"

我听了一愣，突然明白过来，气得一拍桌子骂道："他妈的！老滑头，我问你国民党职务！"

扑哧一声，两个记录都笑了。我憋了半天，也忍不住好笑。

楚轩吾摇了摇头："我四六年到四八年是国民党伪国防部高级专员。"

"还有？"

"后来兼任国民党第二十五军代理军长。"

至此，已经无可再问了。

"楚轩吾，你少捣蛋。你老实不老实吧？"

他以肯定的神情看着我："我可以回答任何问题。"

"那好，把你窝藏的反动地契和变天账交出来！"我猛地一拍桌子。

"说！"两边一齐喝道。

"我从祖父开始，三代都是军人，从未经营过土地。这些东西我确实无所收藏。"

我和记录交换了一下眼色："狡赖！那就把你暗藏的国民党的旗和蒋介石的像给我交出来！"

"说！"

楚轩吾抬起头来，他的神情已经完全变了。这个整整一生的经历都和国民党的军队联系在一起的人，当我强迫他去回忆那些充满痛苦和耻辱的往事时，他的心情再也不能平静了。

"年轻人，你们了解得很清楚。国民党，曾经是我的过去。是的，那使我蹉跎年华，虚掷半生。我应对它痛加悔悟！但是，我投降已经十八年了。十八年来，我目睹了祖国的巨大变化，目睹了共产党的伟大成就。作为一个从旧中国经历过来的人，人类的良知使我能够做出正确的判断，爱国的良心也使我能够做出正确的选择。所以，尽管我的前半生并不光彩，后半生也无所贡献，但我愿把我这一生的教训留给我的后人，使他们……"

"你是投降的还是被俘的？"我打断了他。

"是投降。"他痛苦地回答。

"谁能为你证明？"

"我的档案中都有记载。"

"我们会查清的，但你要老实！现在，你就把你被俘的全部经过老老实实地交代出来。要有半句不老实，小心你的脑袋！"

楚轩吾痛苦地垂下双肩，在我无情的追问下，陷入了深深的回忆之中。这个老人就这样站着，站在这洗劫一空的客厅中，站在这惨白雪亮的灯光下，向我们叙述了他的人生中一段惊心动魄的往事……

那是一九四八年年初，解放军东北野战军首先在辽沈战役中全歼了国民党四个兵团，解放了东北全境。随后，华东野战军也于济南战役后整补完毕，从济南、泰安一线向郯城前进，显出南下淮海，进逼徐州的动向。而国民党徐州战区的四个兵团则以徐州为中心，沿陇海铁路从商丘到海州一字摆开，做出北进山东，收复济南的态势。到十一月初，华东战场上的对峙局面已经形成，大战在即了。

当时，我们国民党刚刚在东北战场上惨败，已经元气大伤，所以对于华东战场非常忧虑。白崇禧鉴于国民党已经丧失了军事上的优势，力主放弃陇海铁路，而将主力收缩在徐州、蚌埠之间，在津浦铁路两侧与共军寻机决战。但是蒋介石对于国共两党军事力量对比已经发生的深刻变化严重估计不足，所以坚决反对放弃徐州，妄图依仗华东的几个精锐兵团，在陇海铁路上摆开战场，与解放军进行中国历史上最大的一场决战！

十一月二日，我作为国防部的高级专员，飞到徐州向"剿总"司令长官刘峙详细说明蒋介石的战略意图和作战方针。随即又于第二天飞往海州视察东线防务情况。我的儿子楚定飞和女婿苏子明都在这里。

我下飞机后，立即向第七兵团司令黄百韬传达了战役部署。黄百韬听后，大骂参谋总长顾祝同无能。他用长杆敲着军事地图向我说："见他妈的鬼！现在各方面的情报都证明共军华东主力早已在鲁南集结，我们却他妈摆得到处都是。如今我一个兵团孤悬海边，如果陈毅第一口吃向我，我连逃都没地方逃！而且，许多迹象都表明陈毅部队的运动方向正是我这里，上面偏让我们坐以待毙。混蛋！顾祝同是他妈怎么指挥的！"

我是专员，不是司令，只能详细解释总部的意图。不过我也感到这里的情势已经十分不妙了。

可是到了十一月五日，蒋介石突然变更作战部署，越过徐州"剿总"直接电令黄百韬放弃海连一线，火速向徐州集结。显然解放军的战略动机正如黄百韬所料，是首先要一口吃掉他的第七兵团。但第七兵团这时要运动已经太迟了。

五日晚上，黄百韬连夜召开紧急会议，命令第二天凌晨立即动身。深夜会议刚一结束，整个海州市顿时人声鼎沸，马达轰鸣，陷入一片混乱。

会后，黄百韬与我一起来到我的住处，大发牢骚。他说："这次作战，共军始终在急速调动，我们已经输了一着棋。现在共军十几个纵队的兵力正向我压迫，老头子不叫刘峙向我增援，反令我孤军西进，是何打算？！"他忧心忡忡地拉住我的手说："轩吾兄，你我多年深交，我的家事就托付给你了。这一仗搞得好，我能带一两个师打到徐州去见刘总。搞不好，也只有与官兵共存亡。你在我军中并无职务，夫人和女儿又都在上海。你就不必随军行动了。至于定飞、子明，也由我做主随你一同去上海吧，何必与我同归于尽！"

黄百韬和我都是冯玉祥的旧部。被蒋介石收编以后，他一直受到重用，是非黄埔系中唯一做到兵团司令的一个。因此他矢志为蒋介石尽忠效命，反共异常坚决。在皖南事变中设伏茂林，生俘叶挺的就是他。当时我出于世谊，不愿在这个关头将他一人撇下。再说，我这个老直系也已多年不握兵权了，在这危困之中很想勉为其难，重温故业。于是我正色说道："国难当头，军人效命沙场义无反顾，岂有脱身而去的道理！至于定飞、子明，能在黄老伯身边一逞身手，也是他们的造化。你不必说了。士璋不在，我已电呈南京方面委任我为第二十五军代理军长。轩吾此心无他，唯愿与党国同舟共济！"同时我安慰他说："只管放胆西行。如果军情险恶，杜聿明和黄维他们会来救应的。我们也只有果断行动才有生路可寻。"

"晚了！晚了！我们败局已定，第七兵团难免全军覆没！"黄百韬连声长叹，连我也给弄得心情沉重起来。直到他的作战处长亲自来报告说最后一个师部也即将开拔了，他才匆匆而去。

这时南京国防部拍来了委托我代理第二十五军军长职务的电报，同时给我晋衔中将。

果然，战局的发展比我们的预料要险恶得多。

十一月六日，第七兵团五个军浩浩荡荡地离开新安镇、海州和连云港，分南北两路向徐州急进。当天晚上，南路的第六十三军就在窑湾渡口突然与解放军遭遇，不到六个小时，第六十三军的防线被突破。七日拂晓五点钟，我和黄百韬在行军途中与第六十三军军长陈章通话，他只报告了全军覆没的消息后便在报话机旁拔枪自杀了。战斗的激烈可想而知。

黄百韬闻讯，气得在吉普车上顿足长叹。

空前规模的淮海战役就这样开始了。

十一月九日，我们北路的四个军不顾一切地向西突进。但刚刚到达运河便与解放军发生接触，遭到猛烈的阻击。当时运河两岸已经冰冻。黄百韬立即命令各军同时强渡运河，因为我们无论如何不能被这条大河与增援部队隔开。十几万士兵拼命用船将辎重渡过河，有不少人冒着严寒从刺骨的河水中泅渡了过去。

十一月十日，我们付出了巨大的代价才勉强渡过了大运河。但是当我们且战且走，离开运河西岸又前进了四十里到达碾庄后，解放军的猛烈阻击已经使我们再也无法前进一步了。于是黄百韬命令第四十四军、第二十五军、第六十四军和第一百军分守碾庄的四角，兵团司令部就设在镇外的深沟中，开始固守待援。就这样，我们四个军十几万人的兵力在受到重创以后，被压缩在一个十几平方公里的狭长地带内，陷入了重围。

事后我们才知道，包围我们的是华东野战军十二个纵队的兵力，整整是我们的三倍！

战斗的发展在开阔的淮海大平原上是极其猛烈的。我在第二次直奉战争中参加过长辛店大战，在抗战中参加过枣庄大会战，可从来没见过像这次这样排山倒海的攻势。解放军的冲锋常常摆开一个极大的扇面，像一阵潮水般地涌上来淹没了我们的层层阵地。这种情况逼得我们的炮兵不得不压平炮口，以密集的注射把成百吨的钢铁倾泻在刚刚失去的阵地上。但是炮火一停，前沿马上又压过一层层人流。在这样的攻势下，我们的四个军相继土崩瓦解了。

整整十天的苦战以后，我们的兵力已伤亡过半。司令部掩蔽所也暴露在解放军的机枪射程之内了。

十一月二十日，第一百军军长周志道逃脱，副军长杨荫只身来到掩蔽所。这个军完全打光了。第六十四军也丢失了全部阵地，军长刘镇湘下落不明。第四十四军在打到只剩下一个半师时，第一五〇师师长赵璧光率部起义了。军长王泽伦同时被俘。现在，我们只剩下第二十五军的两个不满员师和兵团直属的一点残余兵力，而且这一万多人中，连一个整团也没有了。于是我不得不把第二十五军军部撤销，而与兵团司令部合设一处，以与黄百韬共同维持残局。

黄百韬在战斗打响以后，一直保持着镇静。这个身经百战的反共宿将，每天用上万人的伤亡做代价，沉着地逼着士兵们死守每一寸阵地，等待着援军。他知道，这块战场上的进退得失，不但关系着他一个人的命运，而且关系着党国的命运。他只要还能保住一个师，一个团，甚至只保住一个兵团司令部，他也在美国顾问团面前为蒋介石保住了面子。因为他并未完全覆灭。否则的话，他最后的败亡对整个华东战场的影响将是无法估量的。但是，当战斗打到最后一天时，连他也坚持不住了。

十一月二十一日，天空飘起大雪。天刚亮，解放军便开始以猛烈的炮火向我们阵地倾泻炮弹。攻击的浪潮开始一遍又一遍地扑上我们最后的几道防线。形势急转直下了。

这不是没有原因的。在我们的西面和西南方向，杜聿明带着李弥、邱清泉和黄维三个兵团拼命赶来。先头部队已经打到离碾庄只有十几公里的地方了。邱清泉的第二兵团和李弥的第十三兵团正与中原野战军的四个阻击纵队进行着激烈的战斗。

这一天飞机也来得特别多，炸弹和凝固汽油弹倾泻在战场上，到处烧成一片焦土和火海！

但也就是在这一天，我和黄百韬完全绝望了：我们的残余兵力已经只剩下五千多人，指挥体系也破坏殆尽。这样的力量除了勉强招架一下，任何反击的能力也没有了。

直到这时，我们才真正意识到情况的严重性。这次大战从一开始，双方就投入了几十个军的兵力，而我们在这铁锤与铁砧的撞击之中正首当其冲。这种战争的规模是我们从未经历过的。现在，在几千平方米的阵地之内，每一个仓促掘成的战壕和弹坑中都挤满了人和死尸。每一颗炮弹下来，都会飞起一片残肢断臂。在这样的战场上，除了死和降，再也没有其他出路了。

解放军的阵地上开始响起广播。他们点着黄百韬和我的名字，反复陈说利害，指明出路。他们大声警告说：杜聿明集团和黄维兵团均被中原野战军顽强地阻截在战场以外的地方，任何待援的希望都是没有的，因为解放军彻底结束我们的顽抗只在今天——这是最后的机会了。

黄百韬这时已经完全失去了最初的镇静。他像一头被囚在笼子里的野兽一样，披着军大衣在深沟中转来转去。不许任何人向他转达解放军的劝告和递送打到阵地上来的传单。

但就在这时，突然从我身后冲出一个军官。他不顾一切地一头撞在黄百韬脚下，抱住他的腿大叫道："司令！仗打到这种地步，不能再叫弟兄们白白送死了！总统无能，不该叫士兵们丧命！黄司令！黄公！几千条性命在你手里，不能再抵抗了！我们投降吧！投降吧！"

我大吃一惊：这个军官不是别人，正是我的儿子楚定飞！十几天的激战中，他一直在阵前厮杀，想不到却在这个关头闯回到司令部来了。此刻，他满身是泥和血，也不知道是他负了伤，还是从死人身上沾的。

"什么！"黄百韬瞪着充血的眼睛，暴跳起来，劈胸抓住他的衣领从地上拖起来，狠狠抽了两个耳光："你大胆！临阵畏缩者杀无赦，不知道吗？你敢抗颜违命！你敢阵前请降！你敢亵渎总统！该死的——来人！"

两个全副武装的宪兵应声而来。我的儿子一言不发地从地上站起来。

我默默地注视着眼前发生的这一切。我知道，在这样的时刻，定飞的行为在黄百韬面前是难以饶恕的。

黄百韬已经完全失去了理智。他咆哮着要枪毙我的儿子，但是被副官们拼命劝住了。

这时，一个参谋钻进来递给我一份电报。我看了一下，只见上面潦草地注译着："总统飞临战场上空。"

我无言地将电报递给了黄百韬。他看罢，两眼直勾勾地望着天空。蒋介石的飞机盘旋了几周，并未与地面通话，便向西远去了。

"是否转达全军？"我问。

"不必了。"黄百韬咬着牙长叹一声，将电报揉成一团丢在了地上。

这时，又有一个通信参谋把一份电报递给黄百韬。黄百韬匆匆看完，竟望天空失声痛哭起来。他捂住泪脸将电报递给我："楚兄，你自己看吧。"

我接过电报，只见上面写着："总统手谕：杜部已火速驰援，务必坚守至一兵一卒，有动摇军心者，就地处决！"

我的头轰的一声炸了！

不知过了多久，黄百韬的声音才把我从呆滞中惊醒过来："执行吧。"

我唯一的儿子，兵团情报处参谋，这个魁梧健壮的年轻人，正垂手直立在我们面前，身后站着宪兵。他冷静地看着我，说道："爸爸，仗打成这样，是全体军官的耻辱。我劝降不是自己畏死，而是认为叫幸存的士兵徒死无益！屠戮无辜谁无怜悯之心？但是既然只有我一个人做这样的事，也是早已决心伏法了。"

他走到我女婿面前，紧紧拉住他的手说："我去了。告诉姐姐，来日方长，你们好自为之！"

子明哇的一声大哭起来。他抱住定飞，狠狠地捶着他的胸脯骂道："阿弟，你糊涂！你犯禁逞死，难道叫老夫人泣血终生吗？"他一把扭住定飞："你给我向黄司令跪下求饶！"

定飞早已异常镇静。他推开子明，冷冷地说道："杀我者，不是司令，而是总统。谁求情也无济于事，又何必为一己屈膝，既然不容于军法，唯求一死而已。爸爸，黄公，孩子去了。望你们以士兵为念！"说完，他转身头也不回地向掩蔽部外面走去，宪兵无可奈何地跟了出去。

坡后传来两声枪响。子明猛地跪倒在我的脚边。掩蔽部中一片叹息之声。

黄百韬两眼发直，神情呆滞可怕。好久，他才猛地惊醒过来，一屁股坐在箱子上，抱头大哭道："该死呀，该死！……我从小把他看大，掌上膝下，何等疼爱！想不到……"

他的身体在痛哭中痉挛着。突然，他凶猛地扑过来，从我手中夺过电报，几把便撕了个粉碎！

密集的炮火重新铺天盖地地打到我们头上，子弹刮风般从头顶上呼啸而过，冲锋的呐喊像海啸一般涌上来，阵地争夺战正在我们几十米以外的地方进行。掩蔽部里的高级军官和副官们已经开始悄悄溜掉了。

黄百韬叫过我的女婿，咬着牙说："定飞不肖，败坏了忠烈家风。现在我要你为楚门将功补过：我给你最后一个连，你敢不敢冲出重围？"

子明是黄百韬的机要参谋。这个文弱书生，此刻也像一头困住的狼一样，戴着钢盔，倒提着卡宾枪，卷袖敞怀地立在黄百韬面前："愿拼死一用！"

黄百韬紧紧盯着他："如能冲出重围，就告诉杜长官和刘总，说百韬待援不及，杀身殉国了！"

子明毕恭毕敬地向黄百韬敬了最后一个礼，然后含泪转向我："岳父，您还有什么要嘱咐的吗？"

我料定自己已不能生还，于是说："你自顾去吧，不可鲁莽！如果你有幸突围，就告诉夫人和雨蝉不要以我为念。如果你也……唉，何必多说！……"

子明跪下，只说了句："岳父大人千万珍重……"就再也说不下去了。

我顿足催促他道："现在不是儿女情长的时候，军机要紧，你去吧，快去吧！"

他这才咬咬牙，一转身走出了掩蔽部。

黄百韬把勉强调集到的六十多个下级军官和宪兵全部交给他，命令他们隐蔽在高坡后面。当解放军的冲锋再一次退下去的时候，子明带着人突然跃出深沟，卷在这股潮水中一齐向外冲去。

我和黄百韬一直紧张地从掩蔽部里盯视着他们。当他们的身影终于消失在阴霾中的时候，我不禁松了一口气。

但就在这时，我身后发出当的一声枪响。

我一惊，猛地转过身来。只见黄百韬张开双臂，向后倒下，手里还握着手枪。此刻，所有的高级军官已经一个也不见了。

黄百韬自杀了。这一枪他是从嘴里打进去的，因而保持了面部的完整。鲜血翻着泡沫从他嘴里流出来，他两眼老泪横流地看着我，已经什么话也说不出来了。

我将他的头紧紧抱在怀中："你不该，百韬……"

他眼睛中的神色在迅速地消失，猛然头一歪，手枪啪的一声掉在了冻硬的土地上。黄百韬就这样死在我的怀中，我将他慢慢放在地上，脱下大衣覆盖在他的脸上。

这时枪声骤起，解放军最后的攻击开始了。

黄百韬一死，再也无人能镇住军心。一个营长满身泥雪冲到我的面前，抓下军帽和手枪一齐掼到地上，然后双膝跪下，撕开胸前衣裳，发疯一般地大叫道："枪毙我吧，军长！我们不能再拼了！"他用膝盖走到我跟前，死死抱住我的双腿哭叫道："军长！黄司令已死，不能再叫弟兄们送死了！为了楚公子的好意，我冒死再进一言：我们投降吧！投降吧……"

这个军装破烂，蓬头垢面，神经几乎已经错乱的中年军官匍匐在地上，整个脸都埋在我脚下的泥雪中。从他那抽动着的泥泞的脊梁上，从他浑身上下的血迹弹痕中，我深深感到，国民党彻底完蛋了。

我一句话也没说，将他从身边推开，冒着弹雨走上了高坡。

这时，我才看清了全部战场：冰封雪盖的淮海平原上，炮火在白雪下面翻出了黑色的土地。远远近近到处是尸体，到处冒着硝烟。我们最后的几处残余工事正与解放军疯狂地对射。这是黄百韬留下的死令：顽抗到最后一兵一卒。

我站在高坡顶端，摘下军帽丢在了地上。然后从身边掏出一条白巾，直立在呼啸的弹雨和凛冽的寒风中高高地举了起来。我希望能在最后一刻被横飞的流弹打死。但是在这最后一刻我却必须向解放军宣布：我们投降……

楚轩吾讲完了他的经历，深深叹了一口气："这样，我率领最后的一千多幸存者投降了。"

我的心被震慑住了。他的故事在我听来是如此惊心动魄。我看着这个经历过残酷厮杀和无情失败的老人，好像看到了他当年是怎样穿着国民党将军的服装，高举白巾，垂首直立在寒风弹雨之中！

"你说的都真实吗？"

"这样的经历是无法伪造的。"

"这么说，你是顽抗到最后一分钟才投降的？"

"是这样。"

"哼，这和被俘有什么区别！"我的朋友冷笑一声，"你知罪吗？"

"那时我有三条道路：或死，或降，或走。但它们都不能洗刷那场战争的罪恶。"

"有这样的认识很好。"我说，"但你仍得证实你履历的性质：你到底是投降还是被俘？"

"我并不关心他人对我的结论，但从主观上讲，我承认我的结局不是被迫的而是主动的。我服从了自己的选择。"

"我们要人证。"

他摇了摇头："完全见证到这一点的倒是有一个。可是十八年了，恐怕很难找到他了。"

"什么人？"

"华东野战军第五纵队的参谋长。在由五纵负责的接待工作中，他与我们战俘相处了整整四天之久。"

"三野五纵？"我几乎惊叫起来，这是我父亲待过的部队呀！

"是三野五纵。"楚轩吾回答。

我急忙问道："参谋长，他叫什么名字？"

楚轩吾望着窗外夜空中无比遥远的星辰："他是令人难忘的。我永远都记得这个道德极高而又修养极深的人。他叫李聚兴。"

我顿时心花怒放，差点从座位上跳起来。李聚兴，他就是我父亲哪！我万万没料到，在今晚的抄家中，在这个小小的庭院里，我竟抓到了一位当年败在我父辈手下的老将军！

"李聚兴参谋长的事情你都记得吗？"

"我与共产党作战二十余年，他却是我见到的第一个共产党人。我至今认为，他是我对共产主义发生认识的启蒙者，他对我后半生道路的影响是无法估量的。因而尽管我已经十八年没有再见到他了，但他的人格我永远难忘。"

我清清楚楚地看出老人对我父亲怀着深深的钦佩和怀念。这使我深受感动。我迫不及待地想从他的口里更多地了解一下父亲的经历。

"那么好吧，你把当时的情况详详细细地讲出来，我们将找到那个李参谋长进行核实。"同时我示意一个红卫兵搬给他一个凳子。

各处房间的查抄仍在继续着，纷乱的响声不断传来。

楚轩吾坐下来，很快又陷入了沉思……

……枪声平息下来以后，一个解放军战士很快从他们的阵地跑到高坡下面。"你们是怎么回事？"他问。

我回答道："黄百韬自杀了。我们投降。"

他登上高坡向掩蔽部门口黄百韬的尸体看了一眼，便转身向阵地发出了信号。

于是我率领全部残余人员放下武器，七零八落地走出战壕，随他走到解放军的阵地上。我们的正面，就是解放军的第五纵队。

很快，从后方开来一辆美制"道吉"吉普，停在我们面前。上面下来一位穿棉大衣的首长，这就是五纵参谋长李聚兴。这位参谋长当时刚刚过了三十岁，是一个个子高高的江西人。他面庞清瘦，眼睛很有神。据后来了解，他一九二九年参军时只有十三岁。后来参加长征，在川黔滇做后卫，与薛岳将军打过不少硬仗。在共产党的创业战争中，这位将军几经生死忧患，积功甚伟。

他主动迎上来，和我握过手，第一句话是："欢迎你们投向人民。请你转告全体官兵，解放军绝不会难为你们的。"

我作为败军之将，只有唯唯诺诺而已。

当时杜聿明兵团和黄维兵团在黄百韬兵团覆灭后立即收缩，企图重整阵容。解放军华东部队很快撤离战场，以数路纵队直扑徐州外围，寻机再战。但是李参谋长却抓紧时间做了一件事。他们由我们被俘的全部高级将领陪同，巡视了整个战场。巡视中，他非常详细地察看了我的第二十五军的阵地，因为这个军是最后崩溃的，防守也最为顽强。他仔细地询问了我们的防御意图和兵力配署，并不时与自己的参谋们交换一下看法，甚至要他们记下一些东西。记得当他看到我们已被完全摧毁的炮兵阵地时，曾经严厉地批评我们说：你们在这样近距离作战中使用炮兵盲目射击，完全是一种无效的战术动作。我争辩说我们做过平射。他立刻反驳道：你们应该毁弃大炮作为工事，将炮兵编入步兵序列。完全是因为过于珍惜优势兵器的威力而没有这样做，结果你们的炮兵不但没有摧毁我方任何重要的目标，而且成了你们防守的沉重负担。听他的口气，好像摆在他面前的不是顽敌的陈尸狼藉的阵地，而纯粹是一道不太漂亮的军事作业。可是当他看到我们在战斗中仓促构筑的工事系统时却赞不绝口。他向参谋们说，正是这样的工事布局和火力配备，才使得他们的穿插手段在整个攻击中始终未能奏效，而只能一口一口地把我们的阵地硬啃下来。在这些交谈中，我马上就在这个农民出身的将军身上看到了非常出色的军事才能。我真想不到一向以骚扰和奔袭为主要作战手段的共产党游击战中，竟能造就这样通晓正规教范的人才。共产党军事指挥员给我的这第一个印象，就与国民党那些胜则争功、败则诿过的将领形成了鲜明的对照。

四天的休整结束以后，我们这些战俘经过学习准备解送后方，陈毅将军指示五纵为我们饯行。而宴会又是由李参谋长主持的。四天中，他亲自为我们上过课，也个别地和我们谈过话。也可能是由于职业上有着共同兴趣吧，这次简朴的宴会几乎成了老相识们的一场军事讨论会。

宴会上，我们一边用搪瓷缸子喝着热腾腾的老窖，一边谈起了这次战役双方的部署情况以及它的过去和未来。

当然，胜利者对于全局看得更清楚一些。因而李参谋长的看法便成了最权威的意见。他首先从分析全国战场形势开始，指出在淮海战局的形成过程中，解放军华东和中原野战军就已经是凝聚了巨大力量的两个拳头，而国民党徐州"剿总"的四个兵团却散在华东广大地区的各个重镇上，从而造成了被各个击破的可能。而后，在战役和整个发展过程中，解放军的战略意图始终非常坚定，一直盯在大运河一带寻找战机，而第七兵团在几经徘徊以后，又恰恰在毫无接应的情况下贸然西进，这又顺理成章地给他们提供了在运动中对我们实行毁灭性打击的机会。

"如果黄百韬不向西运动，而是固守海连地区呢?"一五〇师师长赵璧光忍不住问。

"逼迫你们背海作战，正是我们原来的计划。那样你们与增援兵团之间的距离将被分割得更远。而蒋介石之所以仓促地命令黄百韬西进徐州，也正是想使你们靠拢。看来，他尝够了被我们各个击破的苦头，但这一次他却又低估了我军在运动中歼灭强敌的作战能力。"

"那么，陇海铁路诸重镇的永固工事不能延长我们固守的时间吗?"

"不能。因为我们将在你们兵力收缩以前发起攻击。十一月六日晚，我们的待机点均在你们各军驻防地五十到二十里的地方，陈章正是在那里陷入了重围。尽管蒋介石一误再误，终于坐失了一切挽救第七兵团的机会，但最荒谬的人，应该说是刘峙。

他对于你们的西进竟毫无接应，甚至在第六十三军迅速覆灭以后，他也未向徐州以东迈出一步。"

当时，宴会上的气氛十分激动。四十四军军长王泽伦听了气得大骂刘峙与顾祝同无能。几个师、团级将领竟不顾李将军在场，"共军""总统"地抱怨起来。

"我们情报模糊，优柔寡断，协同混乱，各行其是，如何不败！"

"乖乖，总统三变计划，还是落在共军妙算中了。"

"唉，黄百韬至死不悟！"

"是的。黄百韬的死，不但是做了蒋介石错误战略的牺牲品，而且也是做了蒋介石反动政治的牺牲品。"李将军炯炯地环视着会场，"蒋介石不顾民族大义，不顾国家在抗日战争结束后尚未恢复民族元气，悍然发动反共反人民的内战，这就是横下了一条心要陷手下成千上万的官兵于死地。而黄百韬不愿向人民屈服，甘心情愿为蒋家王朝殉葬，这就构成了他的悲剧。在座的诸位在最后的时刻能够猛醒，这是令人高兴的。希望你们能在民主阵营中找到真正的出路，并跟上历史的潮流。我相信，凡是有爱国心的人都不难做到这一点。来，为国家更新，为诸位新生，干杯！"

我们一齐站起，觥筹交错地碰了一番以后，一齐把酒喝下去了。

随后，他又问了我们每一个人的家庭情况。他安慰我们说，一俟全国解放，便会立即安排我们与家人团聚。他还特别问到我儿子被枪决的情况，对此深表同情。他说：这样一个刚刚开始觉悟的年轻人，应该活到今天而没能活下来，非常令人惋惜。希望你的女婿能够吸取教训，早日脱离反动军队，回到人民一边来。

因为我是全座最年长的人，他又专门为我夫人的安好祝了酒。看到共产党竟是如此通情达理，全体战俘无不为之感动。

这时门开了，一个机要员拿来一封电报和一封信。他迅速看完电报，顿时面露喜色。

看到他神情变化得如此开朗，王泽伦忍不住小心地问了一句："是否贵军又有胜利的消息？"

"是的，"李将军兴奋地站起来，高声宣布道，"昨天，黄维兵团在徐州以南双堆集陷入我军重围。"

宴会的气氛唰的一下沉寂下来。这消息是震动人心的：五天以前，我们在千军重围中曾经绝望地等待过黄维的援救。现在，他们也陷入重围了。

李参谋长马上设法打破这难堪的气氛。他斟满一杯酒说道："当然，我们绝不希望黄维也像黄百韬一样死去。我们希望能重新见到他！"

但大部分战俘心情烦乱，竟无人响应。

他平静地笑笑："军情如火，人情如水，不要把它们搅在一起。还是谈家常吧！诸位，如果我个人有什么喜讯，你们是否愿意向我祝贺呢？"

为了不使他独自支撑这尴尬的局面，我首先立起身来响应。我也斟满一杯酒举起来说道："礼者事之度。只要李将军不吝相示，老朽当领衔恭维！"

人们重新笑起来。

这时，那个营长已衣着整齐，头发也剪过了。他咔的一声跨出座位，毕恭毕敬地将一杯酒高高举起："我愿为李将军的喜讯一饮而尽！"

人们笑着，纷纷相问。李参谋长笑视着我，估计我已猜出十之八九，却又笑而不答了。倒是营长忠厚，他一把拉住了机要员不叫走，非要她透露不可。机要员便笑着看了李将军一眼，大声向大家说："两天以前，李参谋长的爱人在后方生了一个儿子!"……

我紧紧盯着楚轩吾那闪着隐隐泪花的老眼，心剧烈地跳动了起来。

……我们纷纷起立，为这个儿子向他祝贺!

我端着酒杯，离开座位径直走到他面前，一手拉住他的手，一手将酒杯高擎在空中说道："中年得子，乃人生一大幸事。李将军，轩吾虽不能造福后人，在这里却愿为我们的子孙永不征战而连尽三杯!"

"不，"李参谋长也异常兴奋地看着我，"使天下赤子永不厮杀，乃民族一大幸事。但假如四海未平，一旦国家有警，我却愿为我们的子孙共同征战而连尽三杯!"

这一席话，使在场的人无不称叹!

我与李参谋长对视了一下，这杯酒竟是含泪而尽。

最后，我问他："你打算给孩子起个什么名字?"

他思索再三，说道："他出生之时，我军已首战告捷。当前我们国共两党大战方酣，两淮人民生命财产损失不小。为了纪念这次我军迅速获胜，为了预祝下一步战局进展顺利，更为了希望战事早日平息，我想给他起个名字，叫作：李淮平。"

一种从未体验过的激动冲击得我一阵眩晕。李淮平，这个十八年前出生在战场后方的孩子就是我呀！

直到今天，我才知道我的名字竟浸透着父亲如此器重的深情。自我懂事时起，父亲在我眼中就是一种威风很重的形象，令我生畏。可是今天我才知道，一向不苟言笑的父亲，竟也有过如此动人的情怀！

父亲对国家的感叹，父亲对内战的谴责，父亲对后人的希望，父亲在那个宴会上所说的和所想的一切，都像酒一样浸醉了我的心。

我仔细地端详着楚轩吾，端详着这个已经苍老，但依然筋骨刚健的老军人，心中突然感到他是这样的慈祥，威武，亲切！

这时，各处房间里翻天覆地的抄查已渐渐停止了，大家聚集在院子里，喧闹地清点着那些堆积如山的东西。夏夜的沉闷空气中，混杂着樟脑气味儿。

我看了看墙上的挂钟，已经是深夜一点钟了。这时一个红卫兵推开门走进客厅，一边掸去满头满脸的灰尘，一边没好气地向我说："他妈的，这个老家伙真是个滑头。到处翻遍了，什么反动的东西也没发现！"

"你们在院子里堆了些什么？"

"全是浮财！老东西简直太阔了。"

我命令道："把生活必需品给他们留下，其他东西统统拉走！"

"好！"那个红卫兵转身出去了。

我看看楚轩吾，他一动不动地坐在凳子上，好像仍然沉浸在往事的回忆中。

"楚轩吾，你能担保你讲的都是真实的吗？"

"我说过，这样的经历不可能伪造。"

"那好，把你讲的全部写成书面材料。尤其是关于李参谋长，更要详细一些，我们将找到他核实。有一句扯谎，拿你是问！"

"好吧，我可以做到。"

"现在去看看你的妻子吧，安慰安慰她，就说除了抄一些你们不该有的东西，我们不会伤害任何人的。"

他点点头，慢慢站起身往通向西厢房的小门走去。到了门口，他转身望了我们一眼，似语而未语的样子，叹了一口气，转身消失了。

"老东西，来头不小！"我的朋友津津有味地回味着楚轩吾的故事，不禁啧啧称叹。他在桌子底下踢了我一脚，笑道："怎么样，叫你爸爸会会这位老相识吧？"

"说什么？现在还搞不清他到底是什么人。"

他把全部记录往我面前一推："我看假不了！不过行啦，咱们该收兵了吧？"

我把材料拿起来说："好，收兵！"

这时，又有一个红卫兵推门进来，俯在我身边轻轻问道："这家里还有两个孩子，你是不是做做工作？"

"孩子？多大的孩子？"

"哎哟，挺大了，和咱们差不多。"

"那带来吧。"我翻阅着潦草的记录，心里一点也不想见他们。说实话，对于不得不放下这珍贵的回忆而去开导那些子女，我感到非常厌烦。

在楚轩吾消失的小门中，又出现了两个人。他们穿着夏季的淡色短衫，一大一小默默地站在那里。

"过来。"我掏出钢笔，对一处记错的细节做了补正。

也可能他们没搞清我这心不在焉的招呼是向谁说的，晃了晃没有动。

"过来！"我不耐烦地再次命令。可是他们仍然一动不动地站在那儿。我有些奇怪了："聋子吗？你们……"我生气地将记录啪地摔在桌子上，抬起头冲他们呵斥起来。可是当我终于看清了那个姐姐时，却瞠目结舌了。

一言不发地站在那里的，正是我三个月前在树林中结识的那个女孩子：南珊。

她低着头一动不动地站着，脚上是一双干净的黑布鞋，眼光就停在鞋尖前的那一小块地上。现在，她穿着单薄的夏衫，一个比她小三四岁的弟弟紧偎在她身边，手攥着她的衣襟，正用胆怯的眼神望着我们。此刻，她已经完全不是树林中的那个女孩子了。这不是由于她的装束变了，而是由于那种天真烂漫的气息已从她身上一扫而光。她那整齐朴素的身影笼罩在这惨白的日光灯下，真是一片茫然和苍白。

我的心突然凝固了，随后便开始猛烈地跳起来。一股痛苦的浪潮从我心头涌起，那沉重的压力立即把一切都盖住了。

是的，站在那里的，就是我不久前才刚刚熟悉的那个女孩子。我们曾在一场小小的冲突中获得了友好的谅解，我们曾在一番海阔天空的谈论中交换了各自心中的真理，而她还那样信任地把一本心爱的书借给了我。可是现在，我们却在这样一种场面中重逢了：她将要受到一番无情的盘问和训斥，而我却坐在审问席上。

我两眼直瞪瞪地望着她，好久都说不出一句话来。直到屋中开始响起了窃窃私语声，我才如梦初醒，勉强招呼了一句："过来……"

身边的人立刻用愤怒的眼光瞪了我一眼。我吃惊地听出来，我的声音竟突然变得如此无力和温柔！

　　那个小男孩儿听后想向前走，但是被南珊紧紧搂住，一步也无法挪动。我不得不咬咬牙，直视着她，第四次发出了命令："过来！"

　　这是一个陡然变得强硬起来的命令，因而更加显得不可抗拒。南珊似乎犹豫了一下，终于搂着弟弟弱小的肩膀，慢慢走到客厅中央，在楚轩吾坐过的那把凳子旁边站住了。

　　"坐下。"我说。

　　南珊却坚定地站着。她的手显然抓得很用力，以致那个乖怯的小弟弟一动也不敢动地紧靠在她身边。

　　我明白了：我不可能命令她去做任何事情。她现在已经是一个被不幸和痛苦武装起来的人。任何力量，哪怕再严厉，再无情，也不可能更沉重地打击那颗已经木然的心灵了。

　　周围是一片严肃的沉默。一切都在等着我的命令去开始。环境和气氛都不允许我再有任何的犹豫和徘徊。于是，我不得不开始审问了。

　　"姓名？"

　　没有回答。

　　"我在问你：你叫什么名字？"

　　她慢慢抬起头，无言地看了我一下。她的眼睛中并没有丝毫的恼怒和哀怨，只是充满了失望。在那双空空荡荡的眼睛后面，再也没有那个天真大胆的心灵在望着我了。她嘴唇紧紧地闭着，连回答的表示也没有。但那茫然失望的神情却好像在说："何必还问呢？你早已经知道我叫什么名字了。"

面对这令人难以忍受的无言，我毫无办法，只得转向她的弟弟。

"你叫什么?"

他怯生生地看着我："我叫南琛。"

再也没有什么好说的了。我狠狠地咬着牙，心中隐隐感到有些生气。也可能是难言的痛苦吧，但它已经开始把猝然相遇时产生的那种慌乱和难堪压制下去了。这时，我身上的军装，我臂上的袖章，我所处的位置和身份，以及这大举查抄的严厉场面，都使我才获得不久的那种冲天的，然而虚伪的正义感和使命感迅速地复活起来。我开始猛烈地谴责自己的软弱，这就再也不容我对南珊抱有一丝一毫的同情。于是，我的耳边响起了我自己斩钉截铁的声音："南珊，南琛，我们是红卫兵。对于今晚的抄家，你们作为子女，我必须严肃地向你们说明一下。今天来抄你们的家，对于革命来说是完全必要的，或者说，这是一次必须进行的革命行动。你们应该很好地对待。你们必须懂得，你们这个家庭是罪恶的和可耻的。这是国民党反动派遗留下来的一个角落，它使你们从小就生活在剥削阶级的残渣余孽和污泥浊水中。因此，你们应该仇视它、反抗它、抛弃它! 现在，这个行动正在全市进行，所有你们这些做子女的，都必须与家庭划清界限。你们要清醒一些，脱胎换骨的改造虽然痛苦，但革命的潮流是无情的。谁要是甘心情愿做反动军阀的孝子贤孙，谁就难免成为剥削阶级的狗崽子，为旧制度殉葬! ——你们听到了没有?"

"嗯!"南琛马上点了点头。这个幼稚的小男孩儿在这样小的年纪就已经习惯了屈服，但他显然根本就不能理解我的话对他一生的生活究竟意味着什么。

"你!"我盯着南珊狠狠追问了一句。

仍然是令人难以忍耐的,不可侵犯的沉默。她似乎就依靠着这沉默与我对抗着,并且简直是用它筑成了一道坚不可摧的城墙。

我的朋友终于被激怒了。他啪地一拍桌子,猛地站起身来,在近在咫尺的地方用手指直指着南珊那低垂的头,愤怒地咆哮了起来:"你是在反抗!在猖狂地反抗!你想用沉默来表示你的抗拒、仇视、诅咒和一切反革命的情绪,是吗?你说出来!你的阶级立场站在哪一边?你的阶级感情倾向谁?你的阶级本能又将使你想什么,说什么,做什么?你说!你不敢说,是吗?你想把你心中的一切恶毒都隐藏起来,然后在适当的时候把刀口——如果可能的话还有枪口和炮口对准人民,对准我们,对准无产阶级专政,是不是这样?告诉你:你想错了!你必须唾弃你的外祖父!你必须鄙弃你亡命国外的父母!你必须抛弃你这个罪孽深重的家庭!否则,你,你弟弟,在这个社会中永远也不会找到出路!"

对于自己的过去,谁可以没有自尊?对于自己的将来,谁可以没有自信?然而我们这急风暴雨般的呵责和斥骂却把这个女孩子的过去和将来扫荡得干干净净。

南珊仍然无言地站着,她搂着弟弟的手臂已经没有了力量,头也垂得更低了。

"你听到了没有?"我知道她心中那沉默的城墙已经完全崩溃了。

南珊站着,过了很久,才咬着嘴唇轻轻点了一下头。一颗泪珠顺着她的衣襟滚落下来,沉甸甸地在撤去地毯的地板上跌得粉碎。

直到今天,我都无法理解,我怎么竟能对她说出那么一套冷酷无情的话,更无法理解,为什么在她受到了那样猛烈的打击以后，我还能对她心中那道已经倾颓欲坠的防线做了最后的一击，竟然把那一连串大张挞伐的字眼儿与南珊这样一个女孩子联系在一起。当我的朋友把那些肮脏和丑恶的字眼儿接连向她打去的时候，我清清楚楚地记得，我的心怎样被绞得生疼！

"走吧！"我怀着铁一般冰凉的心向她发出了最后的命令。

南珊慢慢转过身，带着弟弟向那道小门走去。可是当她已经推开门的时候，我突然想到了她的那本《莎士比亚戏剧集》。仓促中，我把她叫住了："你站一下！还有一件东西，一本书……"在众目睽睽之下，我一时竟找不到合适的语言来说起那件事。

南珊站住了，但是并没有回头。她站在门口把头摇了摇，便痛苦地收缩着双肩，搂着弟弟继续走了进去。她走得那样缓慢。当她的身影已经消失在门后的时候，她留在门沿上的手指很久才慢慢地、发着抖松开。

大街上，装满了衣服、书籍、器物、皮箱和一套大沙发的卡车，满载着红卫兵，在寂静无人的街道上飞驰。

我的红卫兵战友们靠在车帮上，脚下踩着满车"战利品"，高唱着雄赳赳的红卫兵战歌，全都沉浸在胜利的兴奋和欢乐中。

我一言不发地直立在卡车上，风从我耳边呼呼地吹过。我什么也不说，什么也不想，心中乱糟糟的，又像是空荡荡的。三个月来，我曾经反复去推想那个叫作"南珊"的女孩子究竟是个什么样的人。我曾经设想过她的父母是学者、作家、艺术家，或是和我父母一样的党或军队的高级干部。我毫不怀疑她一定是在一个极好的家庭中成长起来的。甚至当红卫兵运动刚刚兴起的时候，我曾希望过能在自己的队伍中看到她……可是，我却没有料到她的家庭原来是这样的。她的父母一直逃亡国外，不，实际上她没有父亲也没有母亲，她只有一个在战争中一败涂地的老将军做外祖父，和一个弱小的老太太做外祖母……

我想着，想着那满目疮痍的战场——在那冰天雪地的炮火中诞生了我和她；想着那浓荫密障的树林——在那古老高台上一场天真的高谈阔论中我们建立的友谊；还想着刚才那个宁静的庭院和古朴的客厅，想着猝然相遇时她那低垂的头，苍白的身影和那颗摔碎在地板上的沉重的眼泪……我漫无边际地想着。不，其实我什么也无法想。我的脑海被一幕幕急促闪过的战场、宴会、树林和客厅完全淹没了。

南珊，南珊……我心中反复想着这个名字！

我就这样沉默着，任凭战友们震耳欲聋的歌声在我耳鼓上震响。那时候，在我的感觉中已经什么都没有了。我只感到那无数雪亮的路灯，从我头顶上的夜空中一盏又一盏飞快地向后划过……

第三章　冬

黑暗中，我手忙脚乱地洗印好最后的几张照片，拉开了厚厚的黑窗帘。顿时，一片白花花的光线刺得我睁不开眼。

我向结满冰花的玻璃上哈了一口热气，透过融迹向外一望，才发现外面已经飘起鹅毛大雪了。

我看看表，离火车出发的时刻还差两个多小时，于是把那一堆未经剪裁的照片往怀里一揣，匆匆穿起大衣，三步并作两步冲下楼梯，取出车子推到大街上，跨上便拼命地蹬起来。

这场大雪给我骑车增加了不少困难。但是，寒冷却挡不住友谊的召唤。

今天，我的几个好朋友就要到内蒙古大草原上去落户了，而他们走后不久，我也将应征入伍，并且完全不知道会在什么地方，服役多久。所以，我们这些在"文化革命"的动荡中结下友情的伙伴，可能会在很长的一段时间中天各一方，几年，十几年，甚至几十年，再要欢聚将很难了。我心中只有一个念头：快点赶到车站，把最后聚会的照片分送给朋友们，然后坐在车厢里热热乎乎地再好好谈一谈。现在送行的人中可能只差我一个人了，朋友们不知正等得多焦急呢？

当我终于赶到车站，跑上站台的时候，这里早已人山人海，要想上车简直不可能了。

车站里的热闹是空前的。在站台中央一条写着"热烈欢送知识青年上山下乡"的大红横幅标语下，一群年轻人正起劲地擂动一面大红鼓，敲着好几对铜钹和铜锣；上百个小学生打着花鼓，跳着舞蹈；在人们的头顶上，高音喇叭正播放着"到农村去、到边疆去、到祖国最需要的地方去"的雄壮歌曲。人群中还不时响起阵阵口号声。十几面红旗来回晃动着，更增加了这一片热闹而混乱的气氛。这些声音混合在一起，简直就是一片狂涛巨浪，一场急风暴雨，使人的耳朵除了一片轰鸣之外，什么也听不见。

我踩到花圃的铁栏杆上，越过攒动的人头望过去，只见一层层的人挤满了站台，簇拥着一列列绿色车厢。

我跳下栏杆，开始使劲扭动身子向车厢挤去。我拼命挤到了离车厢三四米远的地方，人就像压缩过的一样，再也挤不动了。我踮起脚抻长脖子，向各个车厢窗口张望，车厢中已经坐满了人，每个窗口都露着三四个脑袋在与外面的人讲话。但是我却看不到一张熟悉的面孔。

"李淮平！……"突然从嘈杂的人声中隐隐传来一声呼叫。

我顺着声音寻去，终于在几个脑袋后面发现了朋友的半张脸。他在车厢里着急地叫着，甚至把嘴也伸了出来，我却根本无法听清他说的是什么。

"他们都在哪儿？"我大声喊着，声音却淹没在浪涛中，连我自己都不大听得清。

他咧着嘴，使劲摇摇头。

"他们、他们呢？"我高高举起照片，用更大的声音问。

他伸出大拇指向后翘着。我立即明白，他们都在上面了。可是我怎么上去呀？

我真恨不得从人群头上爬过去。但是我正在用力，前面一个人却用胳膊肘用力顶了我一下，不满地说："穷挤什么？没见人都挤成罐头了！"

"我急着送东西！"我手里满把的照片仍然举在头上。

他看了一眼，不以为然："什么了不得的东西！劳驾，咱们都老实待会儿吧。"他手上，也无可奈何地捧着一个缝紧的布包。

我知道，想到车厢跟前去已经毫无希望了。我满头大汗地挤出人群，不得不想想其他办法。我开始四处打量起来。

突然，我远远发现车尾那边冷冷清清，心中不禁一亮：如果我能从车尾钻上去，不比在车窗前更强吗？我决心试试运气。

这里可真是冷清多了。列车旁到处散乱着一些行李和邮袋，停着一辆电瓶车。几个工人正坐在行李间吸烟，还有两个女乘务员靠在车厢上轻松地聊着天。

我装作上不去车的样子，急急忙忙向车门跑来，说了声"来晚了，那边上不去了"便一步跨进了车厢。

我顺着车厢快步向前插去。这时我才发现，车厢里除了堆着过多的行李，人们只不过都挤在了窗口，里面其实并不拥挤。我迅速走到第三节车厢，这里可是拥挤多了，过道中堆满了行李，我刚一进来，便不得不抬高了腿，从那些包袱、皮箱中深一脚浅一脚地迈过去。但没走几步，我就必须踏着座位才能越过去了。我从一个座位跨到另一个座位上，一路不断地给人道歉："对不起！……请让一让……谢谢！"

　　他们有的忙着自己的事情，有的厌烦地看看我，倒并没有作声。可是当我快到最后一个座位时，一个人却啊的一声叫了起来："哪儿来的混蛋！你他妈乱踩什么？"

　　我站在座位上向下一看，一个身材粗壮的中学生站了起来，涨得紫红的脸正恼怒地看着我。原来他的大狗皮帽子被我碰掉在地上，正掉在一大堆瓜子皮和烟头上面。

　　我赶快向他道歉："对不起，行李把过道都堆满了。"

　　"少他妈废话，你给我捡起来。"他一手叉腰，一根手指笔直地指着地上，挑衅地瞪着我。

　　显然，我面前出现了一个蛮横无理的家伙。看他那翻着眼白的眼睛，好像如果我不弯腰给他拾起来，他就要把我揍扁似的。

　　我心中冲起一股怒火，咚的一声跳到地上牢牢站定："我不捡。"

　　现在，我已站在宽敞的过道里，而他的两腿却都挤在行李中间，在这个极为有利的位置上，如果我猛击他一拳的话，他肯定会翻倒的。

　　"你敢！"

　　"你试试看！"

　　我威风凛凛地与他对视着，除非他不再挑衅，否则我宁愿不去送朋友而在这里进行一场恶斗！对方显然摸不清我到底有多大力量，突然犹豫了起来。

我抓紧机会马上脱身，冷冷地说了句："不懂礼貌，就自己去捡你的帽子吧！"转身走掉了。

那人在我背后低声骂了几句。我决心不再做任何纠缠。因为我还得穿过五六节车厢才能找到朋友们呢。

但当我跨进第四节车厢夹道时，我的脚却突然之间站住了。只见在最近的一个座位上，背向我坐着一位老人。他穿着獭皮领子的大衣，正在听他身边角落里一个我看不见的人在讲着什么。那花白的头发、宽阔的肩膀和那充满军人气概的笔挺的坐姿，看上去多么熟悉！猛然间，我想起了灵隐胡同七十三号客厅里坐在沙发上看电视的那个背影，心中不禁大吃一惊：楚轩吾！

距离那天深夜的抄家，已经过去两年多了。现在他坐在火车上，无论如何也不会想到曾经领着二十四个红卫兵袭击过他家的那个人又走到了他的背后。

"楚轩吾？他怎么会在这里？……"我心中疑惑地想着。突然，我的心咯噔一声："怎么？难道南珊……她也是这一趟车走吗？"

公园里那个侃侃而谈的女孩子和客厅中那个默默无言的少女一齐在我眼前浮现了出来。两年了！两年来，那一切难忘的情景从未在我心头消失过。而现在，她可能就坐在离我几步远的座位上。生活的洪流和旋涡，又将我和她冲到了这样近的地方，可是这次我却没有任何勇气走上前去了。

我默默地退回来，停在那里，悄悄看清了他们全家的位置：楚轩吾紧挨过道背向门口坐着。他面前那个穿着棉猴的中学生正是南琛。这个男孩子比那时已经大了两岁，但那双稚气的眼睛却没有变化。现在，他正出神地望着车窗外面纷纷扬扬的大雪。

　　就在南琛的身旁，坐着一个人。这个人几乎完全被夹道的拐角挡住了，只露着半个肩膀和那条搭在大衣剪绒领子上的粗粗的辫子。可是，尽管我完全看不到那张端庄秀丽的脸，看不到那双明亮聪慧的眼睛，但那斜峭的肩膀，那熟悉的辫子，以及那安静的坐姿，却使我立刻认出了：这就是南珊。

　　可能这节车厢都是兄弟姐妹一同下乡的，有些人又下了车，所以不那么拥挤。各家之间被大堆的行李隔成了一个个单元。从那里走过去，不引起他们的注意是不可能的。

　　我的心收缩了。一种巨大的力量阻挡在我面前，使我不能再前进一步。我好像感觉到只要我的脚重新踏进那个家庭，在那里发生的事情就将是无法想象的。但同时又有一种巨大的力量禁锢住我，使我无法离开。我知道如果我转身走掉，我就会永远失去这个家庭，失去这个家庭中的南珊。不，我不忍失去这一切！这一切当中不仅有南珊和她一家人，而且也有我父亲的经历，有我出生的历史，有那片树林中的巧遇，海阔天空的谈话，以及对我的人生发生了剧烈影响的那次抄家的全部回忆……我被一种矛盾而复杂的心情紧紧地束缚在那里，一动不动。

　　于是，在这即将远行的列车上，我沉默在一旁，听到了南珊和她的家人在告别时所说的一大段对话……

　　此刻，从楚轩吾身边我看不见的角落里，正传来老夫人的啜泣声："……你们都还是孩子……就要远行……万一有个什么好歹，叫我怎么向你们的父母交代！……"

　　"放心吧，珊珊已经很懂事，她会照顾好琛琛的。"楚轩吾用自己也是惆怅的声音极力安慰她。

"她又有多大哟！……在家守着我们，怎么都好说，一旦离家在外，千里迢迢……"她说不下去了。

"唉，事已至此，心就是放不下也要宽一宽。"楚轩吾叹了一口气，"当初我弃学投军的时候，我母亲也是难离难舍，那是在那个兵荒马乱的年头。现在国家是太平多了，孩子们何尝不可以出去走一走，为什么一定要坐守门庭呢？让他们自己去闯吧，我们不能照顾他们一辈子的。何况我们还能操几天心！"

"就是我们死，也要等子明他们回来，叫我们……见见团圆……"老太太已泣不成声。

"唉，哪就到了那步田地！"楚轩吾摇摇头，嗓子也哽咽了起来。

"爷爷，姥姥，你们不必太牵挂。到乡下，我会带好弟弟的。"

这是南珊平静的声音。这声音我已经近三年未听到了。现在，这声音在我心中重新唤起了树林中那次巧遇的亲切回忆，也唤起了她突然出现在我面前时那种痛苦而难堪的情景。

"那边的情况你有所了解吗？"楚轩吾问。

"听打前站的同学回来说，公社安排得还是很不错的。房子早已安排好，今冬的取暖煤也调拨得很充足，火炕我们慢慢会习惯的。到那儿以后，我就先把琛琛安顿好，能住在一起就住在一起，不能的话就住得近一些，尽量不叫他离开我就是了。如果缺什么东西，我会随时向家里要。不过这些年我也打算对他严一些，十五岁的孩子，再娇下去也不好。我觉得姥姥在家对琛琛也太宠些了。"南珊的话完全是一个当家的大姐姐的语气。

"困难还是要估计足。北方冷，衣服都带足了吗？"

老太太答道："厚衣服差不多都带上了。两人的大衣都衬了皮里子。珊珊还帮我给琛琛做了件皮背心。"

"爷爷，为了做这件皮背心，姥姥把自己的大衣里子都拆了。"

楚轩吾掀起妻子的大衣角看看，叹了口气："我不是还闲着床皮褥嘛！"

"我跟姥姥翻遍了箱子，只找到两张皮子，一件是您的旧皮裤，一件就是姥姥的皮大衣。"

"其他那些呢?"

"没有了。"

"抄家时拿走的吗?"

南珊不语。

"这些皮子也不够做两件大衣嘛！"

"他两人也就是胸前背后衬一衬罢了，哪还做得起整件的皮大衣！"

楚轩吾带着一切老人在这种时候都会有的那种认真，又伸手去掀南琛的大衣角，却被南珊拦住了："爷爷！就别看了。我们一起去的同学中能有皮毛的又有几个！放心吧。我们的条件已经够好了，再求全就过分了。"

楚轩吾只好点点头："好吧，那这些事我们就不操心了，你们到了以后，快些来信。别叫家里牵挂。"

"嗯。"

听了这一席对话，我不禁大吃一惊，南珊给我的印象太美好了，以至我不知不觉地把她所生活的环境也完全理想化了。其实，在我们的社会中，失去政权的国民党将领们过的是一种政治地位十分卑微但物质待遇却比较优厚的生活。正是因为这样，所以楚轩吾虽然由于被抄了家而大大降低了生活水准，可是当南珊与南琛姐弟去插队的时候，他的夫人所能做的物资准备与一般市民比起来还是相当充足的，这是一种包含着尖锐矛盾的生活。这样的生活，对于那些国民党将领本人可能还无所谓，可是这种生活却往往使他们那些缺乏阅历的子女在步入复杂的社会环境后，陷入难以摆脱的矛盾中：他们幼时的生活大都是较好，甚至很好的，但将来的前景却无比暗淡；他们在成长中能受到很好的教育尤其是家庭教育，但成年以后却很难有尽情发挥的机会；他们对理想的美好生活充满着热爱和追求，却又缺乏蓬勃的自信。为此，他们常常感到自卑，但绝不认为自己天生低劣，他们大都安分守己与勤奋上进。我的同学中就有一些这样的人，他们的言行举止都明显带着这种生活的痕迹。本来我对他们在同情中夹着轻视和疏远，无形中把他们看成是被时代和社会遗弃的人。然而，南珊的出现，使我不得不承认这样一个生活的真理：得意容易使人腐败，磨难却使人更趋于完善。南珊无疑是他们中的出类拔萃者。

现在，她马上就要离开这个陶冶了她十九年的生活环境，正准备去过一种崭新的、对于任何一个女学生来说都是陌生而困难的农村生活。但是我却相信，这种生活摆在南珊这样一个对生活充满了韧性和进取心的女孩子面前，她一定会勇敢地走进去的。

我没有猜错。她说道："农村生活很艰苦，这我知道。尤其是对于琛琛，这艰苦更要显得重一些。但艰苦并不等于痛苦，因为那里有创造和收获，我相信我们会找到许多我们在北京永远也得不到的欢乐。"两位老人默默听着外孙女这略带哲理气味的话。"琛琛一向害怕动物，在家连小鸡都不敢拿，到农村他会跟动物交上朋友，锻炼出一个男孩子应有的勇气来。他身体也弱，但是没什么疾病，像他这样大的孩子，身体该强壮得多。姥姥，您现在担心的应该是他将来有没有独立生活的能力，而不是他会吃什么苦。到农村后，我准备教他些缝补炊厨，过几年你们如果能去看我们，他也许会给你们烧饭了。另外一些必要的功课我也准备再教教他。琛琛现在很喜欢无线电，有关的书籍，我已经给他准备了一些。我相信，在农村我们会很快适应，并找到许多新的乐趣的。"

南琛还在看着外面的雪花。

"好，琛琛就交给你吧。——琛琛，到了草原要听姐姐的话！"

"嗯！"南琛十分听话地点了点头。

南珊细心周到的设想减轻了老人们心头的重重忧虑，一家人的心情缓和多了。

"还有，我房间里放着几只纸箱子，那里面都是我要看的书。如果那边条件允许，我会写信向家里要。你们给我寄去或是捎去。"

"生活上该多用些心思了，别总是忘不了那些书哇书的。"这是姥姥疼爱的责备。

"不嘛！"南珊有点撒娇了，"我可不爱过没书的生活。不爱书和不知书的人，生活不会美好。"

"这是谁说的呀？"

"我呀！"

"哟，小孩子家哪有这样说话的？"

"我为什么不能这样说呢？书上可以说的我都可以说。何况我信呢！"

"学究气！"老太太大概瞪了外孙女一眼。楚轩吾也满心宽慰地扑哧一声笑了。

这充满疼爱的笑声，是对子女感到自豪。它从一片悲伤中泛起来，却把那悲伤深深地埋藏到笑声下面去了。

"嗯，一个年轻人，即使是一个女孩子，也应该有这点志气！"楚轩吾赞许地点点头，"你们从未离开过家，这次也是机会难得，去见见世面是件好事嘛！你记住我的话：经历是一个人理解任何道理都离不开的基础，只有阅历丰富的人，才可能有很强的理解力和洞察力。你读了许多书，但蛰居书室是不行的。珊珊，带着弟弟大胆地去闯生活吧！到世上去走一走，去结识人物，去熟悉人间，有机会还要去游览名山大川，看看祖国的大好山河！你带着书到世上去，会其乐无穷的。去吧，孩子，你想得对：到艰苦的创造中去寻找欢乐。不能靠我们这些不中用的老家伙过一辈子，年轻人的道路从来都是自己走出来的！"

他们说的算不上是什么豪言壮语，鼓动年轻人不顾一切地去奋斗的话我听得已经太多了。可是我了解他们的生活，当他们也用这些话来激励自己那种生活的时候，我却真的感觉到了这些话本应有的那种力量。对于他们来说，这不可能，也不允许是一套充门面的虚饰和一通心血来潮的牛皮，而必须是踏踏实实的勤劳与认认真真的智慧。正是从他们一家人这坚强而质朴的生活态度上，我相信，南珊最终一定会带着她的弟弟从生活的磨炼中勇敢地走出来。

在已经完全平静的气氛中，他们开始谈起一些琐事。

"临走前，学校里的事情太多，没来得及去看郑姨，而且我又怕她难过。我们走后，千万给她带个好。"

老太太这回是真的在抱怨了："你这孩子，她自小带了你十几年，现在都要走了才想起人家。"

"姐姐夏天带我看过她的!"南琛显然想起了一次快活的探望,高兴得两腿一弹,好像要跳起来。南珊急忙按住他,一条手臂在空中一划,亲昵地搂住了弟弟的肩膀。

一家人快乐地笑了,引得其他座位上的人也向他们这里张望,他们放低了笑声。

老太太问南琛:"姐姐带你干什么去啦?"

"送药嘛!"

"药?"

"夏天她的偏头痛又犯了。我们一个物理老师的父亲给了个偏方,我和琛琛送去了。"

"方子可靠吗?"

"人家是个退休的老中医呢!"

"难能可贵!药效还好吧?"楚轩吾由衷地称赞了外孙女的行为。

"还好。琛琛那套格子衬衫就是她那时做的。"

"钱和布票给人家了吧?"

"给了,原来她死也不要的。"

"真难为她……"

我想起那天晚上我们一群红卫兵破门而入时那个吓呆了的中年妇女,心中感到一种说不出的滋味。这时候,我又害怕又希望听到他们谈起那次抄家。我想知道那痛苦故事的后来发展,却又特别怕听到我们行为的后果。激烈的思想斗争和感情上的悔恨使我真想猝不及防地走到他们面前,庄严地道个歉,然后马上走掉。那样,我相信南珊和她的家人会原谅我,而我自己也会好受一些。然而我没能鼓起勇气那样做。我既没有力量上前,也没有力量走掉，以至尽管这种藏形隐迹的举动已经引起我自己深深的憎恶，可我还是待在那里继续听下去了。

"有一点，我总也放心不下，珊珊，你很自信，你真的认为自己很强吗？"

"不认为，爷爷。"

"从心底深处好好想一想。"

南珊不解地想了想，仍然肯定地说："我真的不这样认为。"

这时楚轩吾作为一个公正的爷爷，开始对南珊做出最严肃的评价："你姥姥总说你温顺、懂事，但我对你的看法却不这样简单。你太爱看书了，爱得有些不正常。你在很小的时候，就常常把自己关在屋子里一看就是一整天，还常常把一个问题思索很久。为什么一般女孩子们都喜欢的活动你不那样喜欢？为什么你怀着那样大的兴趣去看那些连成年人都觉得艰深的书？尤其这两年，你越发这样了。家里被抄掉的那几天，你几乎是用一种疯狂的劲头去看书，为什么？这件事值得那样失魂落魄吗？或是还有其他缘故，使你想那么多，那么深？我的孩子，读书是件好事。但读得过了量却让人担心。我并不无节制地欣赏年轻人的苦读书，这种习惯常常是一种固执、一种自负、一种清高。如果这样，那就很不好。"听到楚轩吾竟把这样的评价给予他这个又聪明又善良的外孙女，我心中有些困惑和不平，虽然我还是想到了抄家时她那种倔强的，不可侵犯的沉默。"不错，你从小就很坚强，甚至受了很大委屈也不掉泪。为了这，爷爷一直喜欢你。可是现在你要去独立生活，我不能不指出这个问题了：你坚强得有些执拗，我真担心你会成为一个恃才傲物的女孩子。你读了那样多，想了那样多，却都埋藏在心里，很少说什么，我知道你的心并不平静。如果你把一个奔放的思想拘禁在一个沉静的性格中，我是很不安的。这常常是一种痛苦的压抑和忍耐。孩子，胸怀要宽阔，为人要通达，不能……"

楚轩吾的话引起了老夫人理所当然的抗议："嘻，你说到哪儿去了，珊珊长这样大，你什么时候见她闹过脾气来？真是，孩子要走了，不说鼓励她，倒挑着毛病数落起她来了！"

"她的倔强，正因为看不到才更严重！"可以听出楚轩吾对南珊确实怀有深深的担忧，"珊珊，一个人在社会上立足，千万不可有骄妄之心。你从小就没有见过母亲，缺少母爱会不会使你对世界失去温柔的感情呢？会不会使你的性格变得冰冷淡漠呢？"

"爷爷，别说了，虽然我从未见过母亲，但我从你们那儿得到的怜爱，却不下于一个母亲……您的话我会注意的。"南珊央告似的说。

楚轩吾固执地摇了摇头："你是个没娘的孩子。我真担心你会因为自己缺少幸福就对他人心地冷漠，你把整个心都埋到书中去了，难道你真的已经将人间看得萧条惨谈了吗？告诉我，孩子，你究竟怎样看待这个世界，如果你对千千万万不同于你的人还怀着眷恋之情，爷爷就放心了。但是如果你由于书看得太深太多而学得只会以理性的眼光来看待人类生活的一切，那你无疑已经成为一个心地冷酷的人。这种人往往会把自己的理念看得高于一切，他把自己的理念看成老百姓的上帝，其他人都不过是他对世界秩序进行逻辑演算的筹码而已。这样的人，爷爷是不赞成的。珊珊，人之所以为人，就在于他不尽失赤子之心，所以我虽愿你心中有理，却不愿你心中无情。无情之心，对己尚可，若对人，就是有罪。"

这出人意料的责备使一家人突然之间陷入沉默，南珊无法再说话了。我看不到此刻她是什么表情，但她肩上那条辫子的慢慢移动，却说明她低下了头。

南琛看看爷爷，又看看姐姐，然后用探询的大眼睛望着角落里的姥姥，不知道自己惹了什么祸。

良久，南珊才用痛苦的声音轻轻说道："爷爷，从内心讲，我是自卑的，虽然我一直不愿向自己承认这一点，但如果要公正地看待自己的话，我却必须说我的的确确是自卑的，而且从小就是这样……我自己知道这种自卑感曾经是多么的沉重，也深知我是经过了多么困难的努力才勉强克服了它，然而即便是现在，我要想享受一下那种充足的自信也还是太难了。对于这个世界，我从来也不敢有任何轻取之心……也可能，这一切的原因都像爷爷说的那样。可是您不知道您把那件事说得多么无情：我没有母亲，是的，我从小就想见到她而始终没能见到。要知道，这是我心中多少年来……一直……讳莫如深的话！……"痛苦的哽咽使她说不下去了。

这是在走向生活的门槛上对外孙女的严肃考查，楚轩吾冷静而深情地要求她："孩子，说下去。"

南珊坚强地抑制住自己的抽泣。然而这问题是如此难解：它要求一个少女用自己的理智来对自己的性格和品德做出公正的评价。可是，这样的问题即使对于一个饱经沧桑后站在夕阳垂暮的高峰上回顾全部人生道路的年迈的人，也是一道不容易回答得好的难题。但是楚轩吾却要求南珊在即将带着弟弟奔赴边疆的时候把它回答出来。他坚持，他的外孙女应该按照最好的人生信念和道德标准生活在这个世界上。

南珊抵抗着感情上的巨大压力，开始冷静地审查着自己。在沉默了许久以后，她开始向这位好爷爷回忆起自己过去的生活。正是那些童年时代的回忆，使我看到了她心灵世界的一个轮廓。这轮廓后来永远也没有清晰起来，但朦胧中，它却在我眼前闪出一片夺目的光辉！

"……我永远也无法知道，我怎么会带着这样一种自卑到世上来，也可能我的心灵带着天赋的残缺，也可能是由于我从小缺少母爱。但蒙昧中的情感已经无可挽回地忘却了。从我能记事时起，这种感觉自己卑小的心情就总在折磨着我的心灵。尤其是当我受到委屈的时候，这种心情就更显得沉重。"

"唉，你逼着孩子说这些干什么？"老太太的柔肠显然经受不住这严酷的回答。

然而楚轩吾仍然坚定不移、不为所动："叫孩子说下去。"

"您刚才说我从小就是不掉泪的。不，您忘了，我七岁那年，曾有一次哭得好伤心。那时，我刚刚上小学一年级……"

小学一年级，对于我是一个无忧无虑的时代。我想起那时，妈妈每天都在去机关的路上把我送到学校，如果下学时她不能来，爸爸也许会亲自来接我。那时，我受到各种各样的爱护，什么事都是快乐的，连功课也显得好玩。然而也在这同一个时候，南珊却过着另一种童年。

"……有一天，我放学回家，在胡同口受到一群孩子的攻击，把我吓坏了。我在转眼之间变成了起哄笑骂的对象，他们高叫着难听的话，辱骂着我的每一个长辈，用树枝抽我的背，把脏土抛到我的头发上，闹得满天尘土飞扬，我吓得心都发抖，来不及去想他们为什么这样对待我。那时我对我将要生活的这个世界懂得还太少，但是您却知道这些孩子还在我的背上画了一个什么图案。它是我受到惩罚的原因：这一切，作为一个幼童，我什么都不懂。但您却什么都明白。"

楚轩吾点点头，这在他们这样的家庭是不言而喻的。其实，那图案我也明白，那就是国民党从孙中山那里继承下来的那个被歪曲了的政治遗产。

青天白日，曾经是国民革命的光荣象征。但是随着这个革命的推演，它终于以一个丑恶的形象结束了自己的历史。这是国民革命与法西斯主义相结合的可悲结果。这恶果毁灭了国民党，也严重地摧残了曾经为这个理想而战的人及他们的后代。

"……我带着满身的尘土走回了家，当时我并没有想到哭，而且一直到门外的笑骂声散去的时候，我也没有哭。可是当郑姨把我领到你们面前时，我却哭了。您掸去我身上的土，把我抱在膝盖上，一句话也没有说。现在我知道您当时心情的沉重，但当时我不可能知道，我只感到自己是这样弱小、卑微，我觉得是因为我生来不如人家才受到这样的欺侮的。那天晚上，我一个人躺在孤独的床上悄悄哭了很久，一种来自整个世界的沉重压力，将我压缩得蜷曲在一个猥琐的角落里，我流着泪睡去，噙着泪醒来。那种孩子的悲哀心情，直到今天还记忆犹新。"

"孩子，真是孩子们哪，唉……"老太太发出一声轻微的叹息。

"我感到委屈，感到怨恨，感到世界不公正。那是我唯一的一次怀着敌视的心情来看待这个世界。如果我在这种心情下生活到今天，我可能早已被仇恨和嫉妒腐蚀了心灵。但这种心理却不是我们家庭的传统，不是体现在我的长辈们身上的风尚。不，熏陶我的是另外一种东西。今天，我是多么庆幸，庆幸我有一个庄严的外祖父，有一个慈祥的外祖母，还有一个善良的郑姨。爷爷，您身上的沉着、渊博、深思、宽厚和乐观等美德，使我在那样年幼的时候就在努力去寻找那种至善至美的人格。正是这种对于美好人格的倾慕，完全改变了我幼小心灵的发展方向。以后的事情，您就都清楚了。我常常受到您的赞许和夸奖，这些夸奖成了对我的巨大鼓励，它扶植了一个孩子的尊严。这尊严对于我的整个人生都是无比宝贵的。但是对它的获得却使我深深感到，只要自己的行为端正，谁都可以树立起这种尊严，从而免去心灵上由于自责和羞愧而受到的种种折磨。也正是当我终于相信，我自己在人格上丝毫也不低于他人的时候，我才终于从那种根深蒂固的自卑中解脱了出来。"

听到这里，我感到，这样的人，这样的家庭，不是我配去同情与怜悯的。不，这祖孙两代的全部人格不由得令我肃然起敬。

"后来，当我越来越了解自己，也越来越了解世界的时候，我儿时的眼泪就显得太无所谓了。那不过是一种孩子的幼稚。我的人格并不因为我无力抗衡屈辱就有了亏欠。不，人的品格不是任何强权所能树立，也不是任何强权所能诋毁的。既然我生活中最宝贵的东西丝毫没有受到损害，我又何必计较呢？乐得宽容所有的人，这种思想对于我这样的人是一种武装，因为类似的事情直到今天也没有中断过。正是这种思想，使我的心永远地平静了。至于书，也并没有成为我躲避生活或对抗他人的堡垒，虽然它为许多人构筑了这样的堡垒。我对书的喜爱在很大程度上只不过是一种习惯，就像您对植物的喜爱一样，用它来消遣时光和排解烦闷，并非桩桩件件都那样认真。爷爷，这就是我的自尊与自信。它并不是建筑在仇恨他人或鄙视他人的基础上的。不，我尊重一切心地正直的人，也钦敬一切人所表现出来的才华，我在心底深处非常珍视这些东西。因为只有看到这些，才使人觉得世界可爱，并对自己生活在他们之间感到充满了希望。"

显然，楚轩吾已经肯定了外孙女的心是完全正直的。但他的疑虑竟是如此之深："你能这样选择自己的生活道路，这使我很高兴。但是你将怎样选择自己的政治道路呢？你看了许多书，心中自有许多你自己的道理。在国家命运和社会责任面前，你不可能没有自己的政治见解的。现在有许多不知天高地厚的年轻人，动辄以改革社会为己任，自命可以操纵他人。假如你也抱定了某种理想或信念，而这将涉及许许多多人的命运，那么你会不会在一旦掌握了力量的时候，就把它强加到并不信服它的人头上呢？我曾亲眼看到许多青年学生这样懵懵懂懂地卷到邪恶的斗争中去了。珊珊，你要向爷爷保证：读书，是为了深思熟虑，通情达理，绝不能因为自己信奉了什么就投身到将某种意志强加于人的斗争中去。"

南珊的语气是坚定不移的："爷爷，我永远不会。我理解您的心情。在那个时代，您曾经卷入一场严酷的政治冲突。那铁一般无情的理论和制度，摧毁了您的家庭，夺去了您的亲人，更使国家经受了巨大的创伤。您被裹挟在那个洪流中，身不由己地做了许多违反您投身革命的初衷的事情。在那场民族浩劫中，您看够了各种各样同情心和怜悯心完全丧尽的英雄豪杰。的确，在那残酷无情的命运中，一个人要保持天良是不容易的，尤其是当国民党将法西斯主义散布全中国，使许多人都相信靠少数英豪可以拯救民族，靠铁腕强权可以改造中国的时候，这来自德国民族的理论就彻底摧毁了中国古老的道德风范。这使您在整整二十年的岁月中陷入了痛苦的追悔和思索之中。但我们这一代人的命运不同了，我们的生活中也有冲突，但它更深刻而不是更严酷。我们不必承担你们那个时候的许多艰险，却必须回答你们那个时代所未能回答的许多问题。您已经老了，爷爷，今后的几十年是我们这一代人的事情。但是请您放心，哪怕整个年青一代都被重新卷入这种事业中去了，我也不会重复您的过去。琛琛也不会。因为这条道路对于我们这个家庭的教训实在太惨重了。爷爷，我不认为我在思想上可以达到一个准确无误的境界，所以我对自己的局限性心中是很清楚的。我完全知道，我看的那些书并不全是济世的良药。这个世界的希望，更多的是在人类自己的心灵中，而不是在那些形形色色的立说者的头脑中。而发现和追求这些希望，也是全人类自己的事情。我读书，是为了使自己的思想和行为更合理，我永远不会因为自己坚信了什么理想就把它强加到别人的意志和心愿上。"

楚轩吾受到了深深的感动："孩子，真能这样，那就很好！……"

我陷入了沉思之中。

楚轩吾是一个深刻的矛盾。这矛盾表现为一种淳厚正直的个人品质与他那段罪孽深重的政治历史的尖锐对立。过去，这种矛盾在我心中是根本无法调和的。甚至在抄家的时候，当我听完了他那充满痛悔之情的回忆以后，我仍然认为，不管这些国民党将领后来变得怎样，当初在卷入那场毁灭了数百万人生命财产的罪恶事实的时候，他们只能是一群恶魔。然而现在，这善与恶的一向鲜明的界限，开始变得模糊了。难道一个人犯了可怕的错误，他就必然有一颗邪恶的心吗？不，世界上的事情远不是那么简单。不错，楚轩吾曾经陷入一场丧尽天良的屠戮杀伐，然而这一切并不是他的本意。命运捉弄了他。现在，他面对自己的过去，不正是在自己良心的严厉谴责下陷入了永无穷尽的终天遗恨之中吗？他对南珊的那些教导和告诫，究竟有多少是这个少女身上可能发生的事情呢？那实在不过是他自己内心痛苦的流露和表白。那么，这个人的身世难道不值得人们去抚慰和同情吗？他过去的痛苦经历难道就应该永远成为他洗刷不尽的耻辱，从而可以不时地被人们翻出来，作为对他和他的亲族施加强暴和迫害的理由吗？如果天理果真如此，它将显得多么无情！然而我们还是把他的家抄了。

现在，面对楚轩吾那些痛苦的自白，我感到说不尽的惭愧。我开始意识到，那次抄家，早已使红卫兵丢尽了脸，而我们投身的这场"文化革命"，也必将因此而在历史面前无法交代。

我不禁想起了抄家不久后我与父亲的那次谈话……

"爸爸，我们把楚轩吾的家抄了。"有一天他正在看文件，我终于说出了这件事。

"谁？"父亲猛地一问。

"楚轩吾，你们在淮东俘虏的那个国民党军长。"

"胡说。他不是俘虏，他是国民党方面的投诚人员。"他放下文件，断然否定了我们的说法。父亲显然还不了解社会上正在发生的事情，他向我问道："你们为什么要抄他的家？"

"这是首都红卫兵自己决定的。全市都抄了。"

"你们都搞了些什么人？"

"学术权威，民主党派，宗教人士，还有华侨、资本家和小业主，很多。国民党人员是首当其冲的目标。"

"你们哪天去的楚军长家？"

"上星期四。"

于是我开始向他详述那次抄家和审问的始末。他一语不发地听着，神情显得严肃而焦躁。当我把红卫兵的种种行动也都向他介绍了以后，他离开办公桌，开始在屋中不安地来回踱着。我一直讲到家里的电灯全部亮了的时候，并把楚轩吾的审讯记录也拿给他看了。

父亲看完材料，久久地坐在灯前，沉默不语。我完全没有料到楚轩吾的事情竟会引起他如此沉重的感情。我们默默地相对而坐了很久。当我不得不提醒他母亲正在叫我们去吃晚饭的时候，他才将手放在楚轩吾的交代材料上，轻轻摩挲了好几下，然后用极为感慨的语气说了一句："你们的行为，使我没有脸面再去见这个人！……"

晚饭后，父亲又把我叫了去，开始详细地和我谈起了楚轩吾这个人。和楚轩吾讲的完全一样，父亲是在那样紧张的战争间隙中唯一一个可以抽出来接待国民党方面人员的人。当时，华东野战军总部急需从这些战俘和投诚人员身上获取关于敌人兵员、装备、后勤、士气及高级将领与最后统帅部的有价值的情报。但是围绕着这一目的，却必须进行有效的说服工作。短短的四天中，父亲先后数次与楚轩吾谈话，两人之间很快建立了一种老朋友似的关系。父亲是个与国民党厮杀了半辈子的人。他的许多亲人和战友都在斗争中倒下了。但他从历史中总结出来的，却并不是仇恨。正因为这样，他才能在一场殊死的拼杀刚刚结束以后，那样令人信服地向楚轩吾说明了许多重大的问题，使其很快对共产党的事业产生同情，并在以后争取黄维兵团两个师的起义中发挥了作用。父亲说：楚轩吾是个一生中充满了许多不幸的人。他早年投身于旧民主主义革命，但复兴民族的强烈愿望却一次又一次地破灭了。整整三十五年的戎马生涯中，他辗转歧途，几浮几沉，在北洋政府和国民党军中备受排挤、压抑。碾庄一战，是他一生中最惨痛的时刻。仅仅由于侥幸未死，才得以明白了许多事情，并做出了后半生的重大抉择。父亲感叹道：楚轩吾在军事学术上很有造诣，尤其长于野战。在一系列国内政治问题上也颇有见地，可惜在旧军队中不得其用。父亲说，他当时曾向楚轩吾明确声明：在共产党的领导之下，他造福国民的愿望绝不会再一次落空。然而他万万没有料到，楚轩吾一家人现在又处在这样动荡的命运中，并且恰恰是自己的孩子，在十几年以后把他的家抄了。

"'文化革命'究竟是怎样一个搞法，你们到底弄明白了没有？"父亲满腹疑虑地这样问我，"你们红卫兵是中央支持的，我不好说什么。但你们去抄楚轩吾这样的人的家，怕是彻头彻尾地搞错了。你们这样做，实际上是在硬逼人家走两条路：一条是重新走向反动，一条就只好走向死亡嘛！这怎么行呢？他早就不是我们革命的对象了嘛！——赶快刹车！再搞下去，怕局面就不好收场了！"父亲把手在空中一挥，神色沉重地说出了这句告诫。

我们谈到很晚很晚。临睡前，他又详细问到了楚轩吾家中还有些什么亲属，并记下了他的住址，表示一定要在适当的时候去看看他——假如他真的去了，许多事情怕绝不是今天这个样子——然而三个月后，连他也因卷入所谓"华野山头集团"而受到长达两年的隔离审查，"适当的时候"——这句耽误了许多重要事情的话，终于使这次拜访成了一件再也无法实现的憾事。而我与南珊的一次可能是最宝贵的见面机会，也因此而失去了……

可是正当我再一次为失去南珊而嗟悔不尽的时候，南珊却在突然之间说出了我简直难以相信的话。她把我对她以往留下的印象一下子全都改变了。

本来，她已经完满地回答了楚轩吾提出的问题，并且令这位生活的严师深为满意。然而南珊却像是面对着一个更加威严的仲裁者。她在沉思了一会儿以后，竟以极平静的声音自语似的说出了下面的话："我还应该感谢一个不可知的力量。是他在我完全可以变成另外一种样子的时候，使我变成了今天的样子。这使我非常感激。这力量是伟大而神秘的。有人说，那是一个神圣的意志，有人则说那是一个公正的老人。我更愿意相信后者。我相信他高踞在宇宙之上，知道人间的一切，也知道我的一切。我并不怀疑我的生命和命运都受过他仁慈的扶助。因此，尽管我不可能见到他，但是我依恋他，假如他真的存在，那么当我终于有一天来到他面前的时候，我一定为我自己，也为他所恩赐给我的家庭，向他老人家深深鞠躬，表示一个儿女的敬意。"

老夫人几乎要发出一声惊叫："天哪，你看了什么书！……"

楚轩吾也在突然之间疑惑了："孩子，你说的是谁？什么老人？"

我看不到南珊的脸，但是我想象得到她淡然一笑。

"我的孩子。你是在赞美耶和华吗？"

"是的，耶和华。我深深地爱着他。"

南珊在突然之间向爷爷披露了隐藏在自己心底深处的秘密。这秘密使楚轩吾和他的夫人对外孙女的性情恍然大悟，而我也早已惊呆了。

南珊说的是上帝，上帝呀！基督教，这是些多么复杂的概念。耶和华，这是个多么虚幻的神灵！我怎么能想象，南珊竟会向它去寻找心灵的寄托。这是令我震惊的。一个善良的少女，在她还很年幼的时候，为了给自己的生活树立稳固的信念，为了使自己的心灵获得安宁的气息，她在那古老而荒谬的传说启示下为自己创造了，不，是为自己虚构了这座神圣的殿堂和这位仁慈的永恒主宰。是他创造了她，还是她创造了他，她从此再也不会和任何人去争辩清楚这混乱的因果，就像人类在上千年的宗教史中从来也没有讲清楚过一样。

但是我不得不承认，尽管在我们的语言中上帝与魔鬼是同义语，尽管我从党那里受到的一切教育都根本否定这个概念的存在，但南珊心中的信仰却不会使我产生一丝一毫的厌恶感和虚伪感。不，这一切在她心中都完全是真实的。我好像突然发现，她的心灵越往深处就越广大得不可思议。在那冰清玉洁的心中，蕴藏着多少丰富的知识，在这些知识的底层，又贯穿着多么深沉的哲理。而在这一切的中心，还有着这样一座整个人间，乃至整个宇宙都不能容纳的金碧辉煌的世界！

楚轩吾充满疑虑地说道："但是，孩子，这一切并不存在。"

南珊沉默了许久，终于用失望的声音肯定了爷爷的话："是的，这一切并不存在……他也并不存在。"

再没有人说话了，只有老太太在抽泣，良久，楚轩吾才点了点头："这样，也好……"

我的眼前开始浮现出那个客厅中的景象：一个朴素的小女孩儿，站在高大的玻璃书架前，怀着肃穆的心在翻阅着一本厚厚的书。那书中记载着人类被用六天时间创造出来的历史，然后是乐园、洪水、方舟……那上面说，宇宙间这一切的主宰，就是她心目中的那个伟大长者……

突然，这间古朴的客厅被洗劫一空。在空空荡荡的客厅中间，那个苍白惨淡的少女站在嗡嗡作响的日光灯下，默默地低着头。她的面前，坐着一个严厉的红卫兵，那个叫作李淮平的红卫兵头头，紧紧地盯着她，正无情地斥骂道："……你们这个家庭是罪恶的和可耻的……它使你们从小就生活在剥削阶级的残渣余孽和污泥浊水中……你们要清醒一些，脱胎换骨地改造……你们听到了没有？"

她默默地点了点头，同时一颗泪珠，沉重地滚落在撤去地毯的灰蒙蒙的地板上。

整整两年过去了，我的话却像是用刀子写的一样刻在了我的心上。

"……尊严对于我的整个人生都是无比宝贵的。但是对它的获得却使我深深感到，只要自己的行为端正，谁都可以树立起这种尊严，从而免去心灵上由于自责和羞愧而受到的种种折磨……"

是的，在那个无情的夜晚，我伤害了她的尊严，那对于她来说是一种无比宝贵的尊严。但后果却是双方的：她的心被刺伤了，我也因此而永远失去了对自己的尊重。一种沉重的压力堵在我胸中，使我痛苦得垂下了头。我的脸上，好像有一团烈火在燃烧！我记不得那时我想过些什么没有，但我记得在那难言的痛苦感觉中，我想到了两个字：惩罚。

终于，他们一家人谈到了在我心中激起狂澜的事情。老太太擦干了眼泪，长舒了一口气："珊珊，你已经十九岁了。我在这个年龄已经嫁给了你爷爷。姥姥的话你可能不愿意听，到了乡下，如果有了中意的人，自己千万留心，了却我和你爷爷一件心事，也好叫你那在国外的父母高兴……"

"不，我还小，想这些事太早。"南珊赶紧打断了她的话。

"孩子，要考虑自己的出身、环境和条件。对于你这样的女孩子，要解决好此事谈何容易！"楚轩吾的口吻是极其严肃的，"昨天我和你姥姥谈了很久，决定还是向你提醒这件事。当然，你的恋爱和婚姻都应自己做主，家中可以一概不问。但我们有一句话还是希望你听：这件大事，务必处处留心，争取早有所定。如果有了中意的人，只要可能，就应该大胆说明，与他共同去创造有益的人生。切不可羞怯徘徊，坐误终身。"

南珊久久不语。

"唉，女孩子也是难。我们不过提醒你一下罢了。"

但南珊并不是一个把羞怯放在理智之上的人。不，在她心中深藏着难言的隐衷。她沉吟再三，终于用缓慢但却是坦率的声音说道："姥姥，这样的事情做儿孙的在你们面前本不该难为情。我知道，不但为了我自己，而且也为了父母和弟弟，我必须把它处理得很好才行。但我却无法答应你们，因为我完全不知道将来我会怎样，世事浮沉，许多事都很难逆料。即使我现在就已有所定，事情也难免不起变化。尤其是在这个时代，年轻人受的影响实在太大了。更何况……"她似乎考虑了一下应该怎样将心事披露给老人，"更何况这件事也并不是没有给我带来过烦恼。因为两年前，曾经有一个人深深地打动过我的心……"

我的心剧烈地跳动起来。

"……那人心地正直，行为果断，思想也很深刻。我们仅仅相处了很短的时间，但我很快就知道自己已经为他倾倒。作为一个十七岁的女孩子，这不能不说是很早了。然而一切终归无益。"

"你们是怎样认识的?"

"是因为外语问题引起的一次谈话。我问过他一些我百思不解的问题，他都令人信服地回答了我。我看出他不是一个夸夸其谈的人，他只说自己深有体会的话。尽管当时我还不可能想得太多，但我心中却多么愿意将他引为知己……"

"他叫什么?"

"不知道。"

"他在什么地方?"

"也不知道。"

"后来呢?"

"后来我们又见了一次面，虽然第一次见面的时候，我们很快就相知如故旧。但时隔仅仅三个月，我们又见面的时候，他却使我完全失望了……也可能，是我使他失望。"

楚轩吾的心受到了打击："为什么?"

"因为我知道，生活只能使我们越走越远……"

我感到一股巨大的力量突然冲腾起来，使整个车厢升起在空中，旋转起来。我双手死死抓住乘务室的门把，才没有使自己摔倒。但是我已经失去了自持力，身不由己地张开双臂抱住车厢，把火辣辣的脸紧紧地贴在了冰冷的墙壁上!

她说的是谁? 是谁那样深地打动过她的心? 难道是我吗? ……不错，我曾经向她讲过一些大道理，但那不过是一些似是而非的话，而且永远也没有答案……

"后来……我们又见面的时候，他却使我完全失望了……"
这第二次见面，难道就是夏夜的那次抄家吗？……

不，不可能是我，那可能是她在另外一个地方碰到的另外一个什么人……

整个世界都变得混乱起来。我什么都不能想，什么，也不能再想了……

一阵剧烈的震动，从车首传过来，一直传向车尾。列车挂上车头了。广播器中响起乘务员亲切的声音："送行的家长和亲友同志们：现在列车马上就要开了，请你们下车吧。你们的子女和亲友，在农村的广阔天地里，一定会在毛泽东思想的灿烂阳光下成长起来的。现在，让我们分手吧。我们会把你们的子女和亲友安全地送到目的地……"

广播员重复的声音，唤起了车厢中所有送行的人。

楚轩吾站起来，开始与南珊和南琛拥抱。一刹那，南琛的大眼睛向我这边投过惊奇的一瞥。

也就在这同时，一个乘务员在我背后打开了车门。顿时，寒风卷着站台上震耳欲聋的喧嚣猛烈地扑进车厢。借助这股巨大声浪的冲击，我才猛地惊醒起来，在楚轩吾一家就要跨出座位的时候挣扎着跨到门口，跳到了寒冷的站台上，但是我却站在那里，一步也不能再前进了。

楚轩吾扶着他的夫人跟在我身后走下车厢，乘务员砰地将门关上，锁住了。

我转过身来，看到我正站在这一对老夫妇的身后。楚轩吾戴着皮帽子和黑皮手套，老太太戴着灰毛线手套，围着宽大的围巾，正一齐向列车扬起手来。

南珊在车厢里飞快地升起宽大的车窗，探出身子，高高扬起手大声地喊道："爷爷，姥姥，放心吧！——再见！"

南琛也探出头呼唤着："再见！再见！"

但是南珊的手突然在空中停住了，她在老人们的身后迅速地发现并认出了我。

直到现在，我才看清了南珊的全部外貌：她穿着风雪大衣，没有扣紧的大衣领子中露着一件蓝呢外衣，领口围着白色的纱巾，她没有围头巾，也没有戴手套，脸颊和手掌都由于激动和寒冷而微微泛着红色。她的眼睛是明亮的，嘴唇是刚毅的。这一切难言的变化，都在那两年未见的脸上显现出来：天真烂漫与苍白惨淡的神情都没有了。有的，是成熟的气质和坚定的神色，以及猝然相遇时那种惊愕与震动的神情。

老太太并没有注意到外孙女神情的细微变化。她控制不住自己的感情，拼命捂住嘴，趔趄着扑到车窗下，紧紧拉住孩子们的手，哭泣起来。

楚轩吾从后面扶住她，极力想使她从快要开行的危险的车身边离开。

南珊低下头，手无力地垂下了。她显然不愿意在外人面前流露这家庭的离愁别绪，紧紧咬住嘴唇，强忍住就要落下的泪水，毅然帮助爷爷将已经失去常态的老太太从车厢旁扶开。

列车吭哧吭哧地发出巨大的声响，开始移动起来。老夫人紧跟不舍地蹒跚着紧随车厢向前走去，但立即被拥挤的人群撞回来了。

"千万把琛琛……带好！……"她呜咽着叫道。

楚轩吾扶住妻子，也大声叮嘱道："珊珊，琛琛，你们自己要保重!"

南珊用泪水迷蒙的眼睛看着老人们,痛苦地点点头,紧紧搂住了弟弟。南琛好像这时才感到了离别的伤心,放声哭起来。

这揪人心肺的场面我再也看不下去了,忍不住猛地转过身子,悄悄地迅速抹去了眼角的一滴泪水。

车身向前滑去。

当我转回身来的时候,列车已经在加快速度。我看到南珊,慢慢把手扬了起来。她就保持着这个姿势,两眼呆呆地望着我们,随着车厢迅速地向前驶去。很快,就在她和身影将要被人山人海淹没的时候,她重新振作了起来,手臂在寒冷的空中用力一挥,用盖住一切喧嚣的声音高喊了一句:"再见——"

她退去了,退去了,迅速地淹没在一片乱纷纷的红旗、彩带、头巾、帽子和纸花中。

我无法断定那最后的告别是向她的爷爷姥姥喊的,还是也包括了我在内。但我却不由自主地举起了手,默默地在寒风中挥动。

列车越来越快,终于疾驰起来,迅速地消失在大雪弥漫之中……

第四章 秋

十二年,漫长的十二年过去了。

这一年的深秋,在千里京沪线上,一列直快火车在华东金色的原野上奔驰。这列火车,沿着蜿蜒的双轨,平稳地带着风的呼啸,从华东驶来,驶过无数的山峦、江河和原野,正风驰电掣般地驶向黄河,驶向华北,驶向我留下了无数难忘往事的历史名城——北京。

就在这列火车的卧铺车厢里，我独自坐在宽大的车窗前，凝视着窗外一幕幕闪过的秋天景色——那丰收的田野，蓝色的远山，浓密的矮树丛和飘浮在天空的大块大块的白云，在沉思，在遐想……

十二年，多么漫长的十二年！现在，我已经在海军，在导弹驱逐舰和浩瀚的海洋上，度过了我的全部青年时代。

我清清楚楚地记得十二年前那个寒冷的夜晚，我和几千名新兵一起登上了铁皮兵车。我们拥挤在车厢中，经过两天两夜的行驶，在冰天雪地中到达东南沿海一座巨大的军港。就在这座警卫森严的海军基地中，我们参加了舰艇部队。从此，我告别了自己的学生时代，开始了严峻的军队生活。

那时候，"文化革命"经过三年后已经给全国造成了一种畸形的精神状态。军队也同样深深地卷到其中去了。舰队整天陷于没完没了的政治学习，很少搞什么正规的操课和训练，更谈不上够水平的考核和演习。最叫人忍受不了的是那些花样翻新的敬忠仪式：早请示、晚汇报、忠字舞……越到后来，就越闹得乌烟瘴气。

我了解这支军队，我自己就是这支军队的儿子。在中国的近代历史中，还很少有几支军队能像它那样清除军队生活中种种传统的恶习，而在人民中树立起一种良好的，有时甚至是极为动人的形象。然而今天，它的光辉却被严重地毁坏了。

那时，我正是一个血气很盛的年轻人。虽然混乱的社会状况和政治现实已经严重地模糊了我心中的许多是非概念，但是对于真善美与假恶丑的根本好恶，在我心中却并未颠倒。所以当我实在按捺不住的时候，便常常会任性地流露厌恶与不满。结果，当我的言论终于越出了部队所允许的范围以后，战友中立即有人告发了我。

审查是严厉的。然而时隔半年，当我触犯的那位副统帅突然也变为人人唾骂的恶棍的时候，我档案中的全部材料，便转而使我成了一条政治上的好汉。这时，我作为一个道地的水兵在军舰上服役还不到三年。许多比我更能干、更可靠、更有资格承担重任的人都被复员了，而我却成了一名业务长。我的资历中有什么呢？没有辽阔海域中的航行，没有恶劣气候中的奔袭，没有实弹演习中的炮火，更没有军事考核的良好成绩……总之，没有一个下级海军军官所应具备的一切……

好在这一切后来终于有了改变。

列车运行得这样平稳，快进入山区了。

我从衣帽钩上制服的口袋中抽出一支香烟，点燃它，开始想到了年迈的父亲。由于少年时代留下的痛苦回忆，我把自己生活中那件未了的大事完全淡漠了。但是，每当我想到父亲，我就对自己的生活感到惭愧，也由于自己这种生活使老人寂寞而感到深深的内疚。在心底深处埋藏了多年的情感，在家里发生了一场巨大的变故之后便突然复苏了。

……四个月前的一个夜晚，云黑浪猛。巨大的军舰在海水中晃动着，撞击着码头。

突然，一阵撕裂人心的战斗警报把所有的人都从睡梦中惊醒。我和战友们乱纷纷地跳下吊铺，飞快地冲出舱室，沿着舱道和扶梯奔向自己的战位。

扬声器中响起舰长响亮而沉着的命令："各单位注意！各单位注意！军港遇到空袭，全体人员严守战位，加强灯火管制……"

军舰在夜幕中排出巨大的浪花，离开码头驶进了黑沉沉的海洋。演习开始了。

整整六个小时，我抵抗着海浪的晃动，伏在海图上，紧张地标出军舰在每一时刻的准确位置，使这些标记在海图上连成一条红颜色的航线。一直到早晨，当朝霞泛起的时候，我交过班走到甲板上，才发现并不是我们一艘军舰，而是整整一支混合舰队，在辽阔的太平洋上摆开壮丽的阵势，一齐驶向朝阳升起的地方。从那天开始，我们在密克罗尼西亚大群岛进行了为期一百〇五天的远航训练。

年老的父亲和母亲事先没有得到我将参加这次演习的消息。四个月以后，当训练结束，军舰返回军港的时候，我竟一下接到了父亲的七封来信。

在第一封来信中，父亲像往常一样写道，他与母亲的身体均好，要我安心服役，不必挂念。但在第二封信中，父亲痛心地告诉我说，在一天凌晨，母亲突然去世了，叫我回去。第三封信是寄给部队领导的，问我为什么在接到这样的凶讯后仍不能给家里回信。在第四封信中，他则请领导在我结束演习后立即把消息通知我。显然领导已经将我们赴外洋演习的事情通知他了。

随后，他又先后寄给我三封信。年近七旬的父亲显然忍受住了巨大的悲痛，用那么冷静的语句，在这三封信中陆续详述了母亲去世和安葬的全部过程。我终于获悉，变故是在我们离开军港的第十九天发生的。那天半夜一点，当舰队悄悄掠过洋面上一组群岛的时候，母亲在沉睡中去世了。由于来得很突然，她临终时没有感到任何痛苦。她那安详的睡容，成了父亲在悼亡的悲痛中唯一的安慰。

在母亲的追悼会上，父亲宣读了他亲笔写下的悼词，随后便与她的同事和战友们护送她的遗体到革命公墓火化。父亲给我寄来了那份悼词的副本。在那充满暮年深情的悼词中，父亲回述了他们四十余年的共同生活。他在悼词中说，他们是在异国的土地上相逢的。在苏联卫国战争爆发前不久，他们作为即将毕业的军事和工业留学生结合了。返回延安不久，两人即分赴晋绥与鲁南两个根据地，投入抗日战争。新中国成立以后，母亲在繁忙的工作中仍以主持家务为己任，对父亲的工作给予了极大的支持。但是在"文化革命"中由于父亲被审查，母亲亦因留苏的经历而受到牵连。在监狱中，她因受到打击，得了心脏病，终于酿成今天的死因。父亲在信中说："她是一位好同志，好党员，好战士，是与我共同奋斗了四十余年的战友。她的去世，预示着我去和牺牲的战友团聚的时候也快到了。生老病死，人之常情，对此我并不悲观。只是在回首往事，总结一生的时候，我为没有完全尽到一个共产党员的责任而惭愧。新中国成立三十年了，我们的成就是有负先烈厚望的，而且在十年浩劫中，革命事业遭到了极严重的损害。令人欣慰的是在这场严峻斗争中党和人民再一次显示了不可战胜的力量。我们为之奋斗的事业又胜利前进了。"

父亲得知我参加了远洋演习之后说："在我们这一代人相继去世的时候，你们青年一代就是我们唯一的希望了。得知你随舰队参加了远洋演习，我的心情激动不已，我为你感到高兴和自豪。在历史上，我们中国人从来不是一个海洋民族。仅仅是近百年以来，无情的世界现况才迫使我们发展海上装备。可是一百年来，我们的海军却经历了如此曲折而不幸的道路，以至直到今天，它才真正地走向了海洋……不管怎么说，它总算强大起来了。你参加了这一壮举，我是非常满意的，你的母亲也可以瞑目了。我相信，在祖国需要的时候，你一定会挺身而出，尽职责，全气节。现在，既然军队需要你，你就留下吧，不必以家为念。只是每想到你以前在复杂斗争面前的莽撞行为，我总有些放心不下。你已经不小了，但是阅历很浅，不太了解社会，还要很好锻炼。如今我已经太老了，你母亲的去世使我常常想到我自己。我们这些年在一起的时间极少，所以我只有一个愿望，就是你能够在今年秋天回来看看我……回来吧，我的淮平，我唯一的儿子。在我的余年中，我们还应该好好谈一谈……"

读着父亲的这一封封书信，我不禁潸然泪下。已经十二年了，他们唯一的孩子不在身边，以至母亲临终竟未能见我一面。现在，年老的父亲孤身一人，他将怎样度过自己的残年呢？再何况这是一个面临自己的归宿，多么需要心灵安慰的老人！我突然强烈地感到自己没有尽到一个儿子的责任。

于是我顾不得安顿，在返回军港的第三天便起程回家了……

"前方到站：泰安。前方车站：泰安……"列车播音员平静的报站声打断了我的回忆，"有转乘长途汽车去莱芜、博山及游览泰山的旅客，请您准备下车……"

一些旅客已经站起来，开始从行李架上取下行李。

我升起车窗，探出头向前方望去，只见一带层峦叠嶂的群山，烘托着一座巍峨奇拔的高峰。我知道，那就是"一览众山小"的泰山了。在这秋高气爽的日子里，它显现着异常清晰的轮廓。繁茂的树木给它染上了一层又一层碧绿和金黄的颜色。这景色顿时在我心中激起一阵波动。

自古以来，泰山在中国的历史上就享受着无比崇高的赞誉。还是在多少万年以前，当我们华夏民族刚刚开始在黄河流域形成的时候，先民们便发现了这座耸入云霄的高山。在中国史籍所记载下来的五千年岁月中，这里不知有多少朝佛的香客晋谒，不知有多少封禅的帝王临幸。我们的祖先，世世代代、祖祖辈辈在那条盘桓而上、直通极顶的千古小道上，印满了他们一层又一层的脚印。

许多年来，我听到许多人讲起过它，看到许多书提及过它。它以雄浑的气势、壮丽的景色、悠久的历史和动人的传说，强烈地吸引着我的心，使我一直怀着一个美好的愿望：到泰山去，去攀缘古道，去登临绝顶，去到与云天相接的地方看看祖国！

此刻，那百感交集的个人回忆，在祖国的大好河山面前突然化为一股以身许国的强烈愿望。父亲的来信所唤起的军人的爱国激情，剧烈地冲开了我的胸膛。我想到："作为一个海军军官，我的生命已经是军舰的一个组成部分。无论如何，我将以自己的生命保卫祖国。假如有一天，我们的军舰在战争中沉没，那么当我也离开这个世界的时候，我的心中应该装着这片古老的土地，装着这片土地所哺育的这个伟大的民族！"

我掐灭了烟头，毅然地站了起来。

列车又继续向北疾驰。当这列客车轰鸣着冲过黄河大铁桥的时候，我已经一个人走进了泰沂山脉的崇山峻岭之中。

山中林木繁茂，草莽葱茏。山林中一声声清脆的鸟叫使人心明耳悦，浸泡在青草绿苔中叮咚作响的溪水和泉潭，更使人神清气爽。就在这绵延起伏的群山中，一条石板铺成的小道在莽莽森林中迂回曲折，蜿蜒而上，一直通向海拔一千多米的泰山极巅：岱顶。

这是一条唯一的道路，它是这样崎岖，但绝没有歧途。所以当任何一个行人在踏上它那古老的路面时，不管他是个识途者还是个陌路人，都永远不会迷失在深山中。

在山道的起点"岱宗坊"下，我向一户社员买了一根青竹手杖。其实我并不需要靠这种东西在山中行走，完全是由于那清新的颜色和轻巧的造型使我格外喜爱，才买了它。于是，这根手杖成了我手中尽情挥舞的玩物。

一路上，三三两两的行人游客不断迎面走过。他们把盈盈笑语零零落落地洒在这十里小道上，使我并不感到寂寞。更何况那些镌刻在雨迹斑驳的山崖峭壁上的一幅幅古老的题词，不断地映入我的眼帘，使我不时停下脚步，凭吊祖先的遗迹。五岳之尊，这秀丽而又神秘的峰峦，它吸引着我的兴趣，振奋着我的精神，驱散了旅途的全部疲劳，使我迈着坚定的脚步，毫不犹豫地沿着这条无可选择的道路向上攀登。

如今，我已经是一个三十出头的壮年人了。生活的磨炼，使我已不再喜欢嬉戏谈笑，而习惯了独自的沉思。我独自一人在这秋高气爽的山林中行走，正可以怀着一颗安静的心，去欣赏那风光的美丽，领略那古迹的深沉，同时因循踪迹，默默地回顾我那与这山道一样起伏曲折但又是通畅平静的人生。

然而我的青竹杖，却使我无意中在回马岭结识了一位不同寻常的旅伴。

回马岭是掩映在浓密树林中的一座很小的城楼。山道从门洞中穿过后向右一折，台阶就变得陡起来。如果骑马进山，在这里是非下马不可的。

当我遥遥看到它的时候，我前面不远，一位老人正健步前行。他光着头，穿着宽大的衣服，飘然走着。他走到回马岭下，毫不犹豫地踏上了城楼前的台阶。但那些石级显然是太陡了，使老人略感吃力地放慢了脚步。我快步赶上去，从后面将老人扶住，登上了台阶，我们在门洞中站住了。

他转过身来，带着慈祥的笑意看着我。

我扶住的，显然是一位久居深山的老人。他红铜般的脸上刻满皱纹，气色非常刚健。那灰杂的浓眉，深邃的目光，安详的神色，以及一绺触胸的银须，都使人不禁喟然生敬。

"头回上山吧？年轻人。"一个长者和蔼的声音在我面前浑然响起。

"是的。"

"海边来的吗？"

"对。"

"单身进山，可是寂寞哟！"

"正想和您结个伴呢，可以吗？"我尊敬地将手中的竹杖递过去，"山路陡，用这个吧！"

老人微笑着接过竹杖，用力在地上顿了顿，它显得十分结实。"很好。"他称赞了一句，随即招呼了声"走吧"，便继续向上走去。

这位气度不凡的老人，对于我的帮助和敬意并没有表示丝毫的谢意与谦让，但他却用一种对于晚辈来说是非常亲切的邀请抚慰了我的心。

我们就这样结识了。

"您多大年岁啦?"我一边跟上,一边与他攀谈了起来。

"七十七啦!"老人执杖健步而行。

"听您口音不是本地人吧?"

"祖籍广东。"

我着实有些吃惊:"广东!您怎么定居在山东啦?"

他捋着胡须笑笑,并不正面回答:"广东是东,山东也是东。总之还没到西去的时候呢!"

我被老人的开朗逗得大笑起来:"老人家,您可真有意思!——您是住在山上的吧?"

"对。"

"全家都在上面吗?"

"不,"老人摇摇头,"我是个孤身。"

"那您靠谁来养活呢?"

"养活?"他爽朗一笑,"我自己有工作。我管理着山上的古迹,有时做做导游,领取我自己的工资。年轻人,与我这个老泰山一起行走,不会寂寞的。"

"如果您肯带我上山,那不是我三生有幸,也算我一时造化呢!"

我们又一齐大笑起来。

的确,认识这样一位引路的老人可真是太庆幸的事了。尤其是对于一个初上泰山的人来说,还可以再希冀什么呢?果然,老人的风土知识很快就使我感到不虚此行。

一路上,他不断地指点出一处处古迹,告诉我关于它们的故事和传说,有时还发一番长者的议论。而在他的谈吐中融汇着一种很高的技巧,往往他优哉游哉地走着,趣味横生地讲着那些传说的始末。可是我正听得出神，他便会停住脚步，信手一指，那处古迹已赫然出现在我们面前，就像他变出来的一样。这位常年的职业导游者，以他出神入化的精彩介绍，好几次把我惊奇得差点叫起来。听着他的介绍，泰山在我心中渐渐已不是一座高山，而是一部历史和神话了。

我跟着这位在山道上扶杖而行的老人往上登临，他久居在这名山大川中，深知那些古老传说的来龙去脉，但他绝不以浮光掠影的传说来夸诞称奇。他像一位古朴的乡间学者，在一片令人眼花缭乱的古迹中严肃地分辨历史的真伪，又像是一位深沉的哲学家，用简洁而深刻的语言来解释它们真正的价值和意义。我开始意识到虽然泰山有不少东西实际上很肤浅，但是我在回马岭邂逅的这位老人，却实在是有些深不可测。

中午时分，我们登上了中天门，在这里，我弄明白了老人的真实身份。

所谓中天门，是一座字迹斑驳的石牌坊。这座牌坊凌驾在山道上，正好将由岱宗坊到南天门的全程分为两半。由此上行，我们还得走相同的路程才能到达岱顶。

就在离中天门不远的地方，坐落着一幢浅绿色的现代式建筑物。在那装饰着白色线条的宽阔墙壁上，镶嵌着一排巨大的玻璃窗。通亮的大厅中，影影绰绰地坐着一些休息的游客。

我和老人踏上光滑的水磨石台阶，推开写有"中天门茶厅"的弹簧玻璃门，穿过饮食大厅来到阳台上。在凉风习习的荫棚下，许多游人散坐在大理石面的简易铁桌旁，一边喝茶和谈笑，一边欣赏着广阔的原野景色。

我为老人要了壶绿茶和几样点心，自己则要了杯很浓的咖啡，拣了一张空桌一同坐下，一种安稳舒适的感觉，使我顿时感到已经很累了。

现在，整个齐鲁大平原就铺展在我们的脚下，从阳台向群山外面望去，黄绿相间的颜色，把大地装饰成一块鲜艳的巨幅地毯，从山脚一直铺到遥远的地平线，我们坐在这和白云一样高的地方向广阔的天空平视，万里云朵就像是停泊在远近海面上的无数巨大的白色军舰。

我取出烟，敬给老人一支。

"不会，"他笑着摆摆手，"你自己吸吧。"

"您的生活真是太简朴了。在您这样的高龄，正该享享晚福，您连烟都不吸。"

"身心清净，自然众苦皆消。"老人随口应道。

"是呀，生活清苦一些，于身于心都有裨益。"我表示赞同。

"不，你听错了。清即不苦，苦即非清；清而不苦，何谓清苦？我是说：身心清净，众苦自消。"

我有些疑惑起来："那倒是，苦谁都难免，心清原是紧要的……"

"是呀，"老人呷下一口茶，"古人云：菩提本无树，明镜亦非台；本来无一物，何处惹尘埃。话虽玄奥，终有透解，无奈世中人不肯深思！"

我心中吃了一惊，这是四句唐时流传极广的佛偈。我心中疑惑了一下，顿时明白了八九分，不禁目瞪口呆地望着老人。

他深邃的目光正远望着群山，银须在风中拂动着，颇有几分仙风道骨。

他转过脸来慈祥地看着我："想不到吧，年轻人，我是山上的住持和尚。”

我惊呆了，我从来也没有见过和尚。当我开始懂事的时候，这些在人间传播迷信和膜拜事佛的人就已经销声匿迹了，仅仅是在成年以后，由于阅读了一些哲学和历史，才使我了解了一些古奥的佛教理论。因此，那些虔诚的僧侣在我看来就像佛教本身一样的古老和神秘。现在，当我突然知道一位真正的和尚竟正坐在我的面前，并且已经和我同行了这样久，那种神异怪诞的感觉马上就这样近地笼罩了我的每一根神经，使我愕然了。

他看出了我的激动：“怎么样？可以和我走在一起吧，海军同志？”

“那、那当然太好啦！”我好容易才恢复了常态，早已是又惊又喜，差点把咖啡都打翻。

这可是一次真正的奇遇。刚才，我们是一个海军军官与一个深山老者在林中结伴而行；而现在，是一个共产党员和一个佛教信徒在倾心交谈。这使我感到异常兴奋、新鲜。

也正是从这时开始，我才从长老的言谈举止中，处处都看出他出家人的本色。

“山上的供奉神师佛祖还在吗？”我关心着泰山的全部古迹。

“依然如故。”长老回答。

“还举行佛事？”

“云寂香消。”

“大部分僧侣都还俗了吧？”

“落叶归根嘛。”他将手中的茶杯轻轻放在大理石桌面上。

“那您为什么留下了呢？”

“佛不弃我，我不弃佛，”他满意地将了将胡须，“青灯古佛，经幢宝卷，我已经相守多年了。"

老人年事已高，不会再放弃他多年的信仰，他对佛教已经一往情深，肯定会抱守着这些陈旧的信条去颐养天年的。这种固执的迷信与他那明达哲理的风度是多么的矛盾哪！

当我们重新上路的时候，我们已经就古代哲学中许多高深莫测的东西谈了许多，老人的知识是相当渊博的。我们从宋明理学谈到魏晋的玄学，从印度的婆罗门谈到日本的禅宗，从欧洲的现代科技谈到清代的考据学术。他的话不少我都难以接受和理解，但那些玄奥精深的思想却发人深省。

"那么，究竟什么是哲学呢？"在推开门步下茶厅台阶的时候，我开始就我曾经百思不解的一些问题向他请教。我已经看出来，这位久居深山的老僧有许多博大精深的学识和思想。

长老在和煦的东南风中踏上了山道："你想要一个准确的定义，是吗？可是这不可能，因为它太广泛了，它囊括了天地今古，神界人间，从宇宙讲到原质，从天下讲到人心，几乎无所不包，然而历来的哲学家，虽然他们的著述浩如烟海，却从来没有一个人能给哲学本身下一个定义。"

我们转过山麓，向更高的深山前进。

"真可惜！这个问题困扰了我许多年，至今也搞不清。虽然哲学书着实看了不少。"

老人不在意地笑笑："其实叫我说，哲学一词实在是定名不确。在古代，哲、知、智为同一词源，所以当初西学输入的时候，何妨叫作知学或智学？何况前辈的哲学家们正是专门以逞智为能事，以致知为鼓吹的。他们想人之不能想，说人之不能说……"

"所以，他们便能知人之不能知。"

"哪里！"长老轻蔑地一挥手，"此辈道地是愚人自欺。其求知也，非即知也。哲学家的求知术，无非思辨而已。然而这并不可靠，可靠的是科学家的观察，所以德谟克里特的原子论要待道尔顿来证实，而托勒密的宇宙体系由哥白尼所推翻，泰勒斯说万物皆成于水，科学家知他是无稽之谈，柏拉图设计了"理想国"，政治家知他是痴人说梦。然而古代人科技毕竟贫弱，观察无由，也只好靠思辨，所以一部哲学史，不过是古人对世界本质所进行的不断猜测的集大成。自然科学一旦兴起，便是这种古典哲学的衰落。"

"为什么又兴起了现代哲学呢？"

"因为自然科学的领域毕竟有限，它不能回答人们对社会提出的问题。现代哲学的兴趣主要在这里，不过哲学至此早已面目全非了。"

长老投给了我一束思想的火花，它在我的脑海中熊熊燃烧了起来："您是不是说，哲学仅仅是一种古老的思想方法，它的特点是思辨，是虚致，而科学则是一种现代的思想方法，它的特点是观察，是实求？您是不是认为，用思辨得到的真理并不可靠，只有被观察证实的真理才可靠？您是不是断定，哲学的立足之地仅仅是科学目力所未及的地方。一旦科学的目力所及，哲学便会销声匿迹。因而哲学终将被日益发展的科学彻底代替？"

"你讲得太混乱了，不必讲什么虚致、实求，如果一定要打譬方，可以说哲学是想，科学是看，所以科学看不到的地方可以用哲学去推测。你说的也不完全对，科学真实，然而有限；哲学朦胧，然而广大。既然科学的力量永远有限，它也就永远不能彻底取代哲学。虽然人类受到它不少愚弄……"

长老的话使我陷入一片沉思。他虽然言辞古奥，讲的却尽是我从未听过的崭新的思想。他似很脱俗，然而思路严谨，条理分明，绝然未脱世间的学者风范。他通哲理，也重科学，然而笃信的却是宗教。我恐怕永远也不会理解，在这样一个人的身上，何以竟能统一起这样多的矛盾？

山道向直插云天的高峰延伸上去，我们在山道紧贴山麓向右强烈曲折的端角处站住了。在我们面前，一块尖利的怪石拔地而起，直挺挺地兀立在山道边缘，俯临着低回的山谷。怪石上，赫然镌刻着三个朱红大字：斩云剑。就在这里，我差点冒犯了长老的尊严。

我站在长老身边，抚摸着那铁锈色的岩石："形状不错，但它真能斩云吗？"

"那倒是名不虚传。"长老向山谷中略一顾盼，又转身向山外望了望，便将手向南方遥遥一指，"你看！"

我转过身，只见广阔的原野上空，万千朵白云正在缓慢地飘浮着。它们绝大多数向北飘来，又慢慢飘向两边的山后，但是有几朵却径直向山口飘进来。转眼，一朵白云已飘进山口，从从容容地向深谷飘去。当它飘过这块怪石与对面山峰的对接线时，似乎突然被一种什么力量轻轻托了一下，使它陡然上升，顷刻间便被扯成碎絮，转而如烟消散了。

我惊奇得几乎要叫起来。但长老又指给我看第二朵。同样，它在飘过这块怪石面前时也被一挥而尽。随后飘来的几朵，竟没有一朵能进入山谷。

"奇怪！简直太奇怪了！"我忍不住叫起来。

"安静，注意看！"长老喝住了我。

巨大浓积的云团正向山口涌来，这团白云的体积是这样大，像一座四层楼一样，以致强烈的阳光都不能照透它，使它的背阴部分黑沉沉的，它的来势是如此凶猛，我无法想象刚才那个轻飘飘的力量将怎样阻挡它。

我睁大了眼睛，准备看看这巨大的云堆怎样涌进山谷，一头撞在山谷深处的崖壁上。

它被东南风稳稳地推进了山谷，一直通过了斩云剑。然而当它继续涌向山谷深处的时候，那股力量猛地冲腾起来，把它整个翻了个滚。与此同时，满山谷的茂密树木发出了一种奇怪的沙沙声，我定睛望下去，原来那团白云竟化作一阵细雨倾泻而下！

我被这大自然的奇妙表演惊得目瞪口呆。我用力摇撼着那坚硬的岩石，大声问道："斩云剑，斩云剑！难道你真有这样大的神通吗？"

斩云剑沉默着，它的根基牢固地联结在坚硬的地壳上，纹丝不动。

我坚信科学，并不相信自然界中会有任何奇迹。然而现在我却无法想象那个轻而易举地将白云覆手为雨的神秘力量到底是什么。

当我们继续向上走去的时候，长老问道："你知道什么是锋面吗？"

我想了想："知道。"

"你刚才看到的，就是锋面。"

长老说的锋面，是气象学上一种最基本的现象：当一团巨大的暖空气和一团巨大的冷空气相遇时，它们之间会形成一个倾斜的接触面，这个接触面就叫作"锋面"，锋面所覆盖的广大区域，就是云区和雨区，自然界的一切云雨现象，都是在锋面的基础上形成的。但是，一个锋面起码也要有几百公里甚至上千公里的范围呀！

"锋面？难道这样一个山谷中也会形成锋面吗？"

"大小不同。其中的道理是一样的。你看——"我顺着长老所指向山外望去，一望无际的云朵仍在半空飘浮着，"东南风带来了这些海洋上的暖空气，而山谷中的空气却是冷的。"

我观察着山谷，只见那里面阳光遮蔽，气象森森。我开始明白了，正是那里面隐藏着的一个看不见的冷气团，用那些暖洋洋的白云玩了一出云消雨落的把戏。

"那山谷中又怎么会产生冷空气呢？"

长老冉冉地向前走着："可能不是产生，而是积留。当大片冷空气从山区退去的时候，在那里留下了一团。"他和蔼地看了我一眼："不过，你是有福之人哪！我在此地四十余年，像这样的云雨奇观，也不过是第三次看到。"

我沉吟了起来，他竟有如此丰富而全面的科学知识，那个百思不解的问题在我心中再也憋不住了。我紧走两步，追上了他。

"长老，我想向您请教一个问题。当然，这样问可能很不礼貌。"

"说吧。"长老胸有成竹。

"长老，我并不想奉承您，但我承认，您的哲学思想使我起敬，您的科学知识也让我深为钦佩。正是因为这样，我无论如何也不能理解，您为什么还要相信宗教？请您原谅我的冒昧，我不能理解。要知道，我们的时代是一个科学如此发达的时代，科学不但发现了无数的真理，而且证实了许多古人不能证实的推测，纠正了许多古人无法纠正的谬误，正如您方才所说，现代科学甚至已经取代了整个古代哲学。这就使我想起了您的宗教，要知道，它几乎和古典哲学一样的古老，难道它至今还没有和古典哲学一样显得陈旧了吗？难道人类的科学知识还没有纠正它的种种谬误吗？"

我大胆地跟随着长老那稳健的步履，慨然直陈己见："我不能否认佛教有着光辉灿烂的历史和传统，但是，一个人假如懂得天文学和气象学，他就不能想象怎样在宇宙中构筑天宫神殿；假如懂得力学和物理学，他就不会相信腾云驾雾真能发生。而您恰恰是一个深知科学的人，您的学识使我相信您也必定是一个热爱科学的人。因而我无论如何也无法理解，您为什么仍然要相信宗教？"

"宗教又到底为何而不可信呢？"

"这是不言而喻的：因为它不真实。它对世界的解释和它那些对过去和未来和传说完全是虚幻的。"

长老沉吟不语。

这问题对于任何一个信仰宗教的人来说都带有挑战性质。这样的问题，在提问者可以是一种请教，而在被问者却常常是一种亵渎，因为它公然怀疑那个只能虔诚崇拜的神明。宗教信仰曾经构成人类最基本的尊严。为了捍卫自己的宗教信仰，历史上在异教徒之间和异教派之间发生过多少惨烈的冲突哇！我后悔自己提了一个极失礼的问题。然而庆幸的是长老在这方面涵养极深，并没有表示丝毫的责怪。他只是默默前行，却什么也没有回答。当我看出他并不打算与我议论这个问题时，就赶快知趣地拨转了话头。当时，我并没有奇怪长老为什么这样轻易地就让我的无神论占了上风。

不知什么时候，我们已经走出了森林，正在嶙峋的山石之间攀登。一路上，我们仍然兴致勃勃，几乎每一处古迹都能引起我们的无限谈机。

终于，在下午四点钟的时候，我们到达了登临绝顶的最后一段险路。

我喘着气向头上望去，只见一溜笔直的阶梯直插蓝天。在阶梯尽头，一座红墙金瓦的城楼遥遥高架在天上，透过那细小的门洞，还可以看到一隙玻璃般明净的天空。它看上去是那样小，简直如同盆景上的石雕小城一样。

长老也微微喘着。他抓住栏杆向我说道："这就是天梯了。上去就是岱顶。怎么样，年轻人！上吧？"

我一把扶住长老："好，上！"

长老健步而上，我紧紧跟在后面拼命攀登，却无法超越这个常年在这条山道上行走的老人。很快，我感到气力不接了。

"别忙，小心呛着风！"长老停下脚步，伸出手来将我一把挽住，我突然发现老人的手力很强。

我迈着两条已经和石头般坚硬的腿，终于登上了最后一级。我站住脚，胸膛剧烈地起伏着，一种高空低气压所造成的急促呼吸，使我感到一种从来没有过的痛快！

现在，我们已经置身于蓝天之上。我紧靠在铁栏杆上，回身向下望去，一幅无比广阔的景色呈现在我的眼底：大地已变得烟波浩渺，鲜艳的绿色原野变得弥漫了。那一望无际的云朵正在我们下面很远的地方飘浮着，就像撒下了无数绽开的棉桃。在我们脚底下，是起伏的群山，浓郁的森林，一只苍鹰正在这崇山峻岭中盘旋。我仔细寻找了一下，四个小时以前我们休息过的"中天门茶厅"就像远远摆在那里的一枚棋子。

阵阵强劲的山风有力地掀动着我的衣襟，吹得长老宽大的衣服膨胀起来，噗噗作响。山谷中，布满山麓的林海发出海啸般的林涛。

"喏，那就是黄河！"长老的手向遥远的地平线指去。

那里，烟波弥漫中，隐隐约约一痕米黄色的细线从平原的尽头划过，在太阳的照射下闪着亮光。

"黄河！"我在心中发出一声欢呼。那就是我们民族发祥的渊源吗？我曾经在火车上注视过它混浊的波涛，我曾经在济南大铁桥下捧起过它浑厚的泥浆。在内河训练时，我也曾在它宽阔的河面上航行过。但是我却从来不曾想象过这条泛滥起来如野兽般凶猛的黄河，在祖国无边无际的原野上竟显示着这样优美的曲线，在灿烂的阳光下竟闪动着这样柔和的金光。

无从喷发的激情冲荡着我的胸膛，我伸开双臂，伸向那烟霭磅礴的万里山河，发出倾尽肺腑的呐喊和欢呼：

"黄——河——"

十几个回声呼应着，将我的呼喊传递出去，消失在回环激荡的山风中。

长老微笑地看着我："你已经在人间的最高处了。"

我激动地回过头来，才发现那座红墙金瓦的巨大城楼已经高临在我们的头顶上。这座古老的城楼已经破旧了，墙皮剥落处，裸露着陈旧的泥灰和城砖。黄色的琉璃瓦上，几丛茅草在呼啸的风中抖动。

就在这破败城楼的巨大门洞两旁，一副绿底金字的对联映入我的眼帘。我读道："门辟九霄仰步三天胜迹，阶崇万级俯临千嶂奇观！"

横额上，赫然题着三个大字：南天门！

面对着这镌刻在云天之上的题联，我荡气回肠，发出了由衷的赞叹："写得太好，太美了！"

然而长老却冷冷一笑，说道："空蒙宇宙，岂有三天？一路行来，又何止万级！哼，好什么？美什么？"说罢，他一拂衣襟，径自穿门而过，头也不回地踏上了天街。

这兜头一瓢凉水，浇得我好不扫兴！

我快步追了上去："您说得不对。这是艺术，艺术可以夸张，更可以虚构。就此联而论，非三天不足以尽其高，非万级不足以尽其长，如何不好，如何不美？"

"夸张？虚构？"长老哈哈大笑起来，"要知道：不美即是不真，不真即是不美，言不符实，还有什么艺术可言！"

"不然，"我当即搜索枯肠，据理力争，"真并不是美，美也并不是真。数学枯燥，医学污垢，它们是真的，然而不美。舞蹈可以悦人耳目，音乐可以动人心弦，它们是美的，然而也没什么真可言。可见真与美并不相干。真而不美，方成其严肃，美而不真，方成其浪漫。假如真即是美，那么数学与医学就是最好的艺术。假如美即是真，歌舞便可以代替科学。不，长老，这无论如何是不可能的。要知道在我们的生活中常常是在真中有丑而没有美，在美中有假而没有真。怎么能说真即是美，美即是真呢？所以不真实的东西，不但可以是优美的，而且常常是最优美的。"

长老已经在突然之间变得非常不讲道理。他冷嘲热讽似的争辩道："完全不对。科学性是衡量一切的准绳，凡是不合于科学的说法，自然应一律掀翻……"

"您错了！完完全全错了！"我紧追不舍地叫道，"对科学真理的探索，并不是人类精神生活的全部内容。在这之外，我们还要求美的享受，要求感情生活的满足。假如我们的生活中只有科学而没有艺术，只有探索而没有欣赏，人类历史就会成为一部枯燥的教科书，人类生活就会失去全部欢乐！"

我简直不明白，这个老和尚怎么突然这样漫无边际地夸大和侈谈起科学来。

长老停住脚步，在天街中间站住了。他用一种异常深刻的目光看了我一眼，淡淡一笑："年轻人，你说得很对：人类要求感情生活的满足，要求美的享受，而科学并不能提供这一切，它只能使我们获得对自然的了解。但是，你说的并不完全。如你所说，在真之外，还有美。但是你却忘了，在美之外，还有善。对真善美的追求，才是人类精神生活的全部内容。而追求真的，是科学；追求美的，是艺术；追求善的，这就是宗教。来路上，你曾向我说宗教不真实。那么现在我可以向你说，艺术既然可以不真实，宗教又为什么一定要真实？艺术的意义不在于真而在于美。同样，宗教的意义也不在于真而在于善。世上的宗教，西方有耶稣、阿拉，东方有佛祖、天师，支派纷繁，何止百种，难道都是真的不成？但那教义尽管纷纭，主旨却终不过是劝导人间，使强者怜悯，富者慈悲，让人生的痛苦得到抚慰，于灵魂的空虚有所寄托。所以，只要善行布于天下，我佛究属有无倒在其次。至于经幢宝刹，无非肃穆其心，而吃斋打坐，则不过养生之道而已。宗教一事，本为人心所设，信之则有，不信则无，完全在于虔诚。古人早就说了：我心即是我佛。可见宗教以道德为本，其实与科学并不相干，只是后人无知，偏要用尘世的经验去证明与推翻天国的存在，才惹出这无数争论，万种是非……"

长老长叹一声，神情已变得异常严肃，他怀着诚敬的心，沉吟着自己那些释神的话向前走去，不再说什么了。

机关已经点破，我被说得无言可答。我看看默默前行的长老，心知我们已谈到了话尽头，竟也沉吟起来，只有紧随其后，踏进了山顶的连天衰草。

是的，这并不是一种迷信，并不是一种对虚妄传说的膜拜，而是一种充满了理智的信仰。从外表看，那信仰似乎是毫无根据的，似乎完全是受了一系列古老故事的欺骗。但是那些并不真实的说教，却可以在精神上发挥一种奇妙的作用，使这位佛门弟子在他可能经历过的复杂人生中获得一种心灵上的安详与和谐。我再一次感到了这位老人的深不可测。猛地看起来，他是一个昏聩的和尚，但是在他的心灵深处，在那个可能他自己的理智也不常能达到的心灵深处，却是一个清醒的世界。

我们就这样沉默着，一直走上了碧霞祠的山门。

我们面前出现了一座古色古香的宫殿。正中，紧闭着两扇红漆金钉的大门。门前有四根红漆大柱，支撑着一排金黄的琉璃瓦顶。瓦顶上面，矗立着一层华丽的楼阁。两尊彩塑的高大山神分守在宫门左右，一个手握金蛇，一个高擎利剑，正龇牙咧嘴地怒视着我们。

长老在门边按了一下电钮，大门打开后，我们径直穿过这座寺庙，转入一座小门。展现在我面前的，是一座整洁而宁静的庭院。但院中厅廊古朴，油漆半旧，与那座瑞气照人的宫门显得不大相同。

我跟着长老来到他的住房，随手将制服和军帽搭在一把交椅上，长老却将它们拿起来，挂在了衣帽架上。

"今晚，你就在这里下榻。"

我赶快推让："这怎么行！一路上已经多承您照顾，怎么好再打扰您！"

他挽住我朗声大笑起来："你这就差啰！如果军人住庙不妥，自可请便。但要说怕打扰，那倒大可不必。说实话，这里轻易也是绝不接待游客的。但是既然一同走了上来，我们也不必就这样分手。更何况，有人相伴，我是求之不得——你先坐，我去更衣就来。"说罢，他将竹杖靠在书架上，指给我热水，径自出去了。

我一个人留在屋子中洗过脸，便抽着一支烟，打量起这间禅房来。

其实，这只是一间书房，因为这屋子并没有丝毫的宗教气息。雪白的粉墙，光滑的细木地板，天花板上是日光灯管，门边配着很美观的按键开关，这些都和一般的城市住宅没有什么两样。靠窗一张书桌，玻璃台历翻着前天的日期。台历旁有一个闹钟和一台半导体收音机。靠墙是一排镶有玻璃拉板滑门的巨大书柜，而装在书柜上的那具折臂台灯，竟和我在军舰上用的一模一样。

我走到书柜前，看见与我那根青竹杖并放在一起的，还有一根波斯手杖。这根手杖看去十分贵重。檀红色的杖体，两端都包了金。手柄上用金丝镂成了斜方格的精致图案，柄头上还装饰着一块宝石形状的蓝色钢化玻璃。我忍不住拿起它掂了掂，却并不沉重。

所有这一切，都与我想象中的僧侣生活太不和谐了。

我站在书柜前，开始浏览那大量的藏书。它们种类与内容十分庞杂，除了各式各样的读物、目录和单行本外，有整整三排是全卷集的。我看到史学方面有全套的《资治通鉴》和《清史稿》，哲学方面有《庄子》《淮南子》和《吕氏春秋》，评论著作有《章氏丛书》和《胡适文存》，外国著作有从洛克、卢梭、黑格尔、马克思，一直到罗素、杜威等人的著述，还有一本普鲁塔克的《希腊罗马名人传》。甚至有些书还是外文版。当然，最多的还是佛学著作和佛经。我在那整整四排的线装古书中，看到了很多古奥费解的书名：《兜沙经》《金刚经》《华严义海百门》《大正藏》这些无疑是佛经了，《唐高僧传》《洛阳伽蓝记》和《景德传灯录》《古尊宿语录》《宗镜录》等等。这些书密密层层地摆满了书架，书中夹满了很多做记号和摘录的纸条。这些书本身就是一个浩瀚的大海，以致我觉得只要抽出任何一本，我就会被这片大海所淹没。

我回到书桌前，注意到桌上整齐地摆着一大沓手稿。最上面的卷首用粗犷的毛笔题着：大乘宏解。我掀起一部分稿纸，看到上面写满了蝇头小楷以及朱笔做的修改。其中一行标题"卷七十三：涅槃精微"。显然这是长老尚未完成的宗教著述。

门开了，长老提着一只红木大匣走进来，他从岱顶餐厅买来了晚饭。现在他换了一身灰色的短袄和一双底子很厚的布鞋。盥洗后的老人，显得精神焕发。

吃饭的时候，我打定主意：在今夜和明天一定要与他好好谈一谈。在不触犯老人忌讳的前提下，我渴望着对他有更多的了解。

台钟发出一阵轻微的蜂音，时间是六点整。那台半导体收音机啪的一声打开了。现在，山东省台正在转播中央气象台发布的天气预报。女播音员的声音是单调而又平静的，然而她报告的，却是此刻正在亚洲上空一万米雄厚的对流层大气中发生的一种雷霆万钧的变化。

我意识到，泰山马上就要处在一场暴雨之中。

当我们喝完汤放下碗的时候，长老一边递给我一条毛巾，一边在悦耳的音乐声中说道："年轻人，今天我佛对你真是格外慈悲：中午，他让你在中天门看到了斩云奇观；而傍晚，他还要让你在月观峰看到日落和云海。"

一阵感激的热浪从我心头扑过。我这才意识到刚才的预报对我究竟意味着什么：雷霆和暴雨将在我们脚下发生，而我们这些居于云天之上的人将看到的，却完全是另外一番景色。

我们当即收拾好碗筷，一同向寺院外走去。当我们走出门，站在高高的台阶上时，泰山上的景色已为之一变。无边无际的云海，已经淹没了一切。广阔无垠的齐鲁大平原看不到了，绵延起伏的泰沂山脉也看不到了，气势磅礴的云的波涛在我们脚下翻滚着，一直铺展到遥远的天边。攒动的云头在斜阳的照射下映出明暗相间的金色和红色。泰山，就像一座海岛一样孤悬在这一望无际的云的海洋中。

此刻，在南天门那里正发生着极其壮丽的景色。浑厚的云涛，在泰山的北麓翻滚着涌上山顶，几乎淹没了整个南天门，然后又顺着天梯向南麓倾泻下去。巨大的云流在日观峰与月观峰之间的鞍状部位缓慢地滚滚流动着，远远看去，就像一条滔滔大河，它以不可阻挡的气势从山北涌向山南，覆盖了沿途的一切。只有南天门的金顶飘浮在这白色的波涛之上。

我惊叹着这壮丽的景色，与长老顺着台阶步下山门，沿着天街向西走去。我们将从南天门那里登上月观峰，在峰顶的望亭送别日落。

这时，从天街上面一百多米远处的岱顶宾馆走下来一群外国人，他们男男女女大概有二十多个，显然也是要去月观峰看日落。身着笔挺的西服和花花绿绿时装的一群人，在斜射的阳光中谈笑着，指点着，不时传来阵阵愉快的哄笑。当他们沿着小道踏上天街的时候，我和长老也走到那里，于是我们在岔口处交会了。

我和长老停住了脚步，想让他们先过去。但是显然我的海军装束和长老的僧侣风度引起了这些外国人的注意。他们也站住了脚步。这些外国人零零落落地停止了谈笑，开始用好奇的神情打量着我们，人群中的几个外国女子发出了轻轻的笑声，并且互相低语了几句外国话。

我看看长老。

"我们还是走在后面吧。"长老笑着告诉我。

于是我伸出一只手臂，表示请他们先走过去。可是他们互相看了一下，仍然没有动，似乎在推举自己的代表。

人群中很快笑着走出一位唯一的军官。当他走到我面前，与我照了面以后，我们以军人的习惯互相敬了礼，然后把对方的手紧紧握住了。

他的礼节是相当潇洒的。手臂几乎是垂直地屈折起来，用并拢的食指和中指啪地在坚硬的帽檐上一碰。我忍不住仔细打量了一下他。这是一个面孔微黑的欧洲人，眼神很温和，鼻子下面蓄着一绺英俊的小胡子，看上去亲切而幽默。他穿着灰色军服，深红色的领章上一边缀着一只鹰，一边缀着两把交叉的短剑。由于他的肩章上编织着我不认识的符号和花纹，因而我无法判断他的军阶。此刻，他也正愉快地打量着我。

外国人发出爽朗的笑声，并且有微型镁光灯闪了几下。我用力握着他的手，试图用英语问候了一句："你好。"

他笑着点点头，表示听懂了。但他作为回答而说的一句完整的外国话，却不是我所熟悉的英语，而是一种西班牙的混合语。这就使他的国籍很难弄清了。

我们不约而同地把脸转向一旁。一个衣着朴素的女翻译已经快步来到了我们面前。她和善地看着我，微笑着介绍道："这是波西宁上尉。他说：很高兴与你相识。"

这的确使我感到非常高兴，于是马上答道："我是中条山舰航海长李淮平。我也同样高兴与你相识，上尉。"

我们的手经过友好的自我介绍以后，互相松开了。但是翻译却并没有把我的话译过去。

波西宁上尉转过脸向翻译又问了一句什么。从翻译那里传来的，仍然是沉默。

我感到奇怪了。翻译这莫名其妙的沉默已经开始在影响这愉快而有趣的气氛。于是我转过脸，用询问的眼光去看她。可是当我终于看清了那张熟悉的面孔时，我顿时目瞪口呆地愣住了。

南珊，阔别了十二年的南珊！她在我的生活中销声匿迹了这样久以后，现在重新站在了我的面前，而且这一回竟是这样的近！

我呆呆地看着她，很久很久都说不出一句话来。我的心被这突然的相会震慑住了。而一种骤然产生的惊慌、迷惘、震动的神情，现在也正浮在那张曾经是多么清秀的脸上。我紧紧盯着她那扬起的眉毛，睁大的眼睛，疑虑的前额和惊愕的嘴唇，心脏不可遏制地狂跳起来。

是的，站在我面前的这个女翻译，正是我十几年前认识的那个少女。那一切熟悉的特征，和这久别重逢的惊愕神情都向我证明，她就是南珊。然而此时的南珊已经是一个成年的女干部打扮了。我呆呆地端详着那刚刚出现浅纹的眼角，那不再圆润的脸庞，那已经有些干燥的头发，和我从来没有发现过的鼻子上的几点浅浅的雀斑……我清清楚楚地看到，她眼中开始涌起一层薄薄的泪水，那双湿漉漉的眸子已经不再那样黑，那样亮了。这一切，都正在渐渐地模糊着我心中那个少女的影子。我开始意识到：那个天真大胆的女孩子早已不复存在。如今的南珊，已经不会再把任何欢乐的情绪和调皮的念头汇在坦率的谈吐和响亮的笑声中，清澈见底地透露出来了。不会了，永远不会了。在她的胸中，已经是一个深思熟虑的心灵。这个心灵已经永远改变了她的音容笑貌，同时也给她的脸上换上了一切中年妇女都会有的那种沉着而干练的神色。

周围开始响起了窃窃的低语声。

南珊的表情正在发生着迅速的变化。惊愕，迷惘，难过，随后是内心深处的痛苦。当她的神志终于在剧烈的感情波澜中镇静下来的时候，她勉强控制住了一碰就会掉下来的眼泪，咬着嘴唇，把头痛苦地垂下了。

我万分抱歉地看了被冷落在一旁的上尉一眼。这个感情丰富的外国军官正惊讶地注视着我们。我又用歉意的目光环视了一下那群外国人，他们有的好奇，有的同情，有的善意微笑，也有的冷静观察。最后，我为难地把目光停在了长老的脸上。他正用无比深情的目光注视着我们。

"你们有多少年没见面了？"他问。

外国人的目光全部投向了老人。

"十二年。"我用发哽的嗓子回答。

"你们之间有一段难忘的往事，是吗?"

"是的……"

老人低首合十，向我们微微垂下了和善的眼睑。

我几乎忍不住就要掉下泪水，却不知用什么方式来表示感激。

"谢谢……"我感到嗓子被什么噎住了。

"谢谢……"南珊也用极轻微的声音说道，同时尊重地向老人微微鞠了一躬。

那群外国人惊奇地注视着一向以稳重著称的中国人之间这感情的流露，显然意识到这样多的人围观在一旁是不合适的，于是有人低语了几句，相互示意离去。首先是两个比较年长的男人向南珊礼貌地微笑了一下，转身去了。然后大家也向南珊说了祝福的话，结伴离去。他们漫步走到天街尽头，穿过南天门那道云流，又重新出现在对面的山坡上，不时还有人好奇地回身向我们张望。

上尉和长老是最后离去的两个人。满怀友好之情的上尉很清楚自己在这场重逢中充当了重要的媒介，他充满感情地伸开双臂，用力抱了一下我和南珊的肩，说了一句什么。然后，他好像征询似的望了长老一眼。长老深沉地向他点了点头，上尉后退一步，举手向我们敬了一个礼，不等到我还礼，便微笑地转过身，与长老相携而去了。

现在，在天街的岔路口上，只剩下了我和南珊两个人，但我们好久没有说话，直到上尉和长老也双双登上了月观峰的山坡，我才轻轻问道："上尉说什么?"

南珊没有看我，她望着上尉与长老的背影，静静回答说："他祝贺我们旧友重逢……"

我们陷入一阵沉默之中。

现在，我可以仔细地端详她了。她知道我在看她，一言不发地注视着散布在月观峰上的许多游人的身影。此刻，屹立在万里云海中的月观峰已经被斜照的夕阳镀上了一层金红的颜色。金光辉照中，南珊的侧影显得异常的安详与柔和。那金色的光线重新勾画出了她长长的眉毛和眼睛，重新映照出她明亮的眸子。她就这样安详地凝视着，使她少女时代的形影又重新在我的脑海中浮现了出来。这使我心中一阵轻微的悸动。我就这样看着她，在沉默了好久以后终于说道："真想不到，会在这个地方看到你。"

"我也是。"她不自然地笑笑。

"也没想到，是在这么多年以后。"

"对。"她点点头。

此刻，无数往事在我心头翻滚着。但是那样多的话，一时竟无从说起。

"南珊，我最后一次见到你，是在你去边疆的火车上。如果我没有弄错的话，在火车开动的时候你一定也看到我了。"

她看了我一眼："对，我看到了。"

"但是你可能并不知道，在火车开动前，我还在车上听到了你和你家里人讲的许多话。"

她微微一笑："不，那天我弟弟看到了你。所以事后我猜想到可能是那样的。"

"是的，是那样。当时我在夹道中听你们全家交谈了很久，而且那些话留给我的印象至今也不能磨灭。"

"是吗？"她用诚恳的目光直视着我的眼睛，"我愿意这样。"

我们互相看着，又是一阵短暂的沉默。

"我知道那趟火车是向北去的。这些年你一直在草原上吗?"

"那趟火车一共送走了三批知识青年,一批去内蒙古,一批去吉林,一批去北大荒。我们到内蒙古昭乌达盟去了。不过一年以后又转到了兴安岭。"

"一直当牧民吗?"

"不,在草原上是当牧民——在那里学会了骑马,到了兴安岭后,就在林场当了女工。"

"伐木?"

"不,开拖拉机。"

"后来呢?"

"后来我们全家都回江苏老家务农去了。一九七四年,我在无锡一家医院里翻译了一段时间的外文资料。三年以后,也就是一九七七年,我又先后调到杭州,苏州,上海,南京,最后才在省外事局当了翻译,一直到现在。"

"那是哪一年?"

"一九七八年底。到现在我已经做这个工作两年多了。"

"你看,刚一见面我就打听这样多。"

"不要紧,久别重逢的人大都是这样。"

我们现在可以坦率地笑了,但是都不看对方。

"我能想象得出来,在这些辗转中你经历了不少波折。"

"嗯……可以这样说吧。不过生活也给了我很大磨炼。你怎么样,这些年在军队中还顺利吧?"

我回想着我所经历的那些失败和挫折,却用肯定的口气回答道:"是的,我非常顺利。"

她点点头:"我相信。"

她的话是诚恳的。她为我的顺利而感到高兴，也可能，还为我的幸福感到欣慰。但是我却并没有这些东西。我不由得发出一声苦笑。

"你怎么啦?"

"噢，没什么。我在想，你曾经想过要问我一件什么事情吗?"

她不解地摇了摇头。

"要知道，你直到今天以前还并不知道我的名字。如果你愿意知道的话，我想，我应该做一个虽然已经为时太晚的自我介绍。"

她迅速地闪动了一下眼睛，但是并没有流露出自己真实的心情："不必了，我早已经知道了。"

我感到万分惊讶："你怎么会知道呢? 我从来没有机会告诉你呀!"

"却有别人告诉我了。"

"谁?"

"我不太想让你知道这件事。"

"为什么?"

"可能对你不太好。"

"不会的。"

她望着苍茫的云海沉默不语，嘴角挂着淡淡的微笑。

"请你相信我。你的任何话都不会对我有什么伤害。"

她望着那遥远的地方，惨然一笑："你叫李淮平……"

我的心跳动了起来："是的。"

她凝视着远方，似乎又不打算说下去了。

"但是请你告诉我，究竟谁会告诉你。"

她微微眯起那凝思远望的眼睛，回忆着那些遥远的往事:

"我不知道那个小红卫兵叫什么。那天，当你在客厅中盘问我的外祖父时，我就在门玻璃后看到并认出了你。当时，那个男孩子抽了我一皮带，说等会儿李淮平教训完了你爷爷再来教训你。那时，我就知道了你的名字。不过这个名字我却从来没有向谁说起过。直到今天，我也只是头一次提到它，李淮平。"

我的心像被鞭子抽了一下似的。我想和她一样地微笑，但是我的声音却发抖了："从那天以后，我的心再没有一天平静过，真的，没有一天！……"

"从那天以后，我的心却像燃烧过的灰一样的平静。"

南珊在叙述这些往事的时候，她的整个身心都和她那凝视的目光一样投在了遥远的天边。她完全不看我，好像我并不在她身边，她那些话不过是在自言自语而已。

一种痛悔与惭愧交加的心情残酷地折磨着我。但是在这样的岁数，我却必须把少年时代的回忆所唤起的任何一种感情都拼命克制住才行。

"我希望，不，我相信，那天晚上的抄家不会成为你生活中的转折……请你相信我的话，你应该永远是你！……"

"整个国家都发生了那样巨大的变化。我们谁也不可能，也不应该依然故我。"她垂着眼帘，脸上显现着一种异乎寻常的平静和淡漠。

变化了，一切都变化了！曾经是那样的，今天变为这样。而失去的，也就永远不会再循环回来。现在我面前的这位成熟而刚毅的已近中年的妇女，曾经是一个多么天真活泼的女孩子。她曾经在我心中唤起了多少美好的憧憬啊！可是在那个无情的夜晚，我却亲手将它打得粉碎。多少年来，我梦想着重新见到她，梦想着恢复那已经失去的希望。然而直到今天，她才为时已晚地回到我的面前。而命运使她重新回来，似乎也只不过是为了向我证实：十五年前的那个少女已经不复存在，而我那少年之梦的任何一点影子，也永远不会再出现了。变化了，一切都变化了！但是使生活这样逆转的原因和力量究竟何在？而我那毁灭性的无情，又究竟是为了什么？

人间的一切，就是这样难解！

南珊轻轻叹了一口气，慢慢转身看着我。

"你还记得吗？当我们第一次见面的时候，我们曾经讨论过一个题目？"

我茫然地看着她，痛苦地感到自己无法回想起那个题目。不错，那次林中谈话的愉快情景至今还如此清晰地留在我的脑海里，但那次谈话的内容却几乎一点也记不清了。

"怎么？一点印象也没有了吗？"

我惭愧地摇了摇头："我确实记不清了。"

南珊用责备的眼神审视着我："这样的题目怎么能轻易就放弃掉？你怎么能随随便便就把你关于文明与野蛮所讲的那些那样出色的话忘记了呢？"

"对的，当时我们是谈到了这样一个题目：关于文明和野蛮。但是，我却得承认，我从来就没有好好想过它。至于当时我讲的那些……不过是些……怎么说呢？我找不到合适的语言来说明我当时怎么会说出那样一些似是而非的话。"

她看着我，摇了摇头："不，你说的并不是一些似是而非的话。十五年前，当我责备人们总是用野蛮去破坏自己创造的文明时，你曾经向我说，文明和野蛮就像人和影子一样分不开。你说，在古希腊，人们正是在野蛮的掠夺战争中创造了美丽的希腊神话。你还说，那些把人类引进了文明的东西，也同样把人类引进战争：最初给人类带来文明的是铁，但正是铁制造了人类历史中几乎全部的武器。你问我：希腊神话是文明的故事呢，还是野蛮的故事？铁是文明的天使呢，还是战争的祸首？这一切都是你说的。假如这些都是你反复思索的结果，你怎么可能把它们忘掉呢？"

我真感到不知该说些什么才好。

南珊的感情已经被少年时代的往事激起了层层波澜。她的声音变得颤抖了："要知道，那都是一些发人深省的话呀。几千年来，人类为了建立起一个理想的文明而艰难奋斗，然而野蛮的事情却与文明齐头并进。人们在各种各样无穷无尽的斗争和冲突中，为了民族，为了国家，为了宗教，为了阶级，为了部族，为了党派，甚至仅仅为了村社和个人的爱欲而互相残杀。他们毫不痛惜地摧毁古老的大厦，似乎只是为了给新建的屋宇开辟一块地基。这一切，是好，还是坏？是是，还是非？这样反反复复的动力究竟是什么？这个过程的意义又究竟何在？"

我默默地注视着她，心中满含了泪水。她那真挚的谈吐又将我带回了那个难忘的林间空地。我多么希望她就这样讲下去，永远不停地讲下去呀！她深深地叹了一口气："你的那些话，就是这样深地启发了我，使我想了整整十五年。十五年来，你在我的记忆中模糊了，遗忘了，但你说的那些话在我心中却始终没有淡漠，没有泯灭，为了找到它的答案，我思索了这样久。可是今天当我再一次见到你，希望你能告诉我的时候，你却说你完全忘了，甚至说你根本就没有很好地想过。难道，它不值得一切人都去好好思索一下吗？"

我的感情受到了莫大的冲击，一滴冰凉的泪水顺着我的脸颊滚了下来。但我丝毫也不想掩饰自己的冲动，我用发哽的嗓子说道："我应该……感谢……你的看重，但是我……不能再为你说任何有价值的话……因为只有认真思索过的人，才有权力回答，而我……"

　　"是的，既然你从来没有很好地想过，当然什么也不必说。"

　　我深深地吁了一口气："可是请你告诉我……在思索了十五年以后，你究竟……领悟到了些什么，你可能在什么地方……找到它最后的答案。"

　　她否定地摇了摇头："远不是一切问题都能最后讲清楚。尤其是当我们试图用好和坏这样的概念去解释历史的时候，我们可能永远也找不到答案。"

　　在我们之间，从此就永远结束了这个难以穷究的题目。但是我却相信，它再也不会有比南珊说得更好的答案。

　　此刻，落日正迅速地向天边接近。南珊的全身都和我们脚下的巉岩翠顶一样被染上了一层金色。

　　我开始想起她的外祖父。很久以来，我一直梦想着有一天能使楚轩吾与我父亲重新见面。

　　"你的爷爷、姥姥都好吧？一九七六年冬天，我曾到灵隐胡同七十三号去找过你们，但那时你们已经不在北京了。十几年来，我一直希望能重新见到楚老，因为我有一些事情想告诉他。这些事肯定是他非常想知道的。"

　　"已经晚了。"南珊轻轻叹了一口气，"就在你去的那年，一九七六年一月，我的爷爷、姥姥在宜兴老家相继去世了。当时我正在无锡的医院里，突然接到姥姥病逝的消息。可是当我请假赶回宜兴时，又仅仅赶上和爷爷见了一面。那一年的冬天特别冷，两位老人都得了感冒……现在，四年已经过去了。"

"老人临终留下什么话了吗?"

"什么也没有说。只是在弥留的时候，要我将他的骨灰与姥姥合葬。"

我深深叹了一口气，我再也没有希望见到楚轩吾了。

"老人的丧事办得还好吧?"

"还好。当时琛琛也不在家，多亏了乡亲们帮助……"

"真难得……"我不能再说什么。楚轩吾去世的消息，使我陷入了无边无际的沉思。

"对了，忘了告诉你，我的父亲已经回国了。"

"啊，他在国外的三十多年是怎么过来的?"想到在碾庄突围的苏子明还在，我感到一阵由衷的高兴。

"他跟着李弥逃到缅甸不久，就脱离了军队，重新搞他的电信专业，他的专业是由于抗战爆发而中断的。不久，他便与我母亲一道由香港迁居法国，在布勒斯特一家电信公司任职。一九五七年，他在日内瓦见到了国内的老同学，才和我爷爷姥姥联系上。后来为了让琛琛能在国内受教育，又在一九五九年通过华沙将他送回了国内。从一九七一年开始，他一直申请回国探亲，由于我们一家缺乏政治影响而始终未能如愿。直至一九七七年，由于侨务政策的变化，他才终于在前年回到了祖国的怀抱。"

"你的母亲呢? 她没有回国吗?"

"她没有能够回来。我的爷爷姥姥亡故后，她非常痛苦。就在那年春天，她驾车外出，在巴黎郊区死于车祸，那年她五十五岁。从她生我到她去世，除了一些照片和袖珍电影的片断外，我从来也没有见到过她。"

她在讲这些话的时候，神色是冷静的，语调是平淡的。但是在那平静的话语中，我却清清楚楚地看到了一颗痛楚的心。

"那么南琛呢？他现在很好吧？"

南珊沉思的脸上这时才浮现出一丝亲切的微笑。她迅速地看了我一眼，说："他在北京的电厂里当工人，生活得很美满。去年秋天，中秋月圆的时候，他和一个姑娘在相爱了四年以后结婚了。"

"真好……"

我们一同看着远方苍茫的云海，都不再说什么了。

这时，从月观峰的山坡上远远传来一片欢呼声。我和南珊一同向那边望去，只见火红的夕阳正悬挂在万里云海上，开始向天空投射出无比绚烂的光辉。青色、红色、金色、紫色的万丈光芒，像一面巨大无比的轻纱薄幔，在整个西部天空舒展开来，把半个天穹都铺满了。无边无际的云海，在这美丽天光的辉映下，全部染上了层层深浅不同的玫瑰色，引起了人们的赞叹和惊呼。奇观开始了。

我们一言不发地注视着那火红的光轮在下沉，下沉，沉向波涛汹涌的云海之中。我从来没有见过落日像今天这样巨大，浑圆，清晰。它平稳地，缓慢地，然而却是雷霆万钧地在西方碧青色的天边旋转着，把它伟大的身躯懒洋洋地躺倒下去，沉向宇宙的另一边，这光轮在进入云涛之前，骄傲地放射出它的全部光辉，把整个天空映得光彩夺目，使云海与岱顶全都被镀上了一层金色。

此刻，整个月观峰在这夺目光辉的强烈迸射中已成为一个漆黑的轮廓。峰面上的望亭和山坡上的游人全部成了镶上金边的剪影。人们就站在那金碧辉煌的天幕上，向着夕阳的光辉做出各种各样的仪态和动作。

他们有的被这壮丽的景色震慑得伫立着，一动也不动；有的向着夕阳高举双手，发出胸襟深处的赞美和欢呼。几个外国人和摄影爱好者，正紧张地用电影摄影机和照相机拍下这绚丽的景色。在人群的最边缘，长老宽大的衣袖在晚风中拂动着，上尉则做着种种手势，他们谈得十分投机。

我和南珊并肩站在天街中央，静静注视着月观峰和夕阳。从那边，各种语言的赞美和感叹不断传来。

"着火了……宇宙在燃烧……"

"阿波罗！伟大的火神……"

"先知普罗米修斯就是从那里面盗取天火的吗？……"

"那不是火，是可怕的核能……"

…………

到处感叹不已，到处赞不绝口。上尉挽住长老，胳膊在金色的天空中画了一个很大的弧形，说了句什么。长老不以为然地摇了摇头。远远传来上尉咯咯的快活笑声。

这时，凝固的波涛在天边处突然断裂开来，就像一张猛兽的嘴，开始把血红的太阳吞噬下去。那西垂的夕阳似乎知道自己必然还会回来，所以并不流连末路，并不顾盼人间。它毫不理会那些渺小人类对它的赞美和欢呼，懒洋洋地躺在金色的波涛上，从容不迫地沉入那狰狞的兽吻。与此同时，它仰着半张通红的脸，傲慢地向天空投射出最后的光辉。云海开始飞快地变暗下去。

一个穿着紧身皮上衣，扎着宽大腰带的外国女子，在凋残的落日面前好像感到了难以忍受的痛苦。她双手紧紧抱在胸前，紧张地注视着太阳的沉落。当太阳消零残破，已经化为几痕血色的时候，她突然抓住烫卷的长发，紧紧地捂住脸，竟呜呜地痛哭起来。

谁也没有理会她的多愁善感，人们继续向着太阳发出快活的欢叫。

终于，云涛合拢了阴暗的嘴，太阳完全沉没了。

当最后一线晚霞在天际消失的时候，我听到南珊在我身边发出了一声轻轻的叹息！

"它还会重新升起来的。"我说。

"不，它正在升起来。"

"你是说在他们的国度吗?"

她看着散布在月观峰上的那些外国人："是的。"

"但是在那里它很快也会下沉。"

"那时，它就会在我们这里升起来。"

"我相信。"我肯定地看着她。

"我也相信。"南珊仰起脸。我们对视着，交换着会心的目光。

此刻，我的心情是这样平静，好像我自己已经融解在这安谧的黄昏中了。

"但是并非一切事情都能这样周而复始。在十五年前的那个清晨，我们谁也想不到会有今天这样的黄昏，而今天的黄昏又将向我们预示着什么样的清晨呢?"

"这么说，你相信人的生命是不能循环的。"她微笑地看着我。

"我坚信这一点。你呢?"

"我不能肯定，因为我无法知道生命以后的事情。但是有一个人却能给你指点另一个世界。"

"是他吗?"

"对。"

我们一同转过脸，向月观峰那边望去。在渐渐暗淡下去的暮色中，那位仙风缥缈的南岳长老正端然直立在山坡上，听着身边的上尉在向他谈着什么。而这时，游人们已经开始零零落落地返回了。

"你相信?"我想起她十二年前在火车上讲的话。

她无言地笑了笑。

"十二年前，我在火车上曾听到你讲起过上帝。也可能，在信仰上你与上尉他们是共同的。"

"不，并不是那样。"她把脸转向我，"在信仰问题上，我们中华民族自己有着更好的传统。十几个世纪以来，西方的各种宗教像浪潮一样冲刷过中国的国土。印度的，希腊的，犹太的，罗马的，还有阿拉伯的和拜占庭的，却始终未能征服我们这个民族的心。中国人那种知天达命的自信和对于生死浮沉的豁达态度，成了中国儒家风范中许多最优秀的传统之一。你可能以为我在外国找到了心灵的寄托，可是我的感情却一直更倾向于自己的祖先。"

"这么说。我们的信仰是共同的啦?"

"可能吧。"她看着我，嘴角挂着未置可否的微笑。

天空残留着微薄的光明。茫茫无际的云海一失去阳光的照射，便开始喷涌而起，缓缓漫上山顶。凉飕飕的雾气一阵又一阵向我们身上袭来。

外国人夹在游客中，三三两两地踏着薄雾走过我们面前。他们大多向我们笑笑，便礼貌地走过去。

这时，一位穿着深红色短皮大衣的中年女人陪着那个被日落感动得掉泪的年轻女子走了过来，她们双双在我们面前停下了。

"能告诉我们他是你的什么人吗?"那个深红色的女人问南珊。

"一位分手多年的朋友。"南珊用英语简短地回答了她，同时亲切地示意我。我把那位中年女人伸过来的手握住了。

"您真幸福。要知道南是很动人的。"她说。

"是的，我一直都这样认为，夫人。"我也用英语回答了她。

"祝福您，军官。"

"谢谢。"

那个眼中仍然闪着泪花的年轻女子也走上前来："我也祝福你们。"

"谢谢！"

她们极为亲切地吻别了南珊，也离去了。

当游人几乎全部走尽的时候，南岳长老和波西宁上尉才从南天门慢慢地踱了过来。这位无所不晓的长老显然已经用他那高渺的风度强烈地吸引了这位年轻的外国军官。上尉一边走，一边精力充沛地用各种手势帮助他用并不纯熟的英语向凝神细听的长老讲着什么。我和南珊默默地注视着他们信步前来。

"……在古埃及，它叫阿顿。在古希腊，它叫阿波罗。在古阿拉伯，它叫阿拉。不管在什么地方，它的名字总是以第一字母阿为开头的。那么是不是在古代的时候，人们到处都尊它为万物之首？"

"不，在古中国。就从来没有什么太阳神。"

"据说中国的太阳神叫夸父。"

"他不是太阳神。他只不过是一个追逐太阳的神人。"

"难道中国从来没有关于太阳的传说吗？"

"当然有。中国人传说古时候天上有十个太阳，后来月神的丈夫将它们射下了九个……"

"噢！地面上没有起火吗？就像……"上尉做了一个轰炸的手势，"凝固汽油弹一样？"

长老笑道："不。掉下来的不过是九只死去的乌鸦。"

"乌鸦？"上尉大为惊奇，"那是太阳的化身吗？那是多么难看的鸟哇！……一种……杂食类。"

"然而在古代它却被人们尊为神鸟。就像青蛙……一种很难看的青蛙被尊为月亮的化身一样。"

"为什么？"

"不清楚。大概以其响亮的叫声吧。"

他们大笑着，在我们面前站住了。我和南珊向他们点了点头。

长老用和善的目光看着南珊："看起来，你们两个都是头一次上泰山吧？"

"不，在我很小的时候曾经和外祖父母一起来过。"

"那是哪一年？"

"一九五四年，我六岁。我记得，那时山上的一切都非常陈旧。"

"现在呢？"

"现在到处焕然一新，但却显得浮浅多了。"

"是呀。不过那时又何尝不浮浅！"

南珊敬重地点了点头："长老，我明白您的意思……"

的确，对于祖国文物的遭遇和民族文化的变迁，南珊与长老是会心的。

"你们刚才在谈什么？"我问上尉。

"太阳神。"

"你们好像有争论？"

他耸耸肩膀："我无法全部听懂他的话。"

南珊笑了："在来路上，您就对全世界的太阳都很感兴趣。那还是由我来充当这些太阳的中介吧！"

"是的。我去过爪哇，去过孟买，也去过麦加和耶路撒冷，我到处都看到人们跪在高山和沙滩上向着旭日与夕阳高声祈祷。"

"那是很壮观的。"我说。

"也很神秘。"

"那么你呢？你自己也崇拜太阳吗？"南珊问。

"我在科学观念上崇拜它对地球的贡献，但在宗教上不是这样。"

"你在宗教上崇拜什么呢？"

上尉指指正在变暗下去的天空："当然是上帝。"

我抬起头看看空空荡荡的天幕。我知道，那里面有无数个由亿万颗日月星球组成的银河系。但是世界上却有许许多多这样的人，他们之中包括了上尉、长老，或许还有南珊——虽然她绝不会承认——以及绝大多数的人类，却相信在那个由幂数无穷大的光年所维系的引力场的中心，还有着一位至高无上者。这位至高无上者就生存于那个绝对没有空气、水、光线和温度的冰冷阴暗的宇宙中，并且主宰着一切。我从来就没有感觉过那个世界的存在，可是对于他们来说，那个世界却是存在着的。

南珊冷静地看了看他，突然说道："您这样的军官大概都是相信上帝的。但是你们却用手枪打碎了多少无价之宝的脑袋。"

我惊奇地看到她的神情是严肃的。

"请您原谅，南，我还年轻，并没有参加战争的机会。"

"你会有这个机会的，并且很容易与你现在的朋友在战场上相逢。"她说的显然是我。

"南珊，我希望那是作为盟军而不是作为敌人。"

"是的，"上尉挽住我的胳膊，"你不能预言我们两国会发生战争。"

南珊直视着我们："这不合逻辑。军人之间是天生的敌人，你们的存在就是为了准备在战场上打死那些和你们一模一样的人。"

上尉无可奈何地翘起了小胡子："那也只好听天由命：我打死他，或者他打死我，因为大家都在尽自己的本分和天职。不过——"他亲热地搂住我的肩膀，"要是李向我开枪，我很高兴。"

"要是由你来开枪呢！"南珊坚持道。

"只要他穿着军装，我也很高兴向他射击。但是对您我却不会。射击平民是可耻的。不可理解吗？南？"

南珊不动声色地摇了摇头："那是可怕的。"

"是的，那是可怕的。"我听出我的声音在发抖。

这不是死亡的恐惧，而是屠杀的恐惧。因为我根本没有去想波西宁上尉用微笑的枪口对准我是什么情景。我想的是我自己，是一幅我在灵隐胡同七十三号的客厅中，用枪口微笑地对准那个默默无言的少女的可怕情景，这情景是突然在我心中浮现出来的，然而却并不是不可能发生的，虽然它荒唐透顶。

长老显然不赞成我们三个年轻人进行这种无知的对话。他向着上尉问道："你的太阳神呢？你坚持太阳的崇高，可是又不崇拜它。你对太阳的传说充满了兴趣，却去大谈战争。"他不满意地摇了摇头，"既然你认为东方文明与西方文明有一个共同的起源，那你就应该证明你是对的。至于战争，等它打过来的时候再说吧。"

上尉抱歉地将右手放在胸前："对不起，我们现在就结束这场战争。"

"怎么，你也是一个文明共源论者吗？"南珊好奇地看着他。

"是的，好像坚信这一点。我认为人类的一切都起源于太阳。不但整个地球上的生命都不过是转化了的太阳能，而且人类的一切精神文明，也都是以太阳为对象开始的。"

"所以，你认为太阳崇拜是人类原始宗教的共同形式？"

"是的，但是神父却向我断言古代中国绝对没有太阳教。或许，中国的太阳教还没有被发现。"

南珊用肯定的语气说道："上尉先生，我敢说你这种不凭考据而凭坚信的历史观是错了。太阳崇拜在一切民族那里都不是最早的宗教形式，甚至在原始部落的图腾崇拜之中，也很少有以太阳为对象的。你在世界各地看到的，不过是很晚才形成的拜火教。而在几种最古老的宗教中，太阳都并不占有重要的位置。就说阿波罗吧，他并不是一个上帝，他只是一个众神。更何况希腊神话还只是一系列的神话而已，那还远远不是一个成熟的宗教。"她和善地看着上尉，"看来您完全没有了解神的一元性在宗教史上的地位。这是区别宗教与神话的一个准绳。"

长老满意地看着南珊："而且，真正统治着古代埃及的也不是阿顿，而是另一个神——阿蒙。而阿蒙并不是太阳。阿顿的统治地位，只在阿蒙的历史中维持了不到三十年。"

"那阿蒙是什么呢？"

"可能是某一个星辰，但在本质上是一个非常抽象的不变真理。"

他们的谈话，引起了我莫大的兴趣。然而我却难以加入这玄奥的交谈。当然，我完全可以用自然科学的知识对宗教进行驳难，也可以用唯物主义的理论与它争辩，但是我不能谈论它本身，我不可能怀着和他们一样的心情去谈论它的起源、历史、现状，以及它在整个人类文明史中所发挥的异常复杂的作用，因为我的宗教知识太贫乏了。对于这个我永远也难以理解的题目，我只能站在一旁，怀着一种钦羡与自愧的心情保持缄默。

"那么，东方与西方的文明是否可能有一个共同的起源呢？"上尉问。

"这有待于考证原始人类是如何迁徙和联系的。"

"这方面的材料不多吗？"

"不多，四十年前，我注意过这个问题的争论。然而四十年来，这方面的发现却几乎毫无进展。"

南珊显然为长老将自己的学识藏之名山而深感惋惜："这四十年如果您是在讲学，不知会唤起多少学生对这个问题的注意。"

长老捋着胡须笑笑："我与学术已经隔绝多年。如果能讲经那倒很好，至于讲学，不会了。"

"师父在说什么？"上尉问。

南珊告诉了他。

"但是请您告诉我，"上尉问长老，"如果不是太阳，那么究竟又是什么对人类文明的产生起了决定性影响呢？"

长老笑而未答，却转向南珊："你说呢？"

南珊略微想了一下，答道："河流。"

长老再一次满意地点了点头，而我马上也明白了。

南珊向上尉说道："河流几乎哺育了世界上全部最古老的文明。如果没有恒河，就不会有古印度；没有尼罗河，就不会有古埃及；没有幼发拉底河和底格里斯河，就不会有古巴比伦；而没有黄河，也就不会有古中国。没有河流，就没有农业，也就不会有民族文明的形成。所以，在那样多的考古发掘中，尽管类人猿的踪迹几乎遍布旧大陆，可是当原始人类进入新石器时代以后，人们便在各条最伟大的江河流域定居了下来。上尉，人类文明的起源是一个非常复杂的问题。但是有一点却可以肯定，这就是在人类文明的发生和发展上，河流比太阳起了更直接的作用。"

上尉像任何认真的提问者一样，本能地寻找着这答案可能存在的漏洞："那么古希腊呢？要知道欧洲唯一的一条大河是多瑙河，而它离巴尔干的南端还很远。是哪条河流哺育了古希腊的文明呢？"

南珊毫不犹豫地答道："是地中海。地中海哺育了克里特岛的米诺斯文化。不过这个晚得多的文化不是一个农业文明而是一个商业文明，它是作为联结几个伟大的最古文明的纽带而存在的。希腊人的成就繁荣而巨大。然而发人文之端的，不是他们，而是早已灭亡的古巴比伦人、古埃及人、古印度人，以及至今犹存的中国人。"

长老异常慈祥地看着她："你不再坚持东西方文明的共同起源了吧？"

南珊却笑了起来："正相反，我们自己倒全部成了同源论的信徒了。不过我们坚持的不是天上的火，而是地上的水。"

上尉的神情早已变得非常谦逊而肃穆。他自语般的喃喃说道："了不起的中国人！自从踏上你们的国土，我就为你们这个民族的优美性格惊叹。而现在，我终于信服了你们的伟大祖先所遗留给你们的天然禀赋！"

"您认为我们这个民族有着什么样的天然禀赋呢?"

"庄重，礼貌，文雅，博学，每个人都像是一个学者。南，我钦佩你的聪慧，更崇敬师父的渊博!"

南珊笑着将上尉的意思转告了长老，老人爽朗地笑了起来。

我默默地注视着他们这水乳交融般的谈话。这是三个多么不同的人哪！他们属于不同的民族，有着不同的语言，不同的传统，不同的年龄，不同的性格，不同的身份和不同的经历。而且他们的信仰也是多么的不同。然而却有一种无形的力量使他们热烈地聚合在一起，彼此襟怀相见，谈得这样投机。这是一种什么力量？我凭我的直觉意识到，那力量是简单而有力的。这就是：对于真理的共同追求，对于正义的共同热爱，对于人类文明的共同景慕，以及对于世界未来的共同责任感，使他们在心底深处感到彼此是同样的人。我看着在交谈中侃侃而言的南珊，心中开始产生一种异常深刻的感觉。我好像突然发现我一向以为只是洁身自好的南珊，实际上完全不是一个孤身独处在这个世界上的人。不，她并不孤独。在这个世界上，她除了用自己沉静的善意和诚挚的胸怀与身边的一切人都相处得很好以外，还有一条心灵深处的纽带，使她与这样一种人紧密地联结在一起。这种人广泛而众多。虽然他们分散在这个广大的世界上，但是同样一种风尚，一种人类所固有的正直、理智、善良和刚毅的崇高风尚却在他们的身上形成了一种永远也不可战胜的力量。正是由于他们的存在，才使得这个世界显得充满了希望。在他们之中，萃聚了多少人类最优秀的精华呀！

是的，南珊并不孤独。她是生活在他们之中的。

现在，太阳已经带着它的全部光辉旋转到了世界的另一面。

不知不觉中，我们四个人和整个泰山都一起沉浸在了弥漫的夜雾之中。

"李，"上尉亲切地拍拍我的肩，"为什么不参加我们的交谈？"

"我不能。您知道，任何宗教对于我都是陌生的。"

"嗯！——你是共产党员吗？"

"在我们的国家中，全部军官都是共产党员。"

他用友好的眼睛看着我："我很高兴。我钦佩共产主义者们。我认为你们是人类中另一部分充满了理想和献身精神的人。当然，你们相信阶级斗争的学说，而我们相信伦理与道德的力量。但不同的意识形态不应妨碍我们互相谅解与合作。那么，让我们在和平的事业中为保卫人类文明而携起手来吧，上帝和马克思大概都会同意我们这一代不发生冲突。"

我诚恳地笑道："恐怕你低估了我们的战斗性。但是尽管阶级斗争的学说在我们的纲领中根深蒂固，今天我仍然要说：但愿如此。"

除了长老对于战争保持绝对的缄默，上尉、我和南珊一起笑了起来。我不知道南珊在笑声中想到了什么没有，但我在自己的笑声中却绝不认为事实还会和这种谈笑一样的轻松。

终于，上尉看了看自己的手表，说道："真对不起，我应该向你们告辞了。"

我也看看自己的表，已经是九点整。

上尉和善地看着我："认识你我非常高兴，让我们在这个星球的两端永远做朋友吧。"

"我衷心地赞成。"我们伸出手，紧紧地握住了。

上尉又带着十分敬重的神情转向长老，向他说道："尊敬的师父，我在这神话般的高山上认识了您，使我深感幸运。您将是我终生不能忘怀的一位长者。如果说，南像那黑龙潭的流水一样清澈的话，您就像这座中国的奥林匹斯山一样的崇高。将来会有一天，我要拿起笔来写下对中国的印象。那时候，请您允许我在我的著作中向您祝福和致敬。"

长老没有说任何谦逊和致谢的话，他只是深沉地看着上尉，合起双掌，用一句任何一个外国人都难以理解的话回答了上尉那感人的致辞："阿弥陀佛……"

南珊深情地看了看老人，向上尉解释道："这是佛教中的一位福神。祷念他的名字，是中国一句古老的祝福吉祥的话。"

上尉受到了深深的感动。他把一只手放在胸前，虔诚地低下头，也说了一句同样简短而难解的欧洲古老成语。

南珊说："上尉愿神保佑我们大家。"

我们都不再说什么，默默地目送着上尉转身走去。他大步踏上了通向宾馆的小道，在暮色中消失了。

长老转身看着我们，问道："我不知道在你们的生活中发生了什么事情。假如我没有看错的话，你们曾经可以得到一种幸福的生活而没有得到。现在，你们为失去它而感到痛惜。是这样吗？"

我和南珊怆然默视着他，什么话也无法说。

"我看得出来，你们都是很好的人。生活的蹉跎坎坷是任何人都会有的，但是一个人只要正直而坚强，善良而聪慧，这就好。年轻人，一个超凡脱俗，心无牵累的人，他没有痛苦，但也没有幸福。而一个事事满足的人，也会在永恒的幸福中沉寂。只有痛苦与幸福的因果循环，才造成了丰富的人生。李淮平，生活对你是仁慈的。我想，某些无情的事总会给你带来一些收益。愿你在想到这一点的时候，心灵能有所慰藉。"

这些话对我是宝贵的，尤其是当我的感情这样不稳的时候。我感激地点了点头。

长老最后无比深情地转向南珊，颔首注视了她一会儿，然后说道："你是个好孩子。我相信，你的道路会是走得最好的一个。"

南珊用极为感动的眼神看着长老，但什么也没有回答。

长老不再说什么，他合起双掌表示了祝福和告辞，便踏着夜雾沿天街向碧霞祠走去。他那飘然的身影，也渐渐在苍茫的夜雾中消失了。

岔路口上，重新剩下了我和南珊两个人。

一轮圆月，悄悄地在弥漫的雾霭中浮现了出来，向山顶投射出银色的光辉。

我看着静静伫立在那里的南珊，感情的浪潮开始剧烈地冲击着我的胸膛。从她那冷静的神态上，我好像已经感觉到，她正在等待着与我告辞。而辞别以后，她便将永远消失在这个世界上。那时，我将再也看不到这个在我的人生中留下了许多难忘往事的南珊了。然而我却找不到任何合适的话向她说。

南珊慢慢转过脸，眼中闪动着明亮的月光看着我，等待着我说什么。这使我鼓起了勇气。

"南珊！"

"嗯？"

"这次分手以后，我们还会再见面吗？"

她静静地摇摇头，温和而肯定地说："我想，不会再见面了。"

"为什么?"我的心受到了轻微而有力的一击。

"我们已经有了四次巧遇。这样的巧遇还可能更多吗?"

"如果我们约会呢?要知道,我们应该有四百次会面的,但我们都失去了。"

"我们都已经不是青年人了。在这样的年纪,你认为约会还是合适的吗?"她的脸上带着几乎觉察不到的微笑。但我知道那微笑是做作的。

"不,你应该再见到我。因为我有许多话要向你说,有许多事情要告诉你。"

"我不认为那很重要。"

"可是你并不知道我想告诉你些什么。关于……"

"但我知道那并不是必须要说的事情。"

"所以,你根本不打算再听我说什么了。"

她看着我:"是的。"

一种难过的感情袭击了我的心头,我无法再抑制自己的冲动,声音变得急促了:"不,这不可能!这不是你的心里话,这拒绝对你自己也是一样的无情!南珊,你从前受过我那样的对待,难道你连一个歉意的表示都不想看到吗?这不可能。那天,我清清楚楚地看到你哭了。这是什么?是你感情淡漠的证明吗?不,正相反。你为什么要这样压抑你自己呢?不要再继续这样做了,解放自己的心吧!楚老也这样为你担过心的。更何况我要告诉你的,是你们家族……"

感情激起的波澜,使她难过得低下了头。她打断了我的话:"你不要再说了,我什么也不需要听。"

"恨我们吗?"

"不!"

"轻视我们?"

"也不。"

"那么是厌恶?"

她仍然摇摇头:"更不。"

"那到底为什么?"

她重新坚强地抬起头来,勇敢地直视着我的眼睛:"三十二年前,也就是一九四八年冬天,在你和我出生的那个时候,我的外祖父曾经在淮海战场上做过你父亲的俘虏。这些话,你原来打算告诉我爷爷的,现在则打算告诉我,是吗?"

我被这出人意料的话问住了。她竟一语道出了我等待了十几年想要告诉她的事情。

"关于我舅舅的处死,关于我父亲的突围,关于我爷爷的投降,所有这一切,都是我爷爷自己告诉你的,你今天又打算告诉我。你难道从来就没有想到过,这些人都是我的亲属,而这些事都是我的家事。这样一些难忘的家族历史,你能知道而我自己竟会不知道。你认为这是合乎情理的吗?"

我无言以对。

"你应该知道,这些历史对于我们这个家庭来说是悲惨的回忆。我们不能忘记它,但也不愿常去提起。尤其是在外人面前。我的外祖父有沉痛的人生经历,他的后半生完全陷在懊悔与沉思之中。那天晚上,当你追问他过去的那些历史时,你可能根本无法体会,那对人的心灵是一种什么样的折磨。对于这些情况,我知道的太多了。你不能体会,我是多么同情这个老人。这并非由于我是他的外孙女。不，我是站在一个晚辈的立场上来看待过去的人们的。我的长辈们曾先后走向革命——反清，讨袁，护法，北伐，一直到内战。他们轻生噪进，至死不渝，却先后自相攻杀，沦落歧路。这段历史太沉痛了。它与你父亲的辉煌历史是根本不同的。当你把这两种历史联系到一起的时候，你是在抚摸未愈的创伤。所以，我请求你，历史过去了，让我们把它记在心里——永远记住。只是最好不要再去提它，免得刺痛一些无辜的心。"

我不能再提此事了。但是我仍然不能不解除自己的疑惑："可你怎么知道接待你外祖父的李参谋长恰恰是我的父亲呢？"

南珊看着我："你也真是。你以为你那天作为李参谋长的儿子表现得还不充分吗？当时，你那么急切地追问战场上的细节，在听到你父亲的种种情况时又流露出那么兴奋的神情。再加上你们父子相貌上的酷似，都使外祖父渐渐省悟到了这一点。但这件事给他带来的是更深的痛苦，因为他感到共产党人可能永远也不会谅解他了。那一夜你们走后，我们全家人的心情都很乱。但是外祖父仍然向我们追述了他和李参谋长的那一段历史，并说出了你可能是他的儿子。当时我默默地听着，并把这一切都牢牢地记住了。你知道，这巧合在我又更多一层。不过我却始终没有告诉爷爷我早已认识你。这种巧合，在你的生活中可能是件很有趣的事情，可是对于我们，可远远不是这样。"

我深深叹了一口气："真想不到，我等待了十几年要告诉你的事情，你只比我晚知道了几个小时。关于我，老人有什么表示吗？"

"他倒是很看重你，称赞你胆大敢为，刚直果断，认为你是个值得器重的年轻人。但他说在你身上看不到你父亲当年那种沉稳持重和虚怀若谷的风范。他说你阅历太浅，城府不深，甚至担心你在真的走入生活后会消沉起来，因为你那种锋芒毕露的作风太容易被击中了。你后来果真是那样吗？"

"是那样的。楚老的预言完全对……"

"那可真有意思。"南珊的脸在月色下又闪现出她特有的那种微笑，这笑容几乎和她十五年前在树林中的那种天真的得意神情一模一样。"不过那时他对你的最大担心是他看出一种迹象，就是你们那样狂热地投身于自己毫不了解的事业，未免太轻率了。他叹息说，辛亥以来，有许多热血青年都是这样投身于各种各样的政治潮流中去的，结果却使国家在整整半个世纪中陷于不断的战乱。他说，我们这个国家走向稳定非常不容易，但愿你们的不慎不至于又给国家铸成大错。现在看起来，他的这个担心倒是多余了，但他的心愿总算没有落空。"

听了这些，我对楚老的胸怀深为感动。

"可是南珊，虽然我要说的事情你都已经知道了，但我的心情你却不能体会。我并不是一个铁石心肠的人。你应该理解，那件事，就是那次抄家，它对于我一直都是一个不小的折磨。你应该给我一个解脱的机会。"

她真诚地看着我，轻轻叹了一口气："真想不到，你把那些微不足道的事情看得这样沉重。其实，如果公正地看待你们的话，我更感激你们。在那个时候，当整个社会都被敌视和警惕武装起来的时候，你们能那样对待我们一家人，应该说是很难得了。真的，你在那件事中给我的印象是相当好的。毕竟，你是抛弃了自己的一切在为理想而战斗，虽然它并不正确。"

"不，这不是真话。我相信你没有怨恨，这你大概还没有学会，但是我却不能相信你没有痛苦。要知道，那是什么样的冲击呀！家庭被侵犯了，生活被破坏了，感情受到了蹂躏，尊严受到了践踏……而且，我看到你落了泪！南珊，我要求你，丢掉你的宽容，拿出你应有的哀怨和愤怒来！无论是在法律上还是在道义上，你都有这样的权利，这样我也会好受一些。"

"破坏的，可以恢复；撕碎的，可以弥合。你以为那样一次冲击，就能使人永远不息地悲伤下去吗？"

"能的！多少人都是这样留下了永远也医治不好的创伤。抄家，那仅仅是抄家吗？那些印满私人情感和家庭往事的财物，一去不返……是我们破坏了你们生活的宁静与和谐……"

她再一次笑起来："别再说傻话了。"

现在，我只有缄口不言了。我已经看出来，虽然我自己的情绪从那次抄家以后就一直陷入痛苦的波澜中，可是南珊却在第一次冲击以后就镇静了下来。不，她并不需要任何抱歉和悔恨的表示，因为她的心从来就不曾在那件事情上徘徊过。

雾气夹杂着冰凉的细小水点一阵又一阵向我们脸上扑来，月亮在弥漫的夜雾中时隐时现。

我们沉默着。从宾馆那边，远远传来一阵笑声。大概是那群外国人在宾馆门外与一群中国游客欢聚了。

南珊向那边看了一眼，轻轻说道："淮平，我们分手吧。"

我心中一阵惘然："现在？"

"对，现在。"她在迷蒙的月色中温和而亲切地看着我，把手伸了过来。

我茫然地伸出手，十五年中第一次，也是平生第一次，把她的手紧紧地，紧紧地握住了。当我接住并握紧这只温暖的手时，我的心被深深地震撼了。这是我未能得到，并且即将永远失去的她——那个少女和成年妇女的南珊所给予我的第一次友情的表示。我的心剧烈地颤抖着，久久也无法把她松开。

她被我的情绪感染着，震撼着，顺从地把手留在我的手里，难过地低下了头。

"南珊！"我努力镇静着自己的声音，"十二年来，我在各种各样的情况下想起过你。有时，你使我坚强起来，有时你使我更加软弱……你要知道，我多么想成为你的朋友，然而我却没有能……"

"我已经承认了你是我的朋友，在刚才。"她的眼睛仍然看着附近的地面。

"可是你却拒绝和我再见面。"

"那有什么益处呢？"

"因为我渴望着有一天，"我斩钉截铁地说道，"我能成为你人生道路上的终身旅伴！"

南珊慢慢地抽回了手，抬起头来，用温情而责备的眼神看着我："你错了，淮平。你应该看到，我们之间的一切都已经过去了。我们少年相识，成年重逢，这中间隔了整整一个青年时代。许多只能在这个时代发生的事情，都已经随着这个时代的过去而永远过去了。因此，你和我都应该面对这个现实。是的，我们之间有过三次难忘的会面，既然那些往事并没有成为我们美好未来的基础，那么我们何必一定要苦苦地纠缠它呢？要知道这笔痛苦的夙债对我们的精神是个多么沉重的负担！淮平，把一切都忘掉吧。要不是突然在这里又遇到你，我本来已经把你忘记了。所以请你接受我的劝告：把我也忘掉。为了忘掉那些往事，真的，我们以后再也不要见面了……"

"不，我不能！南珊，与你的结识对我的影响是不可磨灭的。这使我不可能、也不应该把你忘掉。你难道真的意识不到这点吗？你的出现，完全改变了我的生活。我不能！我不能忘掉这样一个人，她的出现，和我对她的做法，使我把人生最宝贵的幸福永远地失去了。"

"你指的是什么？"

"爱情。"

爱情，在我们相识了整整十五年以后，一直到现在，我才在我们之间第一次真正想到并说出了它。而当我在突然之间把它说出来的时候，这个甜蜜而无情的字眼把两颗早已不再年轻的心都深深地震动了。

南珊呆呆地看着我，眼睛在月光中闪着隐隐的泪花。

我什么也不能再说，怀着惜悔交加的心情与她那双泪水晶莹的眼睛对视着，等待着她可能说出的任何回答。

那泪水已经永远不会再掉出来，它消失了。

"我在等你的回答。"

"不，不是什么回答。我是要否定你的人生信念，对于你来说，那个信念太庸俗了。"

我从心底里心甘情愿地听到她这样的评语。恐怕再没有任何一句话能比这样的回答更使我的心感到亲切与平静的了。

"南珊，你说吧。"

"看来，你和那些庸夫俗子一样，认为情投意合的恋爱是人生最大的欢乐，而缠绵悱恻的婚姻是人生最大的幸福。不，你们错了。人生，就和整个人类历史的进程一样，是一个各种各样的复杂内容交替出现的漫长过程。在不同的阶段，便有不同的主题。我这样说，你能明白吗？在不同的历史阶段中，人类曾经创造了完全不同的文明：原始的传说，远古的神话，中古的宗教，近古的文学和现代的科技。这些遗产都是同样的灿烂夺目，照耀着人类的幼年、童年、少年、青年和成年。它们装点并充实了各个不同的时代，甚至过去了几千年还令我们倾慕和神往。但是，如果我们颠倒它们，比如在今天还去编造原始时代的神话或中世纪的颂神诗，那就显得荒唐了。人生，也正是这样。人在自己一生的各个阶段中，是有各种各样的内容的。它们能形成完全不同的幸福，价值都是同样的珍贵和巨大。幼年时父母的慈爱，童年时好奇心的满足，少年时荣誉心的树立，青年时爱情的热恋，壮年时奋斗的激情，中年时成功的喜悦，老年时受到晚辈敬重的尊严，以及暮年时回顾全部人生毫无悔恨与羞愧的那种安详而满意的心情：这一切，构成了人生全部可能的幸福。它们都能给我们带来巨大的欢乐，都能在我们的生活中留下珍贵的回忆。怎么能说人生只有爱情才是最宝贵的幸福呢？不错，贞洁的爱情对于年轻人的心是温暖而甜蜜的，甚至是崇高而神圣的，但它毕竟不是人生幸福的全部内容。在很多人那里，勤奋的创造和充满激情的奋斗给他们带来了更巨大而且更持久的幸福。在那浩瀚的书海中，对他们的描写还少吗？任何一个有抱负的人，对你来说，就是任何一个有志气的男子汉，都不应该不注意到这一点。也可能，你由于生活的激流转折得太急促而失去了青年时代的爱情，但是你并没有失去全部的人生幸福，也没有失去最大的。这就要看你是一个什么样的人，把什么事情看得对于人生最重要。长老说的是对的：痛苦与幸福的因果循环，才造成了丰富的人生。谁能得到那全部的幸福呢？不，没有任何一个人。我们在自己曲折的人生中常常由于得到这一个而失去下一个。现在，你把青年时代的幸福失去了——其实，失去这种幸福的人太多了——那么，你们的中年呢？淮平，你必须把那个使你庸弱的信念丢掉才行！青春是最美丽的，但并不是最宝贵的。在一个有所作为的人那里，壮年和中年才是真正的黄金时代，因为你在这时才真正地成熟了。我们的祖先说过：春华而秋实。现在，就正是你人生的秋天，这是一个果实累累的季节。它可能没有了花朵，但它却有着多么丰硕的收获。淮平，鲜花失去了，果实比它更好，爱情凋谢了，怀念却更鼓舞人。你说呢？"

我眼中早已满是泪水。

我不能再用任何缠绵的语言来回答她这样坚强的意志，我不能再用任何无力的举止来面对她这颗火热的心灵！南珊，她在我心中已经不再是一个名字和一个人，而是一种信念，一种对我的人生正在开始产生无比巨大的影响力的崭新的信念！

我听任一滴泪水冰凉地挂在我的脸颊上，但我的心却是严肃而坚定的。

"南珊，我会把你的话……和你……永远记在我的心中，永远，永远……记在心中！"

她不再说什么，无言地伸出手，再一次和我紧紧地握住了……

雾，更浓了。月亮在大雾弥漫的天空中只映出一块微黄的亮影。

"南珊！"我注视着她。

"嗯？"她抬起头来。

"有一本书，你还记得吗？"

她闪动着眼睛："记得。"

"现在，这本书已经是你母亲的遗赠了。十五年来，我一直珍藏在身边。如果，你希望我还给你，我……"

"不，留给你做个纪念吧。"

我心中又涌过一层热浪："谢谢你，南珊。"

她的手与我紧紧握了一下，终于松开了。我的手心又感觉到了夜雾的凉意。她慢慢地后退了一步。我向她庄重地把手举到了帽檐上。

"再见！"她微微低了一下头。

"再见。"我注视着她。

她没有再看我，慢慢转过身，走下了通向宾馆的小路。她在昏暗中迈着轻盈而端庄的脚步，踏着秋草，很快地消失在苍茫的夜色中。当她在我的目力已经无法达到的地方踏上了宾馆的台阶时，在那远远传来的谈笑声中又开始响起南珊平静的声音。

我独自一人站在天街的岔口上，透过重重夜雾注视着南珊消失的地方，追记着她留给我的并没完全听懂的话语，此刻，我的心是平静、安详而且充满了力量的。

从此，南珊便一去不返地从我的生活中远去了。而她在十五年中留给我的一切回忆和我那少年之梦的一切憧憬，也都随着她一起远去了。是的，往事已经过去；从今天开始，我们的视野应该转向更加广阔的未来。

《十月》1981年第1期

北 极 光

张抗抗

一

它们曾经是一滴滴细微的水珠，从广袤的大地向上升腾，满怀着净化的渴望，却又重新被污染，然后在高空的低温下得到貌似晶莹的再生——它们从苍茫的云层中飘飞下来，带回了当今世界上多少新奇的消息？自由自在，轻轻扬扬，多像无忧无虑的天使，降落在那全城瞩目的电视台的第十七层平台上，覆盖了大学主楼前宽大的花坛、废弃的教堂六角形的大屋顶、马路边上一排排光秃秃的杨树，以及巍峨的北方大厦附近低矮的简易工棚……整个城市回荡着一曲无声的轻音乐。而它们，在自己创造的节奏中兴致勃勃地舞蹈，轻快、忘我……连往日凛冽而冷酷的北风也仿佛变得温和了。它耐心而均匀地将雪花洒落在各处，为这严寒的冰雪城市做着新的装饰……

陆芩芩拉开二号楼那厚重的大门，望着外面漫天飞舞的雪花，惊喜地叫了一声。尽管在漫长的冬天里，雪花是这个城市的常客，她仍然像孩子一样对每场雪都感到新鲜好奇。

大门乒乒乓乓地响，下课出来的同学们正在陆陆续续往外走。没有什么人同她打招呼，也没有什么人互相说一声再见。大家都是这样匆匆忙忙，女孩子们扣好大衣，拉严了头巾，小伙子们则把皮帽上的"耳朵"放下来，往脑袋上一扔，皮靴踩得雪地咔嚓咔嚓响，腋下还夹着书包，怪神气的。假如骑车，车把上一定挂着饭盒，车座后面的架子上呢，或许是一只鼓鼓的面粉袋，或许是一只琴盒，或许是……有一次芩芩看见有一个同学驮着一个三四岁的男孩儿，准是他的儿子。真没法，谁叫这是一所业余大学呢？你看前面这个人，连帽子都是油汪汪的，说不定是个食品厂的装卸工，走得那么急，难道还要赶回去上班不成？星期天的课，来的人不像平常晚上那么多，许多人要上班。芩芩恰好是星期天厂休。这业余大学，同正规大学就是不一样，在一起上课好几个月，彼此也不说一句话。下了课，各走各的，好像不认识。是现在的人同以前的那些同学不一样了呢，还是因为这是业大？这辈子算是上不了正规大学了，就像这落在地上的雪花，再也飞不起来……

"芩芩，还不走哇？"一个尖细的嗓音在她背后叫道。

芩芩眨眨眼睛，摘下手套用手背揩去睫毛上的雪花，转过脸去。叫她的是一个与她年龄相仿的胖姑娘，和芩芩同坐一张课桌，笔记本和讲义上到处写着"苏娜"两个字。她好像知道今天要下雪，穿了一件米黄色连帽子的拉链滑雪衣，露出里面火红色的拉毛高领衫。

"在雪地里发什么愣？"她冲芩芩好意地一笑，把嘴贴在她的耳朵上说，"走哇，今儿星期天，跟我去跳舞……"

芩芩轻轻地摇了摇头。

"昨夜的月色……"苏娜哼着歌，转身走了。铁门的拐角晃过一个人影，有人在等她。

芩芩跺了一下有点儿发冷的脚，仰起了脸，让冰凉的雪花落在她的脸颊上。不去跳舞，谁说她不去跳舞？跳舞有什么不好？优美的旋律可以使心灵得到宁静和休憩，疯狂的节奏可以使人忘却忧愁和烦恼。她是喜欢跳舞的，只是……唉，星期天，该死的星期天，从下午一直到晚上，都不属于她自己了。她愣在这雪地里干什么？再愣下去，他又该气喘吁吁地跑来找她了……何必呢？还是快点儿走吧，乖乖地按时回到他那儿去，横竖要不了多久，准确地说，再有两个月，也就是当中国人欢度一九八一年新春佳节的时候，她就得永远地住在那儿了……

"永远？"她忽然让自己这个一闪而过的念头吓了一跳。过两个月，难道她就真的要永远地和他生活在一起了吗？完成这项每个人都必须完成的"历史使命"——结婚。当然，毫无疑义，结婚的全部意义就是永远，不是永远又干吗要结婚呢？她不是已经在那张永远的证书上签上了自己的名字了吗，否则就没法子定做家具。这就是他同意她继续上业大的"交换"条件……

芩芩不由得快走了几步，好像要驱散这些天来总是纠缠着她的那些令人不快的念头和莫名其妙的问号。她最近是怎么了呢？一想到结婚，天空顿时就变成了铅灰色，雪地不再发出银光，收音机里的音乐好像在呜咽。似乎等待她的不是那五光十色的新房，而是一座死气沉沉的坟墓。用现在时髦的话来说，这就叫作"心理变态"。一个二十五岁的年轻姑娘怎么会不想结婚呢？说出来谁也不会相信……

她一不留神，闪身打了一个趔趄。刚下的雪很松软，只是新雪底下的路面太滑。一到冬天，这个城市就像一个巨大的溜冰场。芩芩小时候学过花样滑冰，后来也一直爱滑花样。这两年冬天却很少有时间上冰场了，除了上班和去业大学习日语，还得正正规规地"谈恋爱"，准确些说，无非是在一起消磨时间罢了。

电车慢吞吞地驶来了，在洁白的马路上无情地碾压出两道新的辙印。芩芩抖搂着头巾和肩上的雪花，跳上了电车，心里却不由得为那雪花感到几分怜惜。它们从天上掉下来时，素白无瑕，把整个城市装点得像一座晶莹剔透的水晶宫。然而黑夜里吹过乌溜溜的风，白昼里践踏着无数车轮和脚印，使它们冻结、发黑、萎缩、变得残缺不全和难以辨认。只有当一场新雪重又降临，这美丽的冰城，才又显现出它明朗的色彩。

电车尖叫着，停在一座电影院门口。车上的人，像一颗颗圆鼓鼓的土豆，从狭小的车门里掉出去。芩芩凝神望着人行道对面蓝色的木栅栏。夏天时那栅栏里面的小院修饰得很漂亮，如今院子里那些金盏花、七月菊和马蹄莲的残叶都已被厚厚的白雪覆盖了。宽大的彩色铁皮屋顶、高高的台阶、樱桃树下的石凳，都积着半尺厚的雪，干净得没有一个脚印，似乎这小院一冬天也不曾有人住过，静谧而又神秘，很像芩芩小时候读过的童话。要是十几年前，芩芩随口就会给它们编出一个动人的故事，比如那古老的壁炉里木柴在噼噼啪啪地燃烧，雪女王乘坐十一匹马拉的雪橇轻轻停在门口……从雪橇上走下一个漂亮的公主，她的篮子里盛着十二个月的鲜花……

"筐里的啥玩意儿这么腥！"猛然，车厢里有人恶狠狠地骂起来，喷出一股刺鼻的大蒜味儿。

"你管是啥？有能耐屁股后边儿冒烟去！"旁边的人回敬。一拱身子，一只皮靴重重地踩在芩芩脚上，疼得她冒一身冷汗。

"你他妈的有能耐吃这臭鱼烂虾？"

"早几年你想吃这臭鱼烂虾还没有呢！"

什么古老的壁炉、雪橇、花篮、圣诞树……全消失得干干净净，只有眼前这拥挤不堪的电车，像罐头里的沙丁鱼一样被叠在一起的乘客，飞溅的唾沫，浑浊的空气……嘈杂而混乱。又到站了，人呼呼下去一大半，是秋林公司。星期天，响着银铃的雪橇该停在百货商店门口才对……从大门里拥出一对对穿得漂漂亮亮的男女青年，拎着大包小包，不是置办嫁妆，就是送人的结婚礼品。累得半死不活，挤在人的洪流里，高喊："我要！我要！"当然要最新式的，最时髦的，眉头也不皱，扔出去两个月的工资，有什么可大惊小怪？人们被关在"笼子"里那么多年，今天这些向往不是都很自然吗？古老的壁炉早已被淘汰了，暖气可以通到任意高的一层楼，就是婚礼也用不着到树林子里去采十二月的鲜花，那个刚走出商店的年轻女子手里的塑料花，起码可以在新房里"开"到她抱孙子……

过了这一站，车厢里空多了。从没有玻璃的车窗里望出去，芩芩忽然发现大街两边贴着许许多多大红色的"喜"字，在纷纷扬扬的雪花里闪闪烁烁。好些人在门里出出进进，忙碌——欢喜，欢喜——忙碌。一辆卡车停在一家大门口的"喜"字旁，几个青年往上搬着一大堆花花绿绿的东西，在芩芩看来，他们大概都是"财——贸（貌）战线"的。一个姑娘打扮得珠光宝气地坐在驾驶室里，表情漠然，好像不知道自己将要到什么地方去，也不知未来是什么命运在等待她。

芩芩用鼻子轻轻哼了一声。结婚，又是结婚！今天是什么黄道吉日？又是阴历阳历都逢双？人总是喜欢图吉利的，那些离了婚的人所以不幸一定是当初结婚没留神阴历是单数。两个月以后的这么一天，举行婚礼的时候，芩芩同样也得听从人们的摆布，按照这个城市的风俗，乖乖地坐在床上，让他给她穿鞋。他一定会非常非常殷勤地弯下身子去，给她系好鞋带，然后坐上出租车……从前是绣花鞋，现在是皮鞋；从前是坐花轿，现在是乘轿车——生活方式正在朝着物质文明发展，说不定未来哪一天人们还会乘坐航天飞机举行婚礼呢。

然而轿车开动的时候，新娘必须大哭，不哭就显得对娘家没有感情，显得太"贱"，要被婆家瞧不起的。无论四十年代还是八十年代，这条法则永远不会过时。芩芩参加过厂里不少姑娘的婚礼，她们都号啕大哭，哭得很伤心，然而谁也无法断定她们内心是否真是那么悲伤。假如这意味着一种新的幸福生活的开始，有什么好哭的呢？然而对一些人来说，结婚只是意味着天真无瑕的少女时代从此结束，随之而来的便是沉重的婚姻的义务和责任。欢乐只是一顶花轿，伴送你到新房门口，便转身而去了。芩芩望着女友哭泣，心里倒比她们感到更加难过。她设想自己出嫁的那一天，如果一旦放声大哭，真不知怎样收场……

但即使一路哭过去，一下了车，随之而来的还是结婚典礼。揉着红肿的眼睛，马上装出一副无限幸福的模样，羞羞答答地给客人点烟……芩芩参加过不少人的婚礼，大同小异，除了新娘新郎的长相不同，好像连服装、来宾的贺词、房间的陈设都一模一样。假如一年后再到那儿去，唯一的变化是多了一个既像新郎又像新娘的娃娃，走廊里挂着尿片，年轻的妈妈闪光的缎子棉袄的袖口抹得油亮，开始津津乐道地介绍她宝贝儿子今天大便的颜色，以及她刚发明的吐泡泡之类的新花样。于是，你就赶紧想出一句最得体的恭维话，然后尽快逃走……这就是"永远"吗？芩芩只要一闭上眼睛，两个月以后这样一种幸福小家庭的图景便清清楚楚地摆在面前。当然他将会是一个姑娘们羡慕的模范丈夫，会把她照顾得无微不至。他会为她定做一双牛皮靴而从南岗秋林跑到道里秋林，再从道里跑到香坊，会……啊，够了，就为了他这样，结婚那天芩芩偏要穿一双不系带的皮鞋，然后自己从床上一下蹦下来，很快把脚伸进鞋子里去，看他还怎么给她穿……

"哎，等一等，还有下车的……"她突然高声叫起来。售票员嘟哝了一句，"哗啦——"车门又打开了，她慌慌张张地跳下了车。车站很滑，她觉得自己险些要摔倒，却被一双大手紧紧拽住了。

"是你——"她回过身去，眼前就站着他。皮帽和肩头落了一层厚厚的雪，一双大眼睛亲亲热热地望着她。她明知道他会在这车站接她，却又为什么竟然差点儿坐过了站？

"才来？"他瓮声瓮气地问，手却没有松开。

"嗯……下雪……车……"她含糊其词地答道。

"妈包饺子等你呢，芹菜馅儿的。"他说。

"芹菜？这时候哪来的芹菜？"

"暖窖的，八毛一斤，还不好买。"

"是吗？"

"家里来了我几个以前的哥儿们，要看看你……"

"看我?"

"都是些用得着的人。今儿上午买着落地灯架了。这回，全齐了……"

芩芩明白他说的"全齐"是指什么。全齐了，就差一个黄道吉日，差十几桌热气腾腾的酒席，差一辆出租车……

"咋的，不高兴吗?"他小声嘀咕，有点儿摸不着头绪。

有什么可不高兴的呢? 该办的，人家全办了。论家庭，他父亲是供销处长，你父亲才是个宣传科长，级别总是高那么一点儿吧；他只有一个姐姐，而你有两个弟弟；论工资，他是个三级木匠，而你是个二级装配工，也比你高那么一点儿吧；论学历，他是六九届的，而你却是七三届的；论长相，就算人家都说芩芩可以打上九十分，可他傅云祥，高高大大的个头，虽说粗蛮一点儿，却带一副标准男子汉的架势，大耳朵高鼻梁，蛮招人喜欢。还有什么不高兴的? 一间新房早准备妥了，一台崭新的十九英寸国产黑白电视机就放在他的房间里。"别这山望那山高了，不知自己姓啥……"妈妈爱这么对芩芩嚷嚷。妈妈总随身带着一只袖珍标准秤，购买任何食品都经过复核，所以从来不吃亏上当。挑选女婿也当然精确无误。

"这雪，真大……"芩芩抱怨说，加快了脚步。

白茫茫的雪花中，她影影绰绰望见了前面傅云祥家的那幢刷着淡黄色与白色相间的二层楼房。狭长的楼窗，尖尖的三角形屋顶，突起的小阁楼，雕花的阳台……在朦胧的雪色中又恍然给她一种童话的意境，使她想起许多美好的故事。然而每次只要她踏上台阶，听里面传来一阵乱七八糟的喧闹声，麻将牌哗啦哗啦的碰击声，她一走进房子里面，那个童话就倏地不见了。

二

"九筒!"

"一万!"

"碰啰!"

"错了错了，妈的，倒霉，不该出这牌，重来!"

"王八悔牌，豁出来钻桌子，啥了不起!"

"发!"——"嗬!"

她真不愿跨进门去。不愿看见那一双双过于灵活的手指在桌上徒劳无益地空忙，那叠得整整齐齐的麻将"队列"像一堆永远在拆卸中而建不成墙的碎砖，叫人惆怅。对于这种娱乐，她无论如何也培养不起感情和兴趣，她连牌都不识，为此傅云祥嘲笑过她几次，她仍固执地不肯沾手。她或许应该去帮傅云祥的母亲包饺子，这要比坐在他们中间好受得多……

"芩姐!"有人从桌边跳起来，咯咯笑着朝她扑来，啊，是"酒窝"，一个虽漂亮但一开口就叫人哭笑不得的姑娘。她好像只有二十岁，总是无缘无故地笑着，露出两腮上不大不小的酒窝。据说她很崇拜芩芩，因为芩芩眼睫毛比她长一点五毫米。

"看你，念了大学，面都见不着了!"她亲热地搂住了芩芩的脖子。

"这叫什么大学呀，业余的……"芩芩苦笑了一下。

"嘿，好歹算是混一张文凭呗，将来调个技术科什么的也方便点儿。"傅云祥替她解释说。他觉得自己能支持她去上业大，委实是很够意思的。"来，芩芩，给你介绍一下，这是我的两位新朋友——轻工业研究所的小赵，外号'小跳蚤'，他爸爸是市劳动局局长。"

芩芩看见一张白皙的脸，一双漫不经心的眼睛。

"这是肉联厂的推销员。"

"老甘！"那人恭恭敬敬地站起来，布满疙瘩和粉刺的脸不自然地笑着。

她点点头，坐在靠墙的一把软椅上，录音机在播放着一支芩芩早已听熟的曲子，却从来听不清它的歌词。她想起自己家的隔壁邻居，新近也买了一台录音机，总共就录了一支外国歌，凡有客人来，他们就放那支歌。所以，只要一听到那支歌，就知道他们家来了客人。不知为什么，芩芩就没有从磁带里听到过自己喜爱的音乐，在这儿也一样。

"芩芩！"又有人叫她。

"噢，你也来了？海狮。"她回头招呼。那是一个长头发的小伙子，是她同厂的工人，同傅云祥熟识。外号"海狮"，因为他会用鼻尖和脑袋顶球，常常在众人面前露一手。

他们又埋下头去打麻将。看来"酒窝"也是个新加入的业余爱好者。芩芩坐在那里，一时不便走开，只好打量着这个不久后将要属于自己的房间。确实什么都齐了，连芩芩一再提议而屡次遭到傅云祥反对的书橱，如今也已矗立在屋角，里面居然还一格格放满了书。芩芩好奇地探头去看，一大排厚厚的《马克思恩格斯选集》，旁边是一本《中西菜谱》，再下面就是《东方列车谋杀案》《希腊棺材之谜》《实用医学手册》和《时装裁剪》……

她抿了抿嘴，心里不觉有几分好笑。这个书橱似乎很像傅云祥的朋友们的头脑，内容倒挺丰富，却有点儿不伦不类。在这个到处充满混合物的时代里，连她自己不也学会了在红茶里加一小片奶油和一块方糖吗?

"下回总是要赢了你的!"那个老甘突然跳起来,怪声怪气地笑着,哗啦哗啦地洗牌。

傅云祥关掉了录音机,打开了电视,正在演一个芭蕾舞剧的片段。

"哎呀,你瞧瞧,她跳得多美……""酒窝"入迷地瞪大了眼睛,啧啧不已,"这样的人,真不知有多少人追她呢!"

"她已经四十岁了。""小跳蚤"冷冷地打断了她,"这是中国最有名的芭蕾舞演员。"

"什么叫有名? 名气有啥用?"傅云祥在摆弄天线。

"像这样的名演员,甭说演出,就是排练也得给钱,给好多津贴,要不,能这么卖力?"老甘揿着一只发亮的打火机。

"喂,小跳蚤,能帮忙买一台两个喇叭的三洋录音机不? 便宜点儿。我都要痛苦死啦!""酒窝"忽然娇声娇气地说。

"今年三洋录音机不吃香啦。国外如今最红的牌子是声宝,带电脑,双卡带,嗬,那个漂亮,甭提了!""小跳蚤"跷着肥大的裤腿,"买录音机,一句话! 包我身上。前些日子我买了辆摩托,从广州运来,还有三天就到。只要能弄到外汇,啥都能买到。"

"酒窝"惊呼一声,无限崇拜地瞪圆了眼睛。

"高级进口烟可是'三五'牌最棒?"

"我爱抽'万宝路'。"

"听说北京如今兴喝'格瓦斯',比啤酒来派。"

"找老甘弄几箱没问题。"

"光听这名儿也舒服。威士忌——格瓦斯——白兰地——嗬,洋名儿就是带劲! 我听说美国的苹果,打了皮儿三天不变色……”

“哎，芩芩，上次同你说的东西带来没有？”傅云祥接住了老甘扔过去的一支烟，忽然想起来问道。

“带来了。”芩芩站起来走到衣架旁，伸手到大衣口袋里去摸钱包。他指的是芩芩妈妈求人弄来的几张侨汇券。可是芩芩的手却在衣袋里拿不出来了。

“钱包丢啦？”傅云祥慌忙问。

芩芩点点头。她最初把手伸进衣袋而没有摸到钱包时，反应还不及傅云祥那么快。直到现在她还没有完全清醒过来，钱包究竟是在哪里遗失的……

“小偷！当然是小偷！还发什么傻！不偷你这样的人偷谁的？成天好像丢了魂似的发呆……”傅云祥嚷嚷起来，在屋地上来回走动，“那里头有多少钱？”

“就一块多钱的饭菜票。”芩芩不情愿地回答。

他松了一口气，又走到电视机旁去调天线。

老甘打了一个哈欠，慢吞吞地说：“唉，小偷，真够他妈的缺德了。准又是待业青年。可没有工作，你叫他咋办？谁也不是生来就想当‘钳工’的，一年年待业，总不能老靠父母养活……这年头，人见了钱都像疯了似的……我们批发站的那些小摊贩，全家合伙做生意，挣钱挣红了眼，卖一天红肠排骨，赚好几十块……”

“他们匀你个块八，你就批给他们便宜的猪肉下水啥的，是不是？”“酒窝”没好气地瞪了他一眼。

“你还不是一样。忍痛割成双眼皮，还不是为嫁个港澳同胞，好当阔太太。京剧团那个唱青衣的小娘儿们，连那个香港经理的话也听不懂，就跟人家走了。不为钱为什么？你还眼气呢!"老甘噗噗吹着一支雪茄上的烟灰。

"酒窝"略略有点儿脸红,她转过身来向芩芩搬救兵:"就算为了钱又咋样?也不碍着谁。现在不害人的人就是好人。芩芩你说是不是?"

芩芩"啊"了一声。她在想什么,没听清他们的争论。

傅云祥插进来说:"你甭问她,她的上帝只有她自己认识。谁也读不懂她那本经,都啥年头了,还念念不忘助人为乐。还是让我来回答你吧,对这个问题我研究得最彻底,一句话:人生下来就只知道把糖送进自己嘴里,而不会送给别人。这就是人的自私的本能。本能你懂吧?就是比本性,更加……"

"对对对……"老甘细细的腿不住地晃动,"我也这么看。你们以为世上真有什么大公无私的人吗?那是骗人的!至多是先公后私,再不就是公私兼顾……"

"照你这么说,张志新、遇罗克这样的为反'四人帮'而牺牲的烈士,也是先公后私的啦?"芩芩忍不住问道。她剥着茶几上果盘里的黑加仑水果糖,剥开了又包起来,她并不想吃它。

"你以为我们不恨'四人帮'?"傅云祥啪地关掉了电视,在沙发里重重地坐下来,"不是因为'文化大革命',我早上大学了,成绩好,说不定还可以捞个留学生当当。现在,全完了,忘光了,连个业大也考不上,怪我吗?没去当小流氓,就算不错。"

"听说明年国家的教育经费要大大增加,说不定……""海狮"插嘴。

"那也轮不到咱头上。"傅云祥接着说,"就说老甘吧,下了乡,讨个农村老婆,生一大堆孩子,四十几块工资,不想法子弄钱,日子咋过?不下乡,早当四级电工了。酒窝姑娘,连个欧洲在哪也不知道，写封信起码有一半让人看不懂，世界上只认一个亲人，就是钞票……"

"呸！""酒窝"朝他啐了一口。

"还有小跳蚤，他爸关牛棚，姐姐得精神病淹死在松花江里……"

"我不问你这些，我是说……"芩芩分辩。她何尝不知，傅云祥说的都是实话，不是这十年空前绝后的大灾大难，青年们何以落得这个下场：该发芽的时候是干旱，该扬花的时候又遇暴雨。善良、纯真的感情被摧残，尝遍了人世间多少卑鄙丑恶。即使长大了，许多人也愚昧无知；即使活过来了，许多人神经也被折磨得不健全。我是说，生活呀，你把多大的不幸带给了这一代人，可是……

"比如说小跳蚤……"傅云祥拍了拍他的肩膀。

"啊，我腻了！听够了！""小跳蚤"从自己的座位上跳起来，"别扯这些了行不行？吃饱了撑的，还讲什么十年、十年，我一听十年就头疼，就哆嗦。你们讲啥我也没劲，什么四个现代化，地球上的核武器库存量，足够毁灭七个地球了，一打仗就完蛋！越现代化越完蛋！我每天坐办公室早坐够了，还不是你求我办事，我托你走个门子，互相交换，两不吃亏。我够了。活着干什么？活着就是活着。我想退休，最好明天就退休！"

"退休？"芩芩惊讶得叫起来，"你说什么？退休？"

"你奇怪吗？人生最后的出路，除了退休，还有什么？上班下班，找房子打家具，找对象结婚，计划生育，然后退休。人生还有什么？我关心的是松花江再这样污染下去，等我退休以后，连条小鱼苗也钓不上来了。我喜欢钓鱼，退休了，也许骑摩托车上镜泊湖去钓鱼……"

"哈哈……真是好样儿的!"傅云祥大声笑起来,"我和你搭伴,这主意不错!"

"嘿嘿……"老甘眯起眼笑起来。"嘻嘻……""酒窝"尖声尖气地笑着,连"海狮"也张开大嘴哈哈笑个不停。

芩芩用手捂住了自己的耳朵,她觉得刺耳。他们是在自寻开心呢,还是真心地觉得有趣?在傅云祥的家里,就只能听到这样叫人莫名其妙的笑声。如果在饭桌上,啤酒加烧鸡,再来几句相声小段,一定人人都变得生动活泼而又神采奕奕。一句丝毫没有幽默感的玩笑话会逗得人眉开眼笑,低级的插科打诨脍炙人口。可真正讨论问题呢?却没有人听得懂,也没有人感兴趣……

"怎么,你认为我说的不是实话吗?""小跳蚤"一双无精打采的眼睛眯眯着,显得蒙蒙眬眬,好像到底也看不清他的眼神,"你觉得难道不是这样的吗?那你以为生活会是什么样子?"

"是呀,你说说,你希望生活是什么样子?"傅云祥走到她身边来,把一杯热咖啡递在她手上。

芩芩望着咖啡上的腾腾热气,竟不知怎么回答才好。她想象中的生活应该是什么样子的呢?她想象过吗?好像没有。未来是虚无缥缈的,很像老甘指缝里的雪茄冒出来的烟雾,不容易看得清楚。但是无论以前在农场劳动的时候,或是后来返城进了工厂,岁月流逝,日复一日,尽管单调、平板、枯燥无味,她总觉得这只是一种暂时的过渡,是一座桥,或是一只渡船,正由此岸驶向彼岸。那平缓的水波里时而闪过希望的微光,漫长的等待中夹杂着虽然可能转瞬即逝,却是由衷的欢悦。生活总是要改变的,既不是像芩芩前几年在农场几里路长的田垄上机械地重复一个铲草动作，也不是早出晚归地挤公共汽车，更不是提着筐在市场排队买菜……那是什么呢？是在夏天的江堤上弹弹吉他，在有空调的房间里看外国画报吗？不不，芩芩没有设想过这样一种生活，她要的好像还远不止这些，或者说根本不是这些……那是什么呢，她一时又说不出来，是连她自己也不清楚还是因为难以表述？咖啡在冒热气，周围的人影在晃动，她越发觉得自己心烦意乱。

"反正，反正不是现在这个样子！"她忽然站起来，脱口而出，"一定不是像现在这个样子！"她喝了一大口咖啡，放下杯子，走到门边去穿大衣。

"你要干什么？"傅云祥诧异地问道。

"一个本子，笔记本，落在教室了。"她结结巴巴地说，有点儿难为情，"我忽然想起来，一定是落在教室了。业大借附中教室上课，晚了会让别人拿走的。我去看看马上就回来……马上……""一个本子有啥了不起的？"他满不在乎地耸了耸肩膀，看了一眼，改了口气说，"噢，去就去，我陪你，下雪天……"

"不用了，你有客人……"芩芩小心地围好围巾，朝客人们打了招呼，很快走了出去。

"你可快回来呀！""酒窝"娇滴滴的声音在她身后喊，"要不我云祥哥连饺子下肚没下肚也不知道了呢……"

屋外的空气虽然冷冽，却清新、鲜凉、沁人心脾。假如面对辽阔的雪原，人们一定不会不知道将来的生活是什么样子。离开那热烘烘的房间，芩芩顿觉头脑清醒了不少。然而笔记本是真的落在教室了，她必须马上去取，而并不是她借故托词离席。她在农场待了三年，还没有学会撒谎就回城了，她同样不会对傅云祥撒谎。尽管她是多么不愿意在那儿继续扯那些无聊的闲话，而宁可一个人晚上在这雪地里不停地走下去，走下去……

雪还在无声地下着，漫天飘飞，随着风向的变化不断改换着自己的姿态。时而有一朵六角形的晶莹的雪片，像银光似的从她眼前掠过，一闪身就不知去向。大概它们也不愿就此落入大地，化作一摊稀水。可它们这样苦苦挣扎，究竟要飞到哪里呢？芩芩莫非也像它们一样：飞着，苦于没有翅膀，也毫无目标，而落下去，却又不甘心……

她突然觉得心里很难过。雪地的寒意似乎化作一股无可名状的忧伤，悄悄披挂了她的全身。那暖烘烘的小屋里充满了牢骚，夹杂着那么多的废话，使她厌倦、烦恼。可是她自己，不是连未来的生活应该是什么样子也答不上来吗？业余大学，她为什么要去念那个业余大学呢？赶时髦？还是希望？如果是希望，究竟希望什么？谁能告诉她呢？

三

是冬老人从遥远的北极带来的礼物吗？圣洁、晶莹、透明。

当早晨第一缕阳光缓缓地从窗棂上爬过来，透过一层薄明的光亮，它们变得清晰而富有立体感了……它会像南海清澈的海底世界，悠悠然游动着的热带鱼，耸立着的一丛丛精致的珊瑚，漂浮着水草和海星……它会像黄山顶峰翻腾的云海，影影绰绰地显现出的秀丽的小岛似的山峰；它会像白云飘过天顶，浩荡、坦然；会像梨花怒放，纷繁、绚烂……啊，冰凌花，奇妙的冰凌花，雪女王华丽的首饰，再没有什么能与你媲美了……

你真像小时候玩耍过的万花筒，每天都在变幻着姿势，无穷无尽地变幻。你带给人多少美丽的想象啊，从夏天雨后草地上的白蘑菇，到秋天沼泽地上空飞过的一群群白天鹅……可你是严寒的女儿，是冰雪的姐妹。你在寒夜里降临，只在早晨才吝啬地打开你的画卷，那么短暂的一会儿，不等人从那神奇的图案中找到他们所寻求的希望，就急急地隐没了。可今天你为什么竟然还留在这儿？一直留到这昏暗的傍晚。是因为你知道芩芩要来吗？还是因为你知道这是一个星期天，清冷的教室里没有人会来注意你呢？

芩芩久久地站在玻璃窗前，惊诧地望着那由于星期天暖气供应不足，教室低温而迟迟没有融化的冰凌花，几乎为这洁白如玉的雪花的自然美惊呆了。她家里的住房烧暖气，房间温度太高，窗玻璃上很少出现冰凌花，她还是几年前在劳动过的农场连队的宿舍见过它们。可惜那时的生活太苦，宿舍里冷得叫人直打哆嗦，哪里还会顾得上欣赏冰凌花呢？看过几百次，也没觉得它有多美。没想到今天竟然会在业大的教室里看到它，她的心里突然涌上来一种由衷的喜悦，好像见到了一个久别的老朋友。

"那么，这画面像什么呢？"她问自己。是的，这块玻璃上的图案很特别，像一团团燃烧的火焰，又像是一片滔天的巨浪从天际滚向天顶。它的花纹是极不规则的，整个画面呈现出一种宏大磅礴的气势……

"北极光！"她的脑海里突然掠过一个奇特的想象，"也许，北极光就是这样的呢！"她为自己的这一重大"发现"激动得连呼吸也急促起来。"为什么不是呢？假如它呈银白色，天空一定就闪烁着这样的图案。啊，一点儿不假，它再不会是别的样子，我可见到你了……"

她伸出一只手想去抚摩它，猛想到它们在温热的皮肤的触摸下会顷刻化为乌有，又缩回了手。她呆呆地站着，心海的波涛也如那光束的踊跃一般颤动起来……

"不带我去吗?"她记得那时自己刚够着写字台那么高。

"不带。"舅舅对着镜子在戴一顶新买的大皮帽。帽子上灰茸茸的长毛毛,像一只大狗熊。

"真的不带?"

"真的不带。"

"不带我去就不让你走!"她爬上桌子,把那顶大皮帽从舅舅脑袋上抢下来,紧紧抱在怀里,"不给你钱!"她把小拳头里的一枚亮晶晶的硬币晃了晃。

"那也不带。"舅舅似乎无动于衷。

"我哭啦?"她从捂住脸的手掌的指缝里偷偷瞧舅舅。

"哭?哭更不带,胆小鬼才哭。胆小鬼能去考察吗?"

"啥叫考……考察?"她哼哼呀呀地收住了哭声,本来就没有眼泪。

"比如说,舅舅这次去漠河,去呼玛,就是去考察——噢,观测北极光,懂吗?一种很美很美的光,在自然界中很难找出能和北极光比美的现象,也没有画笔画得出在寒冷的北极天空中变幻无穷的那种色彩……"

"北极光,很美很美……"她重复说,"它有用吗?"

舅舅笑起来,把大手放在她的头顶上,轻轻拍了一下。

"有用,当然有。谁要是能见到它,谁就能得到幸福。懂吗?"

她记不清了,或许她听不太懂。那是一个寒冷的冬天的早晨,玻璃窗上冻凝着一片闪烁的冰凌,好像许多面突然打开的银扇。舅舅就消失在这结满冰凌的玻璃窗后面了。大皮靴在雪地上扬起了白色的雪尘。舅舅去考察了，到最北边的漠河。可是他一去再没有回来。听说是遇到了一场特大的暴风雪。几个月以后，人们只送回来他那顶长毛的大皮帽。寻找北极光是这么难吗？那神奇的北极光，你到底是什么？幼年时代的印象叫人一辈子难以忘却。舅舅给芩芩心灵上送去的那道奇异的光束，是她以后许多年一直憧憬的梦境……

"没有漠河兵团的名额吗？"在学校工宣队办公室，那一年她刚满十八岁。

"没有。"

"农场也没有？"

"没有。"

"插队、公社、生产队，总可以吧？"

"也没有。有呼兰、绥化，不好吗？又近。你主动报名去漠河，是不是因为那儿条件艰苦……"工宣队师傅以为这下子可冒出个下乡积极分子了。

"不是，是因为……"她噎住了。因为什么？因为漠河可以看见北极光吗？多傻气。到处在抓阶级斗争，你去找什么北极光啊，典型的小资产阶级情调。

她只好乖乖地去了绥化的一个农场。农场有绿色无边的麦浪，有碧波荡漾的水库，有灿烂的朝霞，有绚丽的黄昏，可就是没有北极光。她多少次凝望天际，希望能看到那种奇异的光幕，哪怕只是一闪而过，稍纵即逝，她也就心满意足了。然而她却始终没有能够见到它。芩芩问过许多人，他们好像连听也没听说过。诚然这样一种瑰丽的天空奇观是罕见的，但它是确实存在的呀。存在的东西就一定可以见到，芩芩总是自信地安慰自己。然而许多年过去了，她从农场回到了城市，在这浑浊而昏暗的城市上空，似乎见到它的可能性越来越小。这样一个忙碌而紧张的时代里，有谁会对什么北极光感兴趣呢？

"你见过它吗？你在呼玛插队的时候，听说过那儿……"她仰起脖子热切地问他。他们坐在江边陡峭的石堤上，血红色的夕阳在水面上汇集成一道狭长的光柱。

"又是北极光，是不是？"傅云祥不耐烦地在嗓子眼里咕噜了一声，"你真是个小孩儿，问那有啥用？告诉你吧，那一年夏天，打夜班的人回来说，草甸子上空就有，可谁半夜三更的起来瞧那玩意儿？第二天还得早起干活。"

"你没去看？"芩芩惊讶得眉毛都扬起来了。

"那全是胡诌八咧，什么北极光，如何如何美，有啥用？要是菩萨的灵光，说不定还给它磕几个头，让它保佑我早点儿返城找个好工作……"他往水里扔着石头。

芩芩觉得自己突然与他生疏了。陌生得好像根本不认识他。

这个恋爱一年已经成为她未婚夫的人，他就这么看待她心目中神圣的北极光吗？不认识他？不认识怎么全家人嘻嘻哈哈地坐在一起喝酒呢？那还是夏天。你明明知道他就是这样看待生活的，你现在不是就要开始同他生活在一起了吗？两个月六十天，不算今天，就是五十九天。大红喜字、出租汽车，然后是穿鞋、点烟……客人散尽了，在那"中西式"的新房里，亮着一盏嫦娥奔月的壁灯，刺眼而又黯淡。他朝你走过来，是一个陌生的黑影。黑影不见了，壁灯熄灭了，贴近你的是混合着烟和酒味的热气……黑暗中你瞥见了一丝朦胧的星光，你扑过去，想留住它，让它把你带走，可它倏地消失了。黑暗中只有他的声音，糊里糊涂地堵住了你的喉咙……她明明知道，在那拉上厚厚窗帘的新房里，那神奇的光束是再也不会出现了，再也不会了……

芩芩把她柔软的黑发靠在窗框上，垂下头去，一只手勾起深红色的拉毛围巾，轻轻揩去了腮边的一串泪珠。她的心里为什么有那么多的忧伤，难道不是她自己亲口答应他的吗？事到如今，难道还有什么办法可以挽回这一切？人们会以为她疯了，他呢？说不定也会痛苦得要死。该回去了，否则他会气急败坏地跑来找她，也许他早已在车站等她，肩上落满了雪花……该回去了，玻璃窗上的冰凌花若明若暗，很像小时候舅舅走的那天。他就是寻找比这冰凌花还美得多的北极光去了。然而天暗下来了。很快的，就该什么也看不见了……

她忽然把脸埋在围巾里，低声抽泣起来。蓦地，她似乎听到了教室里有一点儿响动，便很快收敛了哭声。她默默站了一会儿，摸到自己座位上去找那个笔记本。

"哐——啷——"是一个铅笔盒掉在地上了，橡皮、铅笔滚了一地，她抬起头来，这才发现中间的座位上有一个人影。

"谁？"她吓了一跳，头发也竖起来了。

"一个你不认识的人。"传来一个鼻音很重的男声，遥远得好像从天边而来，严峻得像一个法官。

芩芩站住了。她不知道是应该走过去还是应该赶快走开。

"你，你在这儿干什么？"她想起了自己刚才的哭泣，竟然被一个陌生人听见，顿时慌乱而又难为情。

"对不起，这是一个公共的教室，你进来的时候，并没有看见我，而我对于你也是完全无碍的。我一直在背我的日语，如果不是你……"他弯下身子去摸索那些地上散落的东西。

　　芩芩这才想起来去开灯。如果不是碰掉人家的铅笔盒，她真希望就这么悄悄走开，谁也不认识谁。可是——

　　两盏并列的四十瓦日光灯，清楚地照出了他高高的鼻梁上厚厚的镜片。在那厚得简直像放大镜一般的镜片后面，凸出的眼珠藐视一切地斜睨着。光滑的额头，下巴上有几根稀落的短须。然而他的脸的轮廓却很漂亮，脸形长而秀气，两片薄薄的嘴唇，毫不掩饰地流露着一种嘲弄的神态……

　　他似乎也在默默地注视着她。他在嘲笑她吗？嘲笑她刚才的眼泪，或者是想问："你从哪里来呢？以前我怎么没见过你？""我也没见过你呀。""噢，我知道，你是业大日语班的，借附中的教室。""我也知道了，你是这个大学的学生，虽然你没有戴校徽，可我会看……""你刚才为什么哭呢？""不，没有，我没有哭。""哭了，我听见的，你有什么伤心事？""伤心事？没有没有，什么也没有。我很快乐，我就要结婚了。人家介绍我认识他，他对我很满意，他家里对我也很满意。我对他——没有什么可挑剔的。如果我不答应，大概就找不到这样好条件的对象了。我要结婚了，所以我很伤心。不不，不是这样的，你不知道，一点儿也不知道，一句话是讲不清楚的，你别问了。我不认识你……"

　　眼镜片在日光灯下闪烁，他薄薄的嘴唇动了动，却没有声音。他什么也没有问，好像世上的一切都同他无关。

　　"我，我的钱包丢了，所以……"她冒出这样一句话来，难道是想掩饰她刚才的眼泪吗？多么可笑，或许他根本就没有注意到。

　　"钱包？"他不以为然地哼了一声，"我从来就没有钱包，因为没有钱。可敬的小偷，愿他们把世人所有的钱包都扔进厕所，那钱包里除了装有贪欲，就是熏黑了的心。"

"可敬？你说小偷可敬？"芩芩倒抽了一口冷气。

他摆了摆手："诚然，小偷是极端的个人主义者，损人利己，甚至有时还谋财害命。咱们且不谈造成这些渣滓的社会原因，但更可恶的是我们的生活中有那么一些人，他们侵吞着人民的劳动成果，却冠冕堂皇地教训别人。他们不学无术，又不懂装懂。利用手中的权力，可以把几百万人民币变相装入自己的腰包。"

"有这样的事情吗？"芩芩的脸色有点儿发白。她站着，他也没有请她坐。她本来是想把铅笔盒捡起来立即就走开的。

"给你举一个简单的例子，我们学院里有一位教师，平时工作勤勤恳恳，因为没有住房，夫妇长期分居两地，几个孩子都小，生活相当困难。这次调整工资，系里的领导争着为自己提级，他们两个最后都被刷下来了。还被说成是无能、业务不行。他们无处申辩，只好夫妻双双一起跳楼……"

芩芩禁不住冒了一身冷汗。她是最怕听这样悲惨的故事的。他给她讲这个干什么？

"再比如，"他用一把铅笔刀在桌上轻轻划了两道，"去年我们学院毕业分配，全部面向基层，可是一位副部长的一张字条，就把他未来的女婿调到北京去了。这些人满肚子私欲，却口口声声指责青年人缺乏共产主义道德，何等的不公平！还有谁会相信那些空洞的说教呢？人们对政治厌恶了，不愿再看见自己所受的教育同现实发生矛盾，与其关心政治，倒不如关心自己……这就是对'突出政治'的惩罚。我说这些只不过是为了证实……"

芩芩发现他的口才很好，几乎不用思索，就可以滔滔不绝地讲一大堆。她不觉有几分钦佩他，他讲得多么尖锐，多么深刻呀。而无论在讲述什么的时候，他的嘴边总挂着那么一点儿嘲讽，脸上既不愤怒，也不忧郁，语气平淡无奇，好像这一切都同他无关。

"唉，我们这代人，生不逢时，历尽沧桑。没有看到什么美好的东西，叫人如何相信生活是美好的呢？理想如同海市蜃楼，又如何叫人相信理想呢？有人说这叫什么虚无主义，我认为也总比二十世纪五六十年代青年那种盲目的理想主义好些……"

芩芩"啊"了一声。

"是呀，我对你说这些干什么？"他突然站起来，匆匆地收拾桌上的那一堆书，"你难道心里不是这样想的吗？人们只是不说出来罢了，天天在歌颂真实，可是真实却像一个不光明正大的情人，只能偷偷同它待在一起。正因为我不认识你，才对你说这些话。你以为我很爱说话吗？哈，我想，恰恰也许因为我已经一个星期没有同人讲话了……"

"那你……"芩芩怯生生地问，"和你的同学也不说吗？你不闷得慌？你们，大学生……"

"大学生？你不也是大学生吗？只不过是业余的。可他们，只比你多一个校徽，或者外加一副眼镜罢了。大学？一个五花八门的大拼盘，一个填鸭场，一支变幻不定的社会温度计。设想得无比美妙，结果大失所望。男同学们，开'广交会'，拉关系找门子……"

"为什么？"芩芩笑起来。

"为了毕业分配呀。女同学们，嗯，热衷于烫发，一个卷儿一个卷儿地做，比学外语热心多了。嗬，你为什么没有——"他做一个卷发的手势。

"我……"芩芩不知该怎么回答。她应该说："你如果再过五十九天看见我，我一定不是现在这个样子了，结婚是一定要烫发的。"可她却什么也没说。

"好了，今天我说得太多了，我要走了。在这个校园里，简直无法找到一个安静的地方！你继续研究你的玻璃吧，没有人妨碍你。人在不发生利害冲突的时候总是友好的。"

他夹着一包书站起来，并没有说声再见，就朝门口走去。

"哎——"芩芩不知为什么觉得很怕他就这样消失在自己的眼前，她突然产生了一种很想结识他的愿望。她叫住他，却不知说什么才好。

"你，你是日语专业的吗？"

"是的。"

"我，我也学日语。可以向你请教吗？"

他偏着头，既不显得特别热情但也没有拒绝。"可以。"他说，"不过我的时间不多。"他的镜片闪了闪，好像在想什么。"你，你做什么工作？你，看上去很单纯……"

"仪表厂的装配工，陆芩芩，你，叫……"

"外语系七七级一班，费渊，浪费的费，渊博的渊。"

他甩了甩头发，就走了出去。芩芩望着他的背影，发现他的个子很高，偏扬着脑袋，走起路来，显得颇为潇洒而又有些傲慢。

"你继续研究你的玻璃吧……"他的声音留在教室里。可是窗外已经全黑了，玻璃上的冰凌花已失掉了它诱人的光。"北极光……他会知道北极光吗？"芩芩找到了自己的笔记本，轻轻掩上教室的门，走下楼梯的时候，忽然这样想。

四

生活以其固有的流速向前推进，既不会突然加快也不会无故减缓自己的节奏。在它经过的地方，不同的地貌地形、不同质的土壤地层，留下了不同形状的痕迹。每个人都生活在属于自己而且与外界有着千丝万缕联系的世界里，彼此之间是如此难以相通。一九七六年那春寒料峭的四月，曾使得千千万万的人的血和泪流在了一起，一下子冲决和填平了十年来横在人们心灵之间的大大小小、形形色色的相互防范、警戒、自卫、猜疑的堤坝和沟壑。然而这种共同的愤怒和欢悦却是短暂的，时间的流水总是在不断冲刷出新的壕堑。当一九八〇年隆冬的严寒笼罩了这个城市的时候，由于河床的突然开阔所给人带来的朦胧而又忽远忽近的前景，青年们所苦恼和寻觅的，就远比四年前要更丰富更深广了……

一九七六年十月那惊天动地的事件爆发的时候，芩芩还在农场，一点儿也不知道中国将要发生什么重大的变化。在那安静的小镇上，生活就像水银在那儿慢吞吞地流动，没有热度也没有波澜。场部传达粉碎"四人帮"的那天，芩芩只是看到连队的一群上海知青、浙江知青和哈尔滨知青的"混合队"，在破旧不堪的篮球场上踢了大半天足球，好像天塌下来也压不着他们。那些南方知青的年龄都比芩芩要大几岁，来农场七八年了，他们好像天下什么苦都吃过，什么都懂，什么都不在乎，他们干活儿都很卖力气，割水稻尤其快，大车也赶得不错。喜欢用东北方言夹着南方话说话，什么"俺们喜欢吃香烟""劳资科长贼缺德"。他们最关心回家探亲的事情，探亲一回来就在地头没完没了地讲许多新闻。芩芩对于社会的最初了解，就是从农场开始的。可惜那段时间太短，也许再待两年，她就不是现在这个样子了。她的履历表简单得半张纸就可以写完。"文革"中父亲也挨过斗，她刚十岁，学会了买菜做饭照料弟弟。没几天父亲就解放了，"结合"当厂政宣组的副组长。她下乡、上调，也有过许多烦心的事，但总比别人要顺当些。她用不着像有的人那样煞费苦心地为自己的生活去奔波，所以她看见的邪恶也许就比别人要少些。"你去办一个病退试试，就是林黛玉也要堕落的！"连队的一位比她大几岁的女友对她嚷嚷。因此，对于那些"文化大革命"后期分配到这边疆农场来的老大学生和南方知识青年，她总是抱着一种莫名其妙的崇拜心理。

她所在的连队来过一个建工学院毕业的大学生，当食堂管理员。他常常算错账，因为他在卖饭菜票的时候也常常在看书。他的理想好像并没有因为他的处境艰难和遭遇不幸而泯灭，而只是暂时被压抑、限制了。他只能拼命地读书，每时每刻都好像在思索着什么。他究竟在想什么呢？芩芩好奇地留心观察、猜测他。久而久之，她竟然不知不觉地惦念起他来。他有胃病，常常胃疼得脸色发白。有一次他去哈尔滨公出，连队卫生员让他去医院做胃透视检查。三天以后他回来了，不知从哪儿弄来了不少书。"透了吗？"芩芩问他。"透了。"他心不在焉地回答。那天卸煤，他热得脱了大衣，"啪——"什么东西从他衣袋里掉出来，上面写着字："硫酸钡"。硫酸钡还在衣袋里，那还用问，准是没有去透视。芩芩不禁油然生了几分怜悯。不久后他调走了。他的女朋友是他大学的同班同学，听说分配在贵州山区的一个公社当售货员。他就是到她那儿去，到那儿去他就可以在中学教物理课，不卖饭菜票了。他走的那天，芩芩一个人躲到草甸子里去了，她采了一大抱鲜红的野百合，又把它们统统扔进了河里。假如他不走呢？假如他没有那个女朋友呢？芩芩想着，哭了起来。她不知道自己这是怎么了。如果说曾经有过那么一次朦胧难辨的微妙感情，就那样连百合花一起扔在小河里，漂走了。从此以后她再也没有见过他那样的人。他是个南方人，喜欢把"是的"说成"四的"，她经常笑话他。"你很单纯。"他有一次在路上碰到她，这样对她说。她那会儿正把一捆从大车上掉下来的谷子送到场院去。这是他单独对她说过的唯一的一句话，如今她竟不知道他在哪里。啊，真是奇怪，怎么会想起他来的呢？

　　也许只是因为她觉得那个费渊有一点儿像他吧。费渊的口音也像是南方人。"你看上去很单纯。"他也这么对她说。刚刚认识不到半小时，他是从哪里看出来的呢？难道他自己很复杂吗？芩芩倒恨不得自己也能复杂一点儿，那样的话，她对生活中的许多问题，也许就不会总是想不通，总是苦恼了……在农场时生活艰苦，劳动繁重，饱饱地吃上一顿，甜甜地睡上一觉，什么忧愁都置于脑后了。总觉得那绿色的田野，连着远方的希望，有一天会走近……可是返了城，进了工厂，日子倒反而显得平淡无味。生活遥遥无期，好似在大海行舟，望见深蓝的地平线，充满无数幻想，然而驶过去，仍然是一片苍茫的海水，偶尔瞥见一座小岛，也是寂寥无人。即使登陆上去，海上漂过一叶白帆，你挥手召唤，却再无人呼应，或许那船载的就是寂寞和孤独……

　　厂里新开了图书馆，芩芩除了学日语，有一点儿时间都泡在小说里。可是书读得越多，却越发觉着生活的不如意。在农场时没有什么书可读，倒有如一潭宁静的水池，既无涟漪也无烦恼。

芩芩不知自己现在的这种情绪是好还是不好。四年来，不断发展变化的社会生活常常给人许多新的希望，可是这种变化什么时候能降临在自己的身上呢？芩芩每天早上醒来的时候，总盼望这一天会有什么意外的事情发生，可是日日平安，天天如此。傅云祥除了更换衣服，连讲话的声调都是回回相同，一周重复一次。芩芩盼望明天，明天来而复去，也并不使人乐观……

自从那个星期天傍晚，芩芩去教室取笔记本以后，她就特别盼望业大上课的日子。坚持业大学习十分不易，开学时全班有六十多人，到期中就只剩了一半。有的人是因为工作脱不开身，领导不支持，落几次课，就跟不上趟了；有的则是因为家务拖累。有位大姐三十四岁，两个孩子，还来学日语，有时孩子一病，她就得缺课。芩芩上的是长日班，除了傅云祥找她看电影以外，倒没有什么其他的困难。她很喜欢日语，倒不是喜欢日语的发音，而是喜欢从那陌生然而节奏感很强的音节里，体验、揣摩日本民族的那种执着向上的奋斗精神。她刚刚看过一本写日本民族从明治维新以来一百年间，如何发愤图强的一本书，叫作《激荡的百年史》，从里面她仿佛听到那岛国上传来的自强不息的呐喊……由此她似乎听到了我们中华民族的呐喊，这种呐喊虽然暂时低沉，有朝一日也许更加雄浑有力。于是芩芩的日语学得十分认真和刻苦。同班的业余大学生们的水平都不高，她早就盼望着能有一个人辅导自己。突然黑暗中冒出了一副眼镜，一个费渊，她怎么能不喜出望外呢？更何况，他像十九世纪的德国人一样注重思辨。和他谈话，哪怕只有一分钟，也不会没有收获。与他相比，傅云祥是一个地道的中国人，注重实际，不，也许有点儿像犹太人……她的脑子乱了……

一连好几天，芩芩下了课，总是磨磨蹭蹭地走在最后面。她穿过二号楼那狭窄的走廊，不时地东张西望，希望在哪个拐角能偶尔碰上费渊。有时她借口一点儿什么事，绕弯到学校的主楼去。主楼宽敞的走廊里昏暗的灯光下，隔一段就放着一把椅子或是窄小的课桌，有人趴在那儿做作业，也有人三三两两在低声讨论着什么，还有人面冲着墙壁，一个人在叽里咕噜地念着什么……芩芩心里对他们羡慕得要死。那一年她只差十四分没考上正规大学。如果不是复习功课期间，妈妈老让那些热心的媒人来麻烦她的话，这十四分一定不会丢。结果大学没考上，来了个傅云祥，十四分，好像他就值十四分。妈妈倒比她更喜欢他呢。他每星期天给她家送去副食商店紧俏的新鲜猪肝和活鲤鱼。他送给芩芩别人买不到的出口丝绸衣料，进口的款式新颖的女式短大衣，还有漂亮的奶白色牛皮高跟鞋……他什么都能买到。芩芩常常会有这种感觉，好像连她也是他买到的一件什么东西。只是他从不小气，舍得花钱。他捧着大包小盒进门。她在他的督促下不得已试试那些衣物，试一试也就脱下来锁进了箱子。他虽不读业大，但也很忙，忙得连报纸也没有时间看。他见她学日语，倒不反对，管她叫"假洋鬼子"，学她的发音，怪腔怪调，叫人哭笑不得……

　　可她却希望有人能同她说一句日语，哪怕只是几句简单的对话。大学昏暗的走廊，朗朗的读书声在四壁回响，这种气氛不仅使人感到亲切，而且使人心里踏实。他一定会在这儿的，芩芩这样期望。

　　可是她始终没有能够碰到他。他从来没有在这儿出现过。他在图书馆吗？还是在自己教室？那个星期天下午他为什么躲到附中的教室去？为图清静吗？她不能到他的教室去找他，她不敢，因为她毕竟没有什么找他的借口。

这一天下了课，她独自一人出了二号楼，突然闪过一个念头，径直往主楼的地下室走去。她知道那儿有一个资料室，不过晚间是不开门的。她干吗要从那儿走呢？黑洞洞，怪吓人的。她站在那儿犹豫了一会儿。

忽然她听到里面传来了一种含混不清的声音，低沉的，连续的，好像在背诵什么，带着很重的鼻音。她的心跳了跳。是的，是日语。她听见过一次，便不会忘了这声音。

"ゴナタデスガ？"（"谁？"）她大声用日语问。

"ァナタハデ存知ナイカムツレワヤソ。"（"你或许不认识。"）

那背诵的声音停止了，懒洋洋地答道。

"イイエ，私ハ存知コイコス。"（"不，我认识。"）

"ゲハアナタハケナタラケガ？"（"那么，你是谁？"）

"チタツハヒマヒマタ……"（"我是业余……"）她卡住了，以下她还不会说。

"噢，是你吗？研究玻璃的！"他从黑暗中走出来，披着一件深褐色的皮夹克，搓着手。

"这儿，很冷吧？你，你真用功！"芩芩诚心诚意地说。

"用功？还不是为了毕业分配混个好工作。"他皱了皱眉头，"人总得吃饭才能生存。"

芩芩有一点儿尴尬，她没有想到他会这样回答。

"你在背课文吗？"她问。

"课文？你以为背课文会有什么出息吗？蠢人才这么干。早稻田大学的研究生可不是背课文能培养出来的。我——"他开始用日语念起来，很长，好像是诗。

"明白了吗？"他低头问芩芩，很像一个老师在考问他的学生。

"不……"芩芩脸红了，"我，听不太懂……"

"噢，是我自己翻译的一首波斯诗人莪默·伽亚谟的诗：'我们是可怜的一套象棋，昼与夜便是一张棋局，任它走东走西，或擒或杀，走罢后又——收归匣里。'明白这诗的含义吗？深刻！人生就是这样，任何人都受着命运的摆布和愚弄，希望只是幻想的同义词……"

地下室里好像有一股冷风，芩芩打了一个寒噤。

"找我吗？"他好像才想起来。

"不……是的，我想问问你……也没有什么……"

"抱歉！"他把两手一摊，"现在我没有很多时间，晚上我必须做完我应做的功课。你，很急吗？"

"不，不很急。"

"那就星期天吧。星期天我在这儿，不在这儿就在宿舍，三号楼三三三房间。"

"星期天……"芩芩犹豫了一下。她想说，星期天怕没有空。可他已重新钻入那黑暗的过道中去了。

"他真抓紧时间。"芩芩这样想，"真不应该打扰他……星期天，该怎么办呢……"

恰恰星期六那天下了整整一天的鹅毛大雪，傅云祥在星期六晚上兴致勃勃地跑来找她，说他要和军区大院的几个干部子弟坐吉普去尚志滑雪，问她想不想跟他们一块去。"跟？我才不呢！"

她一反常态地用挖苦的口气说，"你愿跟，你就跟，我可不想当'仿干'！"

"仿干"是她从业大的同学那儿听来的一个新名词，嘲笑那些一心想模仿干部子弟的人。比如说有的人喜欢故意装出一副神气活现、傲慢无礼的样子，看什么都不顺眼，管公共汽车叫"那破车"，刚认识就说："给你留个家里的电话吗?"其实是传呼电话。这种人就叫"仿干"子弟。芩芩不太明白这些人为什么不学学干部子女那种好的品质，更无法理解人为什么要有这种虚荣心，也许是希望过好日子的一种心理吧。傅云祥的父亲只是个小小的处长，他却爱和省委的一批干部子弟打得火热，只是不像通常的那些"仿干"那么令人讨厌。

这场雪倒意外地"解放"了芩芩。星期天上午她兴冲冲去附中的业大上课，散了课出来，却见学院的大门口贴着一张通知：

> 各系留校同学注意，铁路货场告急！星期天下午在
> 此集合去车站清扫积雪，义务劳动，希望踊跃参加！

每年冬天都有此类事，大雪常常堵塞交通，于是倾城出动，满大街铁锹镐头叮当响，冻得人脸通红。芩芩每回总是积极的响应者。不过今天她却不高兴。下雪刚刚帮了她一个忙，却又在这儿同她捣乱。费渊要是去扫雪，不就又碰不上了吗？她轻轻叹一口气，有点儿拿不定主意去还是不去。

"去试试吧，或许在呢。"她在那张通知下站了一会儿，想了想，抱着一种侥幸心理，往三号楼走去。大道上的积雪已经被清扫到两边，露出灰色光洁的水泥方块，松软的新雪刺得人睁不开

眼睛。寒风时而吹落大树上一团团银絮似的白雪，掉在她的红围巾上。

"三三三"，她在幽暗的走廊里勉强辨认出门上的号码，敲了敲门，没有人答应。"一定是去扫雪了。"她失望地想，正要走开去，门却突然打开了一条缝，闪过一副镜片。

"是你?"门开大了，他捧着一部字典，朝她点了点头。

芩芩觉得有点儿意外。虽然她希望自己不要扑空，可他在了，她又并不觉得高兴："你，没有去扫雪?"她脱口而出。

"扫雪?"他似乎觉得她问得奇怪，"把时间白白浪费在那阳光早晚会使它消失的东西上吗? 那只是正在争取入党的积极分子会去干的事。"

"你不是?"

"当然不是。全身所有尚未被吞噬的红血球加起来，充其量不过是一个爱国者。"

"信仰呢? 什么也不信?"

"很可能。为什么要信仰呢? 信仰本来是无所谓有，也无所谓无的。上帝只是我自己，无论在地狱还是在天堂，我所看到的就一条出路：自救! 我们这一代人只能自救!"

"先救国呢还是先救自己呢?"

"当然先救自己! 我从来不认为什么'大河涨水小河满'是符合科学原理的，只有小河的汇集才有大河的奔流。人也同样，十亿人中产生十万名科学家，中国就得救了。扫雪? 扫雪怎么能与此相比? 嗬，你是准备站一会儿就走吗?"

芩芩这才发现自己竟还站着。宿舍不大，放了四张上下铺，可以睡八个人，门边堆满了箱子，显得拥挤不堪，靠窗那儿有一张两屉桌，坐在床上，就得缩着脖子。但她发现床上桌上统统堆着零乱的书和杂物，根本就没有什么地方可坐。有一堆书好像还是湿漉漉的。

"不巧，暖气漏了。"他欠起身子把对面床上的东西移了一下，"漏到书箱里去了。没办法，中国大学的条件就这样，只能凑合了。今天找不着水暖工，大概也去扫雪了。你先将就坐吧！"

芩芩表示完全不介意的样子，在床边坐下来。不料大腿上却重重地硌了一下。她低下头一看，原来是一本硬面的影集，边上磨损坏了，显得很旧，还湿了一个角。

"你的吗？"她把它抽出来，拿在手里。

"算是吧。"他接过来，不经意地翻了翻，随手扔在桌上，"不过。那个我，早已不存在了。现在的我，是这样的——"他指了指自己的床头。

芩芩这才看见，他睡的下铺的里面墙上，挂着用两块玻璃夹起来做成的简易镜框，里面有两张照片，一张是他的正面像，却闭着双眼，两只手捂着耳朵；另一张不大看得清，似乎就是他的一个背影。镜框旁边，贴着一张狭长的白纸，写着几行诗："我要唱的歌，直到今天还没有唱出，我每天都在乐器上调理弦索。"

"泰戈尔的诗，是吗？"芩芩问。她的眼睛顿时放出了光彩。她没想到费渊也喜欢泰戈尔。傅云祥是不喜欢诗人的，他称他们为"梦游患者"。可费渊为什么偏喜欢这两句呢？芩芩却喜欢泰戈尔这样的诗句——"花儿问果实：'果实呀，我离你还有多远？'果实说：'我在你的心中呢！'"这几句是大意，她还能背出许多原诗，比如："我的一切幻想会燃烧成快乐的光明；我的一切愿望将结成爱的果实。"她真想给他背一遍，可是她发现他仍然在翻那本厚厚的字典，马上兴味索然了。

"为什么说这里的你已经不存在了呢?"她把那本旧的相册拿过来，随口问。

"你自己看吧。"他没有抬头。

芩芩心里颇有一点儿责怪他的这种古怪脾气。他好像在查阅一个什么单词，沉醉在自己的思维中，世间万物似乎都与他无关。这个样子，芩芩准备向他请教问题也就不好马上开口。于是，她翻开了影集的第一页。

哟，多么漂亮的画面哪：银色的飞机，宽阔的机场跑道，一个外国总统模样的人，正在接受一个中国儿童的献花。那是一个好看而可爱的小男孩儿，微微卷曲的头发，漆黑的大眼睛里满是天真的问号。他伸长胳膊，正把鲜花投到外宾的胸前，那幸福的表情好像整个世界都对他张开了怀抱……

那是二十几年前的费渊，在一个南方的大城市。从他脚上那双亮晶晶的小皮鞋看得出来，他有一个幸福的童年，一个优越的家庭，生活本来也许应该让他径直走进那银色的机舱，在灿烂的朝霞中飞入高高的云天的，可他却为什么来到了这里? 在这八个人住的潮湿的集体宿舍，暖气管漏着水……

翻过去，他突然地长大了，脸上出现了棱角，表情可怕得像一个凶神。他站在台上，抓着话筒，好像要向全世界宣布什么，臂上挂着红卫兵袖章，那芩芩少年时代曾羡慕入迷过一阵的红布条。他在喊什么呢? 大概是喊什么："誓死捍卫……"或是喊："横扫一切牛鬼蛇神……"当然喊过，芩芩也喊过。啊，当年，他也有过这种热血沸腾的时刻? 这同他现在这种冷若冰霜的外表简直判若两人，就好像蚕不应变成从茧子里飞出来面目全非的蛾子一样。那时他一定相信自己是在捍卫真理，芩芩也曾这么相信。可是真理到底在哪里呢？他从那讲演台上走下来，岂不是如同从一个虚设的空中楼阁，一步跌入到大地上来一样吗？他一定摔得遍体鳞伤，要不，他的眼神不会这样沉郁阴冷……

啊，这大概是他的全家照了。照片上写着日期：一九六八年十月。一定是他下乡前留的纪念。这是他的父亲，他的脸形很像父亲，清癯秀气；他父亲的衣着很普通，显得忧虑重重，疲惫而憔悴，然而却坐得那么挺直，眉宇间分明有一种不凡的气质。这大概是他的母亲，芩芩觉得他的母亲很美，他的五官不像母亲那么柔和、匀称。她虽然脸上没有一丝笑容，然而端庄、沉静，那紧抿的嘴角上有一种知识妇女内在的自负，真像一位大使夫人。她的身边还有一个小姑娘，一定是费渊的妹妹了。好像因为害怕照相馆的刺眼的灯光而缩着脖子。但也许是那几年的混乱中总习惯于躲在她哥哥背后的缘故。啊，这是他，唯有他的神态仍是坦然、自信的，仰着脸，那么满不在乎，好像就要迎着草原初升的太阳走去，在那无边的草原上开满了鲜花，飘舞着红旗。那时他嘴角上还没有芩芩现在看到的那种嘲讽的神情。他的眼睛多么虔诚、热情啊！芩芩真想能看一看当年的那个他……

"你爸爸……"她终于忍不住问，"他们现在在哪儿？"

他头也没抬，若无其事地答道："死了。"

芩芩的头皮一麻。

"他，他是……"

"曾经是一个驻东欧国家的大使。"

"为什么？……"

"因为人所皆知而无人得知的原因，一九七〇年死于监狱。"

他不再作声。暖气仍在漏水，滴答，滴答……

芩芩呆呆地坐了一会儿，揉了揉眼睛。她很想找出一句话来安慰他，可是她能说的，他一定都听到过。他似乎也并不需要什么安慰，难道他的安慰在字典里吗？

她轻轻翻开了影集的下一页，起初她以为看错了，又看了一眼，不觉大大惊讶起来，这是一张县知青"积代会"的集体照，人人戴着大皮帽，大棉袄胸前别着大红花。芩芩几乎很难从中找到他。他好像突然变成了一个朴实憨厚的青年农民，似笑非笑地咧着嘴，眉间似有一点儿难言的苦衷。他的额头上出现了几丝淡淡的皱纹，很像用来做大红花的皱纸……

照片上方印着几个规规矩矩的字：一九七〇年同江县。

一九七〇年？一九七〇年不正是他父亲死在监狱里的时间吗？而他居然在县里参加知青"积代会"，四处汇报"讲用"，真令人难以相信。但这却是事实，没有比这样的影集所展现的历史更真实的了。芩芩想起她原来所在连队的那些积极分子，有一次她请假上卫生所看病，她们却偷偷跟在她的后面；有一次她邻铺的一位女连长头发上生了虱子，芩芩叫她好好洗洗，她却说："你没有虱子，说明你没有改造好。"真叫人哭笑不得。所以她怎么都没法设想眼前的费渊曾经会同那些人坐在一起，她突然为他感到脸红了。可是，她难道没有拼命地挖过土方吗？仅仅只是为了能在光荣榜上出现自己的名字……

还往下翻吗？好像剩不下几张了。这张照片全湿了，是酒杯里的酒溢出来了吗？整个画面都是酒杯，不，是搪瓷缸、大海碗、断把的刷牙杯、玻璃瓶子……满的、空的都有，碰撞在一起，好像听见一群流落他乡的孤儿的呼救。杯子在摇晃，冲出来一股难闻的酒味，上头为什么没有他呢？他醉了，一定是醉了，如一团烂泥瘫在那破炕上，没有炕席的土炕面，泥巴和酒混在一起。为什么？他不是全县的知青典型吗？他也酗酒？芩芩真的闻到酒味了，这张照片这么湿，好像就是从那堆五花八门的杯子里冒出来的酒，留在照片上，直到今天还没有干……

她把这张照片小心地抽出来，掏出手绢去擦，无意地翻过来，发现背后有一行毛笔写的字："亚瑟第一次从监狱里回来的日子——一九七一年九一三。"

芩芩当然记得，九一三是林彪叛逃的日子，为什么把他同亚瑟联在一起？她看过《牛虻》，牛虻第一次从监狱里出来，因为发现自己被神父欺骗，信仰受到了玷污而痛苦得想要自杀。费渊也曾想自杀吗？芩芩小时候有一次因为爸爸答应带她到大连姥姥家去玩，结果却带了弟弟，也曾经气愤得想自杀。就那么一次。而他，虽没有死，却把心泡在酒精里了……

芩芩浑身发冷，真想扔了那影集逃走。忽然却从那影集里滑出另一张照片来，似乎是随随便便夹在里头的——

画面上也没有他，只有无数的白花，像北方的雪野，纯净，圣洁。芩芩见过这白花，是在四年前悼念总理的电视上，在去年平反的"四五"战士的新闻报道图片里。那是献给总理的花，开在长青的松柏上，开在最冷最冷的一月……

"你照的？"她轻轻问。

他从字典里抬起头来，一副茫然若失的神情，推了推眼镜，盯住了那张小照，半天，才说："一九七六年一月回家探亲，正好路过北京，都看见了。什么都看见了。总理这样的伟人结局尚且如此悲惨，人间还有什么正义可言？从此，原来的那个'我'

不复存在了。懂吗？"他垂下头，声音有一点儿嘶哑，"本应该烧掉的！这本影集，留着它有什么意义呢？你不应该看，你太小啦，看不懂……"

"为什么看不懂？你怎么知道我看不懂？"芩芩像一个受了委屈的孩子似的叫起来，"你以为我就没有苦恼吗？我来找你……"

她来找他，究竟是为了什么呢？真的是为了学日语吗？她自己也不知道。她平日从家里到车间，从车间到业大，从业大到傅云祥家，总要碰到许多人，陌生的、熟悉的人。可是，她为什么一次也没有碰到过她想要碰到的那个人呢？那个人是谁？她不知道，反正不是傅云祥。可是她却偏要同他结婚了，多么滑稽。她是一个快要做新娘的人，她来找他做什么？当然为了学日语，不可以是为了别的。学日语也只是为了看懂日文商标和说明书，因为现在的仪器多从日本进口……她找他是为了学日语，心里却明明想从他那里，听到从傅云祥那儿不曾听到过的中国话。是的，是中国话，而不是什么日语。否则她就不会这么长时间地看他的影集，不会以这样的耐心等待他查完他的字典，也不会因为这浓缩了一个人二十年历史的发黄的照片，在短短的十几分钟内，心里涌动起翻腾起伏的潮汐……她究竟是怎么了呢？

"你要提什么问题？说吧。"他放下字典，轻轻叹了一口气，芩芩感觉到他在打量着她，他的目光变得温柔了……

"是，是关于日语语法……"

芩芩的话音刚落，忽然听到从窗外传来一阵喧哗，欢乐的叫喊声中夹杂着铁锹乒乒乓乓敲击的声音。芩芩好奇地探头过去，把脸贴在玻璃上朝下张望，只见那条通往礼堂的大路上，积雪已被打扫得干干净净，一棵高大的杨树下什么时候耸立起了一个又高又胖的雪人，足有丈把高，浑身白得耀眼，圆圆的脑袋上只有两只眼睛乌黑乌黑，好像是嵌上去的煤块儿；鼻子红通通地翘得老高，芩芩仔细看，发现原来是一根胡萝卜斜插在那儿。雪人四周围了不少看热闹的人，一个穿黑色短大衣的小伙子正站在一只木凳上给雪人安耳朵，耳朵大极了，好像是两块大白菜的菜帮，奄拉在那儿，人群中不时发出一阵又一阵哄笑……

"嘻嘻……"芩芩也忍不住笑了起来。她回头对费渊说："你看——"

费渊没动身子，侧过脸去朝玻璃窗外扫了一眼。他对那个模样可爱的雪人似乎毫无兴趣，却留意地盯住了那个穿黑大衣的小伙子，忽然，他急不可待地站起来，推开小窗户，冲着那群人大声喊道："曾储！曾储！"

那个穿黑大衣的小伙子正安装完了另一只耳朵，一边搓着手一边津津有味地欣赏着自己的杰作，听到叫声，仰起脸来。他看清是费渊，朝他挤挤眼睛，用手卷成一个喇叭筒，喊道："快下来吧，成天把自己关在那儿，快成机器人啦！来欣赏欣赏我的雪人怎么样？"

费渊皱了皱眉头。

"找你半天了。这屋暖气漏水，你快上来修修吧，要发大水啦。"

"一时半会儿发不了，放心好啦！"他嘻嘻哈哈地摇着手臂，"快下来呀，看我这雕塑系的业余学员合格不合格？"

"你最好去上建工学院的采暖专业……"费渊在嗓子眼里嘀咕了一声，"快上来，没工夫同你开玩笑……"

"急什么？把你的破帽子扔下一顶来，这雪人光脑袋没长头发，要冻感冒了……"他把双手叉在腰里，笑嘻嘻地喊。周围的人越发乐了。

"竟然有这种兴致，扫完雪还不过瘾……"费渊又嘀咕了一声，顺手抓起一个纸盒子朝外扔去。纸盒在空中悠悠飘落下去，被那人一把接住，三下两下把盒子撕开，卷成了一个圆圆的筒，不知用什么东西一系，变成了一顶帽子，像一面小鼓，扣在雪人的头顶上，雪人顿时变得神气十足。

"有这种兴致……"费渊叹了一口气，关上了窗子。

芩芩舍不得回头。她还在兴致勃勃地看着那个雪人翘翘的红鼻子。无论她怎么看，那个雪人总好像在亲切地冲着她乐，笑嘻嘻地咧着嘴。芩芩很喜欢它。她看见那个穿黑大衣的小伙子又往雪人手里塞了一把破笤帚，和大伙嘻嘻哈哈乐一阵，就很快走开了。他背起挂在树枝上的一只帆布工具袋，朝费渊住的这幢楼门口跑来。

"他们为什么没去铁路货场呢?"芩芩忽然问。

"大概是留校扫雪的那拨吧!"费渊心不在焉地回答。

门被咚地撞开了，一个粗壮的身影站在门口。"修暖气咪!"他拉开了声音喊，由于跑楼梯，急促而有些喘息。他发现了芩芩，便收敛了刚才那随随便便的样子，肩上的帆布口袋叮叮当当直响，走进来，直奔窗口去。

"哎，先报告你一个好消息。"他严肃地对费渊说，声音里却掩不住兴奋和喜悦，"猜猜吧——"

"不知道。"

"我刚才听物理系的同学说，不久前美国哥伦比亚大学的李政道博士来中国招考研究生，一下子就招去了四名呢，全是三十上下的年轻人，而且成绩都是名列前茅的。这说明中国人的智力绝不比外国人差，只要努力，我们完全可以超过他们！"

"我还以为是什么了不起的事呢！"费渊冷冷地打断他，摇了摇头，"又不是你考上，犯得着这么激动？"

"你……"曾储似乎想说什么，咽回去了，有点儿扫兴，"来，借光！"他朝费渊摆摆手，挪了一下桌子，从那帆布口袋里掏出一把扳子，就蹲在暖气片旁边检查起来。

"这几天活儿忙吗？"费渊双手叉在腋下，问道。

"冷热水循环，总是这样。还是忙点儿好，出全勤有奖金，加班有津贴……"

"当当——"他敲着暖气管，自言自语，"噢，得回去取点儿螺丝。"他很快站起来，敏捷地一跳，油黑的短大衣碰掉了桌上的一本书。他弯下身去捡书，忽然问："哎，老费，借到没有？"

"什么？"

"书哇，那本书。"

"嘀，不好借，等过几天再去问问。"费渊回答。

他点点头，轻轻地哼一支什么歌，拉开门走了出去。

"西班牙有个山谷叫雅拉玛，人民都在怀念它……"

他的嗓子不好听，但浑厚、低沉有力。芩芩觉得那歌子的曲调是朴实动人的……

五

"一个水暖工。"费渊有几分抱歉地对芩芩说，"他一会儿还来，没关系，咱们谈咱们的，不碍事。"

"水暖工？"芩芩大大地惊讶起来，"他管你借什么书呢？"芩芩凭着刚才楼下窗外看见他"雕塑"的雪人，在心里断定这个曾储是那种无论干啥活儿也会想出法子玩儿的小青工，还喜欢开一点儿不轻不重的玩笑，有时来点儿恶作剧，挖苦起人来准叫你不想再活下去。他这种人居然还借书吗？

"一本经济理论的专著。你以为水暖工就不学无术？也许恰恰相反。现在有许多默默无闻的人，很像被不识货的工匠剔下来的碧玉，掩埋在垃圾里，也许会与垃圾一起被倒掉。这种悲剧不是已经发生过不少了吗？刚才那个人，叫曾储，比我小一岁，是老高一的学生，一个很不走运的人。噢，他新近刚进业余大学日语班插班学习，因为是这个学院的工人，老师给说了好话，否则进不去，像你们，不都是托人找了关系吗？"

"真的？"芩芩问道。她怎么记不起来有这么个"同学"？

门又被撞响了。这回他好像为了表示礼貌，在门上咚咚地敲了两下。进了门，就把身上那件油腻腻的黑大衣脱下来扔在箱子上，一副要大干一场的架势。

芩芩留心地打量了他一眼。他的个子不高，结实而粗壮，两条胳膊好像充满了力气。长相很平常，小平头，四方脸，像一个普通工人，说不上有什么吸引人的地方。假如他走在街上的人群中，芩芩绝不会对他多看一眼，只是他的眼睛很灵活，有一种聪颖而热情的光泽，使人感到亲切。他穿着一件干净的蓝工作服，胸前竟然别着一枚金色的小鹿纪念章。小鹿的造型很美，撒开四蹄在奔跑……他似乎比他的实际年龄显得小些，内心的自爱又同他外表的随和那么不相称，这种不谐调使芩芩觉得似曾相识，她莫非在哪儿见过他吗？但绝不是在教室里……

她望着他的背影苦苦思索，啊，记忆这个爱和人捉迷藏的顽童，可算是让人捉住了。是的，就是他，一点儿没错。夏天时在江畔餐厅的柜台前，在一片嬉笑声中……

那是一个炎热的下午，江堤的柳树都热得无精打采，江滩上的沙粒烫得灼人。她和傅云祥骑车路过斯大林公园，傅云祥提议去喝汽水，芩芩懒洋洋地跟他走进了江畔餐厅。那俄罗斯式的带有彩雕、十字架和大露台的木房子，在远处望起来像一个美好的童话故事，而走近了却是一只盛着烟蒂和酒瓶的木箱。餐厅里人很挤，喧闹而混乱，芩芩只好站在离柜台不远的地方，用细细的吸管慢吞吞喝着汽水。"哎，你瞧……"忽然傅云祥推推她。"什么？""瞧那个人！"——柜台边上正挤进来一个小伙子，抱着一大堆汽水瓶子，看样子是要退瓶，可是服务员正忙着，他喊了好几声服务员也不理睬他。柜台上有一只带方格的木箱，退了的空瓶子，是要插在那儿端走的。他看了看那木箱，便把怀里的一大堆汽水瓶，一个个地插到那空格里去。

"瞧他，多蠢！"傅云祥挤了挤眼睛，吸了一大口果汁，舒舒服服地叹了口气，"他把汽水瓶都插到木格子里去了，那木格里还有别的瓶子，一会儿，你瞧他还能讲得清楚吗？"

没等芩芩弄明白傅云祥的意思，一阵尖尖的叫喊声从柜台里飞出来了："你说你拿来十二个，谁见着了？哪儿呢？""我不是告诉你，我已经把它们放在木格子里了。"那人低声说。"放在木格子里？那谁知你放了几个呀？十二个？我兴许还说二十个呢！""你——"他顿时愤然涨红了脸，结结巴巴说："我明明放了十二个，你不相信？"他回头看了看周围，似乎想找个证人，却又把话咽回去了。"你……我宁可不要你的钱，可你得把话说清楚了！"他不像要吵架的样子，却也不让人。"清楚？你自个儿心里最清楚！"戴着白三角头巾的服务员咄咄逼人，眼看一场

"人造"的暴风雨就要降临，四周顿时围上来一帮终日无事、专看热闹的人。"得得得——"傅云祥扔了吸管，把手里的汽水瓶一撂，拨开人群走进去，"别吵啦别吵啦，这位大姐服务态度顶优秀，一个瓶一个坑不含糊，赶明儿奖金可跑不了啦！来，我给他当个证人，十二瓶，一个不多一个不少，不信我帮你数数！你要乐意把奖金分我一半儿！"他嬉皮笑脸地把那木箱子摇得哗啦哗啦响。"谁要你数！"女服务员瞪他一眼。"要不这十二个瓶子算我的，豁出来才块把钱，回头盘货清账多了再给我打电话！"他装模作样地把两块钱递过去。女服务员禁不住扑哧一声笑了："快走吧，摊上你这号痞子，哼！"傅云祥推了一把那个发呆的小伙子，挤出了人群，高声对他说："往后可记着点儿，别这么傻气了！你好心好意帮她放好，她还信不着你呢，人哪！"他感慨地摇摇头，得意地朝芩芩飞了一眼，意思是说："瞧我的，怎么样？"

那个人一句话没说，不好意思地朝傅云祥点了点头，走开去，头也没回。芩芩只记得他黑黑的皮肤，一双眼睛不大，但很亮。对了，衬衫上就别着这么一只飞跑的小鹿。当然是他，一点儿没错。从外表看，他脸上有一种深思的神情，可惜连汽水瓶怎么退都不知道，这种人现在可是实在不多……

"老费，最近你注意报纸杂志上发表的那些关于经济改革的文章了吗？"他蹲在一边忙碌着，忽然问道。

"嗯？"费渊漫不经心地答应了一句，"说什么？"就这么一会儿工夫，他又埋头到他的字典里去了。

"我在一篇论文里看到一段话，觉得很有道理。它说今天的中国很像一个大实验室，开始被允许进行各种试验。这种试验也许成功，也许会失败；也许会发现新的元素，也许有爆炸的危险，但它的意义在于我们已经打破了原先僵化的硬壳，什么困难也不能阻拦我们了。联系马克思的《资本论》第二卷……"

"又是《资本论》!"费渊合上了他的字典，用一种教训的口吻说，"我告诉你多少次了，不要再去做这种徒劳无益的蠢事。什么企业经营管理方式，什么经济体制改革，这同你的切身利益有多大关系？啃着冷窝头，背着铺盖，搞什么社会调查；饿着肚子，冒着风险办什么业余经济研究小组，有多少人关心你？过多少年才见效？而你现在迫切需要的是吃饭！是工作！是不再干这个又脏又累的水暖工！如果你狠下心学日语，两年后翻译出一本书，或许就会有哪个研究所聘请你去当助理研究员；你不愿翻译书，可以考研究生，你干什么不行？偏偏要研究什么《资本论》……"

芩芩惊讶费渊竟然一口气说了那么多话，看来如果不是因为非说不可或是憋了好久，他不会这么激动。当然，他就是激动的时候也是面不改色的。而那个水暖工，叫什么来着，啊，曾储，怪咬嘴的名字。他却像夏天在江畔餐厅退汽水瓶那样一声不吭，哎，总算是回头宽容地笑了笑。

"好一个科学救国派，假如不是你的头发乌黑，我真要把你当成一个八十岁的老头儿了。"他说话的口气很随便，带一点儿幽默，"现在我们干部队伍的年龄老化，青年的心理状态老化，可我们的共和国却这么年轻。我们目前的经济状况，好像一个人患了高血压，可同时又贫血；或者是营养不良，同时又肠梗阻，看起来很矛盾。"他背对着芩芩拧着螺丝。"所以，我总是认为，长期以来，经济建设中'左'的错误一直没有得到纠正，仅仅变革经济结构是不能从根本上解决问题的，还得从政治体制的改革入手……"

"不谈不谈，咱们不谈政治好不好？"费渊飞快地看了芩芩一眼，"我烦透了，政治，一提政治我就条件反射，神经过敏。我所感兴趣的是今天这个时代必然要产生的一种崭新的人生观！一种真正的自我发现，对'人'的价值和地位的重新认识。"他开始滔滔不绝地讲述，"意大利的文艺复兴运动，大胆地肯定了人的自然本性；人文主义者勇敢地宣告：人为什么要追求幸福呢，这是由人的与生俱来的本性所决定的，本性的力量是不可抗拒的。同样，欧洲十八世纪的资产阶级启蒙运动，则提出了良好的社会环境是保障个人幸福的前提。卢梭深刻地阐明了'人是生而自由的，但却无往而不在枷锁之中'的法则，法国大革命提出了'自由、平等、博爱'的口号。俄国的民主运动，也充分肯定了利己主义是'每一个人行为的唯一动机'，就是车尔尼雪夫斯基，也提出过'合理的利己主义原则'。近代史上这些围绕人生意义的大论战，使人加深了对自我的认识，而这些宝贵的思想遗产，却被我们用筛子统统筛掉了。"

　　"是的，今天的人们之所以重新思索人生的意义，就是因为这些年来人的正常欲望和追求受到了压抑。可你不要忘了，别林斯基也说过这样的话：'社会性，社会性——或者死亡！这就是我的信条！'"曾储不慌不忙地站起来说道，"个人必须依赖社会而生存，马克思主义认为，人的本质是社会关系的总和，人的价值的实现和人的全面发展，有赖于社会经济发展的水平，有赖于人们对私有观念的摆脱。所以，我认为对人生的思索必将引起更多的人对社会的思索。嗬，给我一个盆！"

　　芩芩顺手把床底下的一个脸盆递给了他，她的神情有点儿恍惚。他们的话，她不能够全部听懂。与其说她是在努力判断他们争辩的问题正确与否，不如说她在用心地揣摩他们两人之间的不同。他们都很有头脑，雄辩。可是……

曾储打开了暖气开关，从里头流出浑浊生锈的黄水，放了满满一脸盆，他端出去倒掉了。

"我不会同意你这种陈词滥调的。"费渊冷笑了一声，"如果十年前，我也许比你还要虔诚几倍。我曾经狂热地崇拜什么'狠斗私字一闪念'之类的口号，结果怎么样？社会残酷无情地抛弃了我，如果不是由于我自己的发奋努力，什么人会来改变我的命运呢？自私是一个广义的哲学概念，是动物的一种本能，没有这种自私，社会就不能发展。所以我的自私完全是自觉的，利己并没有什么不好，我是不损人的利己，比那些损人者岂不高尚得多了……"

曾储套上了他的油脂麻花的黑大衣，擦着手说："不过你应当明白，如果没有这四年来整个社会的变化，你是不可能在这儿发表这套宏论的。每个人都不是一座孤岛，而是大陆即社会整体的一部分，如果每个人都仅仅只追求个人的幸福，其结果就是谁也得不到幸福。对人生哲理的探求会促使人们懂得必须努力地去改变自己的生活环境……"

"真可悲！"费渊摇了摇头，"像你这样的处境，这样的社会存在，居然还抱这样的生活态度！想必你是没有吃过太大的苦。假如你有过与我类似的遭遇，你就不会说这种蠢话了。我相信你再碰几个钉子，就会改变你的信念的。"

"信念？"曾储裹了裹身上的黑大衣，低声说。他的神情那么庄严，好像面对着一座女神的雕塑。"信念……"他又重复说，"真的信念，怕是不易改变的……"那口气，真像生怕碰坏了一件什么无比美妙的东西。

"然而我对这一切早已淡漠了。我的心宁静得像月球的表面，没有风也没有涟漪……"费渊耸了耸肩膀。

"啪——"一个扣子从曾储的大衣上掉下来，他捡起扣子，在手里摆弄着："当然，对一颗变冷的心来说，一切都没有意义。但是，有没有办法使它不褪色，不变冷呢？……"

"我帮你钉上吧！"芩芩轻声说。她忽然觉得这个水暖工怪令人同情。她若不帮他钉，那个扣子或许出了门就找不到了，而他却要在寒风中东奔西跑地修理暖气。他们交谈、争论的时候，似乎根本就忘了她的存在。是呀，她对于他们算得了什么呢？无论是"自我"，还是"社会性"，她都没法子插得进嘴。她只是非常愿意帮他们做一点儿事，也许她心里会舒坦一些……

"有针吗？"她问费渊。

"不用了！"曾储客气地拒绝道，"我自己会钉，真的，不是吹牛，我还会做衣服呢，翻领大衣，喇叭腿裤，西装裙，小孩儿围嘴袋……不信吗？"

他笑了一笑，脸上又浮现了一种天真的稚气，同他刚才那严肃的争辩很有些不协调。他走到门口，回头对费渊说："哎，听说兆麟公园今年的冰灯不错，有一只天鹅……"

"嗯。"费渊也报之以淡淡一笑。不过芩芩似乎觉得他根本没有听见。他的心里那么冷漠、淡泊，既没有浪花，也没有波涛，没有光，也没有热，好似一片荒凉的沙洲，无法摆脱那无形的寂寞感；又有如一颗遥远的星星，惨然地微笑，孤零零地悄悄逝去在夜空里……

走廊里传来了曾储哼哼呀呀的歌声："西班牙有个山谷叫雅

拉玛……"歌声远去了，房间里又恢复了寂静，芩芩似乎听见了自己腕上的秒针声。

"……他如果有过我这样的遭遇，他就不会像现在这样想了……"费渊叹了一口气。他望着自己床头的那两张照片，很久没有说话。

"芩芩……"他忽然叫了一声，声音很轻，似乎有一点儿颤抖。这样轻的声音却足以使芩芩的心爆炸——她吓了一跳，鼻尖上冒出了汗珠。

"我知道，你很单纯。"他默默地看着她，芩芩看不清他镜片后面的眼睛，但知道他的目光正追踪着她脸上的每一个细微的表情，"你很单纯……可是，她却走了……"

"她是谁?"芩芩问。虽然她明明知道那是谁。

"一九七七年春天，她回南方了。扔下了我，一个人走了……"他垂下了头，"那时候我才真正明白，人是虚伪、丑恶的，我看透了，彻底看透了。个人的利益是世界的基础和柱石……可是你，噢，你这个小女孩儿，似乎倒还保留了人的一点儿善良的天性呢……"他自言自语。

"不，不……"芩芩紧紧揪住了自己的围巾，心慌意乱地在手里搅动。她怎么是单纯的呢? 她，一个快要结婚的女子，竟然主动跑来找他，同一个陌生的男子坐在一起交谈这么久，她怎么还会是单纯的呢? 按照他的逻辑，她应该是世界上第一号虚伪、丑恶的人了。她突然觉得脸红、惭愧，恨不得钻到床底下去。她想哭。"不……"她喃喃地说。

"你不要分辩了。"他说。他说话总似乎有那么一点儿旁若无人。"从我见你的第一个傍晚我就发现了，你当然不是在研究玻璃，我怎么会不知道，你是在看玻璃上的冰凌花。在这人心被毁坏得太多的当今世界上，还会有什么人欣赏那圣洁而又虚幻的冰凌花呢？可是你在看它，在叹息它的纯洁，由于它，你感慨自己内心的孤独……"

他的声音很轻，像雪花；很软，像新鲜的雪地。芩芩的心颤抖了。她真想哭，扑到他的怀里哭。孤独，只有他知道她孤独、寂寞。身处人群之中，表面看起来浑然一体，然而内心却格格不入，好像玻璃对于水，又好像石棉置于火……只有他看透了她的心思，理解她的苦闷，也许他是一个真正懂得她的人呢。可是他的声音为什么没有一丝热气，像冷僵了的积雪，沙沙作响，搓着她的心，使人隐隐作痛。她觉得浑身发冷，抬起头来，看见了玻璃窗上的冰凌花——啊，你又来了，你怎么跑到这儿来了呢？莫非你是这阴冷的大学生宿舍的常客？

多美呀，芩芩禁不住又在心里惊叹不已。虽是下午，它却恍如一片晨光曙色，在那银色的东方，飘舞着无数的纱裙。那一层突起的霜花，难道不是舅舅大皮帽上的白绒毛吗？

"你见过北极光吗？"她突然问。问得这么唐突，这么文不对题，连她自己也觉得有点儿莫名其妙。

他看着她，没有回答。芩芩心跳了。她怕他说出她不希望听到的话来。

"那么……你，知道北极光吗？"

他点了点头。

"你，喜欢它吗？"又是一句没头没脑的话。没见过的东西，谈得上什么喜欢不喜欢呢？不，芩芩不是这个意思。她只不过是想知道，他会不会像傅云祥那样，除了菩萨的灵光以外……当然，他不会。他会说……

"极光是高纬度地带晴夜天空常见的一种辉煌闪烁的光弧或光带，"他终于开了口，口气像芩芩中学时代那个严厉的物理教师，"也是太阳带电的微粒发射到地球磁场的势力范围，受到地球磁场的影响，激发了地球高层空气质粒而造成的发光现象。明白了吗？它只是通常在高纬度地带出现，北纬部分就叫北极光。"

"不！"芩芩忍不住说，"在我国东北和新疆一带也曾经出现过，那是太阳黑子活动频繁的岁月。我舅舅……"还说什么呢？舅舅同他有什么关系？

"出现过？也许吧，就算是出现过，那只是极其偶然的现象。"他掏出一把精致的旅行剪开始剪指甲，"可你为什么要对它感兴趣？北极光，也许很美，很动人，但是我们谁能见到它呢？就算它是环绕在我们头顶，烟囱照样喷吐黑烟，农民照样面对黄土……不要再去相信地球上会有什么理想的圣光，我就什么都不相信……嗬，你怎么啦？"

芩芩用一只手捂住了自己的眼睛。她觉得眼睛很酸、很疼，好像再看他一眼，他就会走样、变形，变成不是原来她想象中的他了。她觉得自己的身子在下沉，心在下沉，沉到谁也看不见的地方去。那是一口漆黑的古井，好像芩芩小时候读的童话《拇指姑娘》里的那条地道，地道通向那只快要做新郎的肥胖的黑老鼠洞穴。她为什么那么失望？北极光本来就是罕见的，偶然的，它再美，同她和他们的生活又有什么直接的关系呢？它的存在与否又有什么具体的意义呢？费渊，他也只不过是说了一句实话罢了，比傅云祥说得"高级"一点儿，看得更"透"一点儿。有什么可失望的呢？你不是来补课的吗？问什么北极光……

她解开书包，取出了日语讲义，把书页翻得哗哗响，像一个顶谦虚的小学生一样认真地说："嗬，浪费你不少时间了，言归正传吧。我现在最困难的是日语语法……"

他很快从桌上那一堆书中找出一本精装的小册子，放在她面前，似乎随意地说："拿去看吧……另外，以后你如果有空，可以常来找我……愿意吗？我，啊……同你一样，也常常感到孤独……"

夕阳从积满霜花的玻璃窗上透过来，没有几丝暖意。芩芩发着愣，一遍又一遍地辨认着他床边上隐约可见的诗句，她仍然不明白费渊为什么偏偏喜欢这两句：

> 我要唱的歌，直到今天还没有唱出，我每天都在乐
> 器上调理弦索。

六

黑夜过去，白天又来临。芩芩每撕下一张日历，就像囚禁自己的那面高墙又加厚了一层。婚期越是迫近，这种痛苦的心情越是强烈……芩芩以前是最盼望过年的，可现在，她巴不得这些日历原封不动地留在那儿。

下过一场大雪，白雪很快就被行人的脚底踩脏了。街道是灰黑色的，溜光溜滑，时时有自行车无缘无故地栽倒，把人摔出去老远。大卡车开过，扬起一阵灰色的雪沫，像工地上没有保管好的水泥。只有屋顶是白的，行人的脚印够不着那儿，也没有人想去冒这个险。芩芩以前总盼望春天融雪的日子早些到来，厂团委组织青工去太阳岛踏青，在树林子里喝啤酒，吃夹肉面包，唱歌，拉手风琴。那是一年里最快活的日子。可是现在她却希望天

天下雪，似乎下雪能使冬天无限期地延长，阻拦那个可怕的日子来临。

"又是一个星期过去了……"芩芩早上醒来，望着窗台上一盆凋谢的木菊，闷闷不乐地想到，"四十七天，还剩下四十七天了……""芩芩，今儿是星期天，试试云祥替你送来的驼毛棉袄……"妈妈在厨房里喊道。试试就试试吧，横竖早晚是要穿的。"哐啷——"什么东西掉在地上，打得粉碎。是傅云祥去年在她生日那天送给她的一只保温杯。她默默捡着碎片，并不觉得怎么心疼，不过这似乎不是一个好兆头。"你到底是怎么啦？一天到晚丢了魂似的……"妈妈越发高声地大叫起来，"不知中了什么邪魔，一天到晚像谁欠了你多少账似的……傅云祥哪点儿不配你？念个什么业大，眼里倒没人家了……"

"别说了好不好？"芩芩猛地关上了房门。你知道什么呀，妈妈，你哪怕懂得我一丁点儿心思，我也会原原本本讲给你听。三十几年前一顶花轿把你抬到爸爸那儿，你一生就这么过来，生儿育女，平平安安，连人家西双版纳密林中的傣族男女还"丢包"自由恋爱呢，你却除了我的父亲再没有接触过别的男人。可悲的是你以为孩子们也可以像你们那样生活，除了一个美满的家庭外再别无所求。"你有什么痛苦？"爸爸常常这样对她嚷嚷，好心的父母们往往就这样固守着他们自以为幸福的人生模式，亲手造出旧时代悲剧的复制品，然后煞有介事地指责年轻人不安分守己，无事生非。穿梭在山谷平原使柳条发轫的春风为什么这么难把他们的心吹醒呢？如今有不少这样的家庭，两代人之间难以互相理解。他们之间除了知识的悬殊以外，还有时间的鸿沟和对人生意义认识上的差异。芩芩并不认为在这种鸿沟中总是年长的一辈不对，不是也有些父母要比自己的孩子们心境更乐观明朗、更加富有生命力吗？但是芩芩的父母不是这样，她所接触的家庭也大多不是这样。假如她有一个姐姐可以倾诉心事，或许就不会这么痛苦了。可是她没有姐姐。她有同厂的好友，他们都盼望快点儿吃芩芩和傅云祥的喜糖，芩芩还能同他们说什么呢？厂门口的海报倒是三天两头地更换，不是乒乓球赛就是某某艺术院校和剧团招生，再不就是工会组织参观画展、听一个市里的文学讲座或是诗歌朗诵会。有一次厂团委还请了一个省青年突击手来做报告。这一切比起前几年来，当然丰富多彩，足以填补青工业余时间的二分之一，可剩下的那二分之一呢？芩芩还是觉得不满足。这一切活动对于她来说，都有点儿像暗夜里隔着一条河对岸的火光，可望而不可即；也像对面山头垂挂的一道晶亮的瀑布，远水解不了近渴。她的苦闷，既连自己也难以分辨，又能向谁去诉说呢？

她从小说里看到二十世纪五十年代初期的青年人那种单纯、真诚和无私，奋不顾身地献身于自己的理想，既果决无畏，又乐观执着。他们是幸福的。可是后来呢？这种幸福就不断地渗入了痛苦，到了二十世纪六十年代后期，这种痛苦就几乎把幸福整个儿淹没了。也许就是因为看到他们这种痛苦的由来，芩芩不能完全接受他们对人生的看法。她觉得在他们身上美中不足总还缺少一点儿什么。如果不加以补充改造，她不想回到他们那儿去。她常常问自己，三十年过去了，那种气质和精神，在今天的社会里是否还有它的位置呢？芩芩是相信有的，可她的朋友们却很少有人相信。傅云祥嘛，则是连想也不屑想这些事。"你干吗老要自寻烦恼？"他一百个不理解芩芩为什么要提这种问题。碰了几次壁，芩芩不再和他"讨论"了。只是那一天天冷却的心，却仍然在渴望找到一种能使自己振奋的激素。芩芩知道在小说里把这种激素叫作时代性。可是二十世纪八十年代的时代性又是什么呢？她多么希望能有一个人与她一起探讨这些人生的奥秘呀……

芩芩只有一个在农场认识的大姐，她是老高三的北京知识青年，如今已回了北京。她在农场时就对芩芩说过这样的话："没有爱情的人生是不完整的，而爱情就是在对象中找到'自我'，是对自己的一种更高的要求、更好的向往和归宿。建立家庭是容易的，而爱，却是难以寻觅的，因此，它又是无限的。"这段话，芩芩背得滚瓜烂熟，可是在生活中却是如此难以付诸实践。她一次也没有在对象中找到过"自我"，她甚至不知道，这个"自我"到底是什么。反正她和傅云祥谈不到一块儿去，傅云祥也绝不是"对自己的一种更高的要求、更好的向往"。可是，偏偏她就要"归宿"到傅云祥那儿去了，还剩下四十几天。日历再翻下去，过了冬至，黑夜又会缩短，一切都已无可挽回，她还傻想些什么呢，傅云祥已催过她好几次去照结婚照了，再拖，也拖不过去了。二十五岁的她，还没有爱过什么人，是因为没有碰到呢，还是因为世界上根本没有这个人？芩芩不知道。但反正是没有爱过，没有……

这一周中芩芩再没有去找费渊，日语问题倒是有一大堆，可是不知为什么，她总没有下决心到那阴森森的地下室去找他。从内心来说，她仍然是钦佩他的。钦佩他思想的敏锐和分析问题严密的逻辑性。在她那常常感到寂寞干涸的心田里，不时地涌上来一种强烈的渴望，渴望与人交谈，渴望一个人，一个无论什么样的人对她的理解。她和他交谈，除了日语以外，当然还要谈生活，谈谈各自对生活的态度。但这实在是太不可能了。芩芩难道还能对他去诉说自己的苦恼吗？他会怎么想？何况，他不喜欢北极光，不喜欢浪费时间闲聊天，他把自己看得那么重要，仿佛自己就是社会的轴心。芩芩能对他说什么别的呢？再说一周请他辅导一次日语，要是让傅云祥知道的话，也够惹起一场不大不小的风波了……

芩芩胡思乱想着，咽了几口早饭，匆匆背上书包，赶去业大上课。"那衣服倒是合身不合身哪？"妈妈追出来，"云祥一会儿来取，说不合身让裁缝再改改。"

"不合身！哪儿都不合身！"芩芩在楼梯下没好气地喊。其实她根本就忘了试。

星期天车挤，路上耽搁了好一会儿。芩芩刚进校门，就听到了铃声。她气喘吁吁地朝二楼跑去，差点儿撞在一个人身上，定睛一看，竟是曾储，十几天前在费渊那儿遇到过的水暖工。他仍然穿着那件油腻腻的黑大衣，像小学生似的斜背着一只洗得发白的帆布书包。芩芩忽然想起来，班上确实有这么一个人的，他每次来上课，总喜欢这样背书包，书包带套在脖子上，一进教室，径自走到最后一排去。这会儿他正和一个推自行车的人不知争着什么，面红耳赤，瞪大着眼珠，一只手紧紧拽着自己的书包带。

"向你们反映过多少次了，学生宿舍四楼的暖气不热，半夜毛巾都冻冰……"

"我知道了，回头告诉锅炉房多烧点儿！"那人踩着自行车的脚蹬子，慢条斯理地回答。

"没用！不是锅炉房的事，是暖气管道循环路线的问题，过冬前我就提过建议，非改线不可，从上往下送……"

"技术问题以后再谈，我还有事。你别又没完没了。"那人用一种熟人兼长辈的宽厚体谅的口吻说，跳上了车。

"我叫你走！"曾储一把拉住了车子后面的书包架，骑车人没留神，车子一歪，啪地摔倒了。

"这小子……"那人笑起来，一边掸着身上的雪一边骂道，"真有点儿蘑菇劲儿。你这水暖工，管得真宽，改线起码得明年，你急也没用！"

芩芩已经走出去老远了，听到身后传来曾储的嚷嚷声："我知道你们这些人的毛病，明年的事现在提都晚啦，起码要做'五年计划'。到那时候这批大学生早冻成冰棍啦，不信你上四楼去住一宿试试！"

芩芩放慢了脚步。

他那天堆雪人时高兴得像个孩子，刚才倒这么认真起来，这人真有点儿意思，干什么事都这么有兴致……芩芩心想。她听到身后追上来一阵脚步声，擦过她身边，大步跳上楼梯去了。等她走进教室，他已经坐在那儿记笔记了。

今天是怎么啦？芩芩问自己。她有一点儿心不在焉……斜背的书包带，工作服上跃跃欲试的小鹿，剃得短短的小平头……每次下课他总是最先走，一下楼就消失得无影无踪……这一周中芩芩都想找机会同他说话，可他好像仍然不认识她。是故意装的还是腼腆不好意思？他是个小工人，何必摆这么大架子？干吗非同他说话？不过他读《资本论》，学日语；他讲"信念"两个字时，表情那么庄严神圣。他究竟是个什么样的人呢？费渊说他是个最倒霉的人，为什么？表面上可看不出他有什么愁苦。他的眼睛很有神，有光彩。他不爱说话，可开口说话，一定引人发笑，一定风趣，叫人忘记了烦恼……有一天大清早，汽车开过图书馆，芩芩看见他背着书包在雪地里跺脚，好像是等着图书馆开门……

"下课啦！还不走？"有人推推她。是苏娜，芩芩的同桌。她今天更漂亮了，驼色的长毛绒大衣，领口露出闪光涤棉夹袄的琵琶扣。

"今天我们去拜访歌剧院的一个演员。"她很带一点儿骄傲的口气对芩芩说，一只手摸着自己的鬌发，"跟我们去吗？她很快就要出国了，是眼下全城最红的新星！好多好多人都想认识她呢，她可不是随便让人见的！"

芩芩摇了摇头。

"你呀，真是的！"苏娜娇嗔地耸了耸鼻子，"你真不会生活！今天这个时代为我们打开了社交的广阔天地，每个人都可以从中找到自己生活的乐趣。我最崇拜名人，各种各样的名人，我认识他们中的许多人，你想认识吗？"

对于这位好心肠的女友的热心，芩芩只是报之以淡淡的一笑。她也想认识好多好多的人，周围的生活实在是太闭塞了。不过她不一定要认识什么名人，而是……是什么呢？

"拜拜！"苏娜对她招招手，就要走下楼梯去。

"哎！"芩芩忽然喊住她。她赶上两步，有一点儿气喘，结结巴巴地问："那，那你认识他吗？"

"谁？"

"那个水暖工，曾储……就是那个爱斜背书包的……"

"噢，他呀，"苏娜恍然大悟，显出一副无所不知的神情，忽又轻蔑地撇了撇嘴，"你问他干啥？"

"不，不干啥……问问……"

苏娜把脸贴近她的耳朵，芩芩只觉得扑过来一阵浓郁的异香，接着是一阵窸窸窣窣的耳语："别提啦，进过笆篱子，一年零三个月，前年才放出来。我都调查得一清二楚。起先我还以为那傲劲，他爹一定是个大官，屁！连个亲妈都没有，后娘养大的，现在自个儿分户单过啦，一个小破房，连口热饭都吃不上。他原来那厂子里的人都说他傻得邪乎，得罪了厂里那些当官的，放着好好的仓库保管员不干，被赶到这儿来当水暖工……"

"你说什么？"芩芩扶住了楼梯的栏杆。她的脸色顿时变得苍白。她觉得自己的心在隐隐作痛。"真的吗？"她问道，声音是那么无力。

"有一句瞎话，算我苏娜白认识那么些人。谁不知道我的情报最可靠。"她指天戳地地发誓，越发地来了劲，"你可听清了呀，他是七七年一月被——"她做了一个铐起来的手势。"你想想，都打倒'四人帮'以后啦，问题该有多么严重。听说同什么天安门事件啦，反个人迷信啦有关系，一大堆罪名呢。进去了，还不安生，也不知偷偷写了什么，又铐了两个星期反背铐。"

芩芩紧紧闭上了眼睛。反背铐？一定很疼啊。

"还有意思呢，有一天放风，也不知从哪儿挖来一棵野草，种在一个破瓶子里，放在自己窗台上，用刷牙水浇它。过几天那小草死了，他就哇哇地在号子里大哭，说他不该把那草挖回来。多好玩，为了一棵草哭，值得吗？关了一年零三个月，说是政治问题，其实是那个单位的领导打击报复。听他们厂的人说，他进厂当仓库保管员不久，就揭发了厂领导把好机器当报废机器卖，得利分红的事，那些头头都是些弄虚作假乌七八糟的玩意儿，上头还有人护着。他斗了两年，斗输了，差点儿连工作都丢了，你说傻不傻？去年倒是平反了，可那厂子的头儿，是个'不倒翁'，照样稳坐钓鱼台，他还不是自认倒霉。人看样儿心肠倒挺好，就是满脑子转些奇怪的念头，表面上还看不出来……"

"那你……"芩芩不禁对苏娜那么详细地了解曾储的情况觉得奇怪。

"你问我咋知道的呀？"苏娜倒是反应灵敏，"我的一个邻居小孩儿，嘿，怕也就是顺手牵个羊什么的呗，同他在一起关过。他先出来，到这孩子家来看过他妈，他妈瘫在床上，真够可怜的。他给人家送钱，人家到现在还常念叨他。那孩子出来以后，也不知怎么的就改邪归正了……哟，快十二点了，我该走啦！"她忽然叫起来，高高地抬起手腕看表。

"等等，"芩芩跑了两步跟上去，"你不知道他，难道……难道……"

"难道啥？倒是说呀！"

"难道……"芩芩忽地涨红了脸，"他就没有一个亲人什么的……"

"亲人？"苏娜扬了扬眉毛，嫣然一笑，"怎么没有？三十好几的人了，没有亲妈还有女朋友呢。"

芩芩咬住了嘴唇，垂下眼皮望着脚下光亮的格子水磨石地，小小的黑皮包从背上一直滑下来了，她却没有觉察。

"你呀！"苏娜重重地拍了一下她的肩膀，"真死心眼儿，他蹲笆篱子那年，对象就同他黄了。他攒了四五年的工资，打了一套家具，就快结婚了，嗬，铐走了，等他回来——人家早和别人生下一个胖孩儿了，一分钱也没有给他！世上的事就这么惨。什么爱情不爱情，我早就看得透透的了。趁早甭要什么爱情，结婚就是结婚，情人就是情人，两码事！噢，对不起，我走了……爱情，哼！"

　　她摇了摇那一头起伏的波浪，高跟鞋清脆响亮的声音传遍了整个楼道。忽然，她又想起什么似的走回来，对正在发愣的芩芩挤了挤眼睛，笑嘻嘻地说："哎，你有爱情没有？"

　　芩芩眼泪汪汪地晃了晃头。

　　"就是嘛，啥爱情不爱情，还不如爱自个儿。我给你打个比方，我是个幼儿园阿姨，你猜我们那些小嘎子说啥：'电影老讲爱情，爱情就是当妈妈。'另一个说：'不对，爱情就是爸爸和妈妈。'还有一个表示不同意，说：'爱情就是打离婚！'逗死个人了，才四五岁，就知道爱情。不过他们说得一点儿不差，就是这么回事。你别死心眼儿了，有啥不痛快的事，还是跟我去开开心吧！"

　　她说着亲亲热热地拽住芩芩，一边咯咯笑着。

　　芩芩闪开了身子。她笑不出来。她想哭。她总是想哭。即使在充满狂欢气氛的舞会上，她也想哭。她不是已经无数次地体验过这种心的孤独和寂寞吗？欢乐谁都可以找得到，哪怕去捉弄一个最可怜的人，也足可以大笑一顿了。欢乐，为寻欢作乐而抛洒的热情，有多少值得回味的价值呢？欢乐过去了从不留下痕迹，而痛苦，忧伤，为自己、为不幸的他人而流下的苦涩的泪水，却在心灵上刻下一道道深重的创伤。啊，坦诚而又虚荣的苏娜，叫我对你说什么呢？无非是一个高级小市民，"高雅"的庸俗，庸俗的"高雅"……

　　苏娜撇了撇嘴，飞跑下楼去了。

　　芩芩依然怔在那里。为苏娜刚才信口开河说出关于曾储的故事，她惊骇而茫然。她真希望那都是苏娜信口诌出来的，但是不会，她心里知道不会。那一切都是真实的。她把心目中曾储模糊的影子同苏娜为她勾勒的轮廓叠在一起，它们是重合的。是的，那就是曾储。他忽然变得清晰了，依然同她第一次见他那样，虽不是风度翩翩，但是很实在。只是那乌亮的眼睛里添了一点儿忧郁和悲愁。他比费渊所说的还要不幸得多，比芩芩想象的还要艰难……

她把围巾搭在肩上，一步一步走下楼梯来。

可是他却还哼着歌，无忧无虑地梆梆敲暖气管，关心什么经济体制，关心兆麟公园冰灯会上有一只天鹅，那是连她也没顾上去看的……

他关在那黑暗的囚室里是什么样子？那小窗上有一棵绿色的小草，凭小草就可以辨别出他的窗子。如果是一只小鸟，不，只要那时候她认识他，她会去送饭……

"你好！"恍恍惚惚地听到有人叫她。

她站住了，揉揉眼睛。她希望看到一只飞奔的小鹿的纪念章，或是斜背的书包带……啊，不是，是他，费渊，闪闪的镜片，秀气的脸庞缩在一件深灰色的呢大衣领子里。

"你好。"她含含糊糊地同他打了一个招呼，好像还没有从刚才的情绪里摆脱出来。

"这些天，没去我那儿吗？"他轻声说，竭力显得若无其事和漫不经心。但芩芩明白他绝不会平白无故出现在这里。

"没去……没……"芩芩还是不会撒谎。

"这一周的课，还好懂吗？"

"还好懂。"

"那本书，你看了吗？"

"看着呢，挺有用……啊，该不是你要用吧？"芩芩才转过弯来。

"不不不，不是这个意思。我用不着，那些我早就学过了，你留着用好了。"他连连摇手，一边从衣袋里掏出一只白色的长信封来，在芩芩面前晃了一晃。芩芩看见了上面的日文和五颜六色的外国邮票。

"顺便告诉你一件事，也想听听你的意见。"

"听我的意见？"芩芩大大地吃惊了。

"是这样，我舅舅是东京一家大公司聘请的高级工程师，他愿意资助我去日本自费留学，手续很快就可以办好。"

"真的？"芩芩很高兴。她每每听到别人的好事，总是由衷地为别人感到高兴。

"可是我在想……"他把手背在身后，在原地踱了几步，"我去呢，还是不去呢……"他偏过头看了芩芩一眼。"当然，我去了是要回来的……我说过，我虽然不是一个共产主义者，却是爱国的……"

"当然要回来啦！"芩芩爽直地说，"不回来，在那儿干什么？"

"我在想，也许等一两年大学毕业了再去为好……更好些……"他在芩芩面前站住了，"竟没有一个人可以商量……你说呢？"

"我……"芩芩心慌起来，"我，不知道……"她低下头去，手指绞着自己的围巾角。那角上有一个漂亮的商标，竟然是一只小鹿。她以前怎么没发现？小鹿欢乐地奔跑着，在密密的大森林里，在青青的草地上，跃过横倒的枯木、树墩、荆棘，跳过湍急的溪涧。她多想跟小鹿一块儿飞跑哇。当然不是在那太平洋西岸窄小的岛国上，而是在她熟悉的松花江两岸辽阔的平原上……

"你说呢？"他又问了一遍，显得焦躁不安。

"我，我不知道，真的，不知道……"她勉强笑了笑。他干吗要来问她？毕业了再去，是为了学历吗？她不太懂。不懂的事要她怎么发表意见呢？当然，她还应该说一句什么，否则就太生分了，会伤了人家的自尊心。"你……"她说，却不知为什么说了下面一句，"你的暖气还漏水吗？"

"嗬，你还记得，暖气……"他喃喃自语，脸色变得阴沉了。

是呀，暖气同她有什么关系？她想问的根本不是这样一句话。她明明是想问："你知道那个水暖工住在哪儿吗？听说他住在一个小破房里……你一定知道的，告诉我吧，我想去找他……为什么？什么也不为，也许为好奇心，闲得无聊，闷得发慌……我想知道人都在怎样生活，和自己做一个比较，如此而已……不是吗？你说并不完全是这样？不是为这是为什么？问我自己？……我不知道，我只问你，他住在哪儿？……"

"去看冰灯吗？"芩芩冒了一句，"我们要去看冰灯，你也去好吗？"

"我们？"费渊镜片后面的眼睛奇怪地眨了眨，反问了一句。

"我们……"难道说我和傅云祥吗？不不，她不就因为不愿同他一起去才说这句话的吗？芩芩涨红了脸。"我们——就是说，我的朋友们……"

费渊皱了皱眉头。

"我不想去看什么冰灯，在这缺乏温暖的世界上我已经被冰冻得够了！难道还需制造什么冰的宫殿来显示水的纯洁吗？不过是自欺欺人罢了！无论多么透明的冰体，也不过是由被污染的水分子组成，它是伪君子，在黑夜里发光……无论多么美丽，可是春天到来它终究还要融化。冰灯难道能带来什么希望？我只能改变自己的境况，而现实却是无可救药的……"

他把那只信封塞进衣袋，低声说了句"对不起"，就匆匆拉开大门走了出去。厚厚的门帘下卷进一股白色的寒气。

"是的，他说得对，冰灯是无法为他们带来希望的……"芩芩倚在门上，望着他的背影消失在楼前那一排排光秃秃的桦树林里，长长地叹了口气。

七

不可能再挽回了……顺着这条大道一直走下去，就是哈尔滨城里有名的松花江摄影社。走进去，走进摄影室，一秒钟之内，一切都完成了——"永远的""幸福的"合影，木已成舟不可能再挽回。芩芩心里很清楚，但她还是在走着，不停地走，和他一起走，好像被绑架似的，只不过前面不是监狱而是照相馆……傅云祥一定要拉她到这家摄影社来照结婚相，除了他认为这儿的结婚礼服特别漂亮以外，还因为摄影师是他的一个朋友。"王师傅说了，照完了就放一尺二寸大，放在橱窗里陈列三个月，然后白送给我们。"傅云祥得意扬扬地告诉她，"我说一定要涂成彩色的，不是彩色的不要。所以你一定要戴那副绿色的耳环，像真的翡翠一样。绿色的耳环配你的皮肤特别、特别的合适。其实那根本就是冒牌货，友谊商店才卖四块五一副，可向他们照相馆租一次就得花两元钱，他们挣老鼻子钱了。回头我得同他商量商量，看他够不够哥儿们……"

"唉，你小声点儿好不好？"芩芩不耐烦地瞪了他一眼。他就喜欢在大街上高声喧哗，好像小摊贩似的叫卖什么东西。

"嘿，这有啥？"傅云祥不以为然地笑了笑，不过他还是略略放低了声音，"你猜我今儿一早醒来寻思啥来着？"

"照相呗！"

"嗯，可也差不离儿。我在想，咱们挺走运，赶上好时候了。你说要是再早几年结婚，不得穿着那老土便服，两人戴着大像章照相啊，贼他妈蠢！瞧一会儿你穿上白纱的长裙，戴上花儿，不定有多美呢。一辈子就这一回，总得像个样儿。人活着总不能像虫子似的过活。嗯，你说是吗？所以，还是粉碎'四人帮'好……哎，先上贸易市场去溜达溜达咋样？妈说捎两斤烤地瓜回去，晚了该卖没了……"

芩芩点点头。这有点儿出乎傅云祥的意料之外。她平时最讨厌上自由市场。

是的，从那熙攘而拥挤的集市穿过去，起码可以晚半点钟到达照相馆。啊，就是晚十分钟，哪怕一分钟也好。芩芩现在非常非常希望突然发生一个奇迹，比如照相馆突然着了火之类的事。不过不行，这家着了火，还有另一家；最好是胶卷突然断档，要是四年前这倒有可能，现在大概是不易发生此类的事了；那么最好是傅云祥脸上突然长了一个疖子，红肿不退，也不行，疖子过一周好了还是逃不过要照；除非发生地震，把全城的人统统压在底下，连她、傅云祥，还有照相馆的……不过这太残酷，芩芩有点儿于心不忍。那到底怎么办？真的就这样走进去吗？不，芩芩总觉得好像会发生一点儿什么奇迹。假如在中世纪，就会有一个勇敢的骑士挥舞着长剑来救她，然后骑着马把她带走。即使在拇指姑娘那黑暗的巷道里，也会有一只可爱的小燕子，在她出嫁的

224

前一天赶来，把她带到温暖的南方去……她幻想着发生这样的"奇迹"，使她能够逃脱那个即将到来的"永远"的命运……

"怎么两毛钱一根啦？前天还卖一毛五！"傅云祥直着嗓门喊起来，把手里的两根冰糖葫芦扔回了他面前卖冰棍的老头儿的木箱里。

"又涨价，连冰糖葫芦也涨价。"他嘟哝，"……这暖瓶漂亮啊，多少钱一对？"他拽着芩芩停在一辆公家的送货车旁。

"没有胆！"

"没有胆你卖个六！"傅云祥嘀咕了一声。

"上对面私人小铺买胆去呗，那儿有！"卖货的人挺热心。

"私人那儿啥都有，从牛皮鞋到干肠，啥都有。"傅云祥经验十足地对芩芩说，"买干肠去吧。"

"那么硬咋吃呀？"芩芩有气无力地答应着。

"嚼呗！有嚼头！"

"嚼啥也没味儿。"

"那是你舌头出毛病了。"

也许他说得对，是舌头的毛病。在农场劳动时吃什么都香。

"这橘子酸还是甜哪？"傅云祥在一个棉毯子裹着的筐里扒拉着。

"酸甜。"穿着厚厚的棉大衣的年轻人提高了声音，像唱歌一样回答。

"嘿！"傅云祥乐了。

有什么可乐的呢？芩芩无动于衷地站在一边。酸甜？生活难道仅仅只是酸甜的吗？不，还有苦，还有辣，苦辣的时候更多些，像生芽的马铃薯。你能感觉苦辣，你不是还没有麻木吗？你不过是不像以前那么觉得一切都香甜了，本来也不是一切都香甜，以前的舌头才有毛病呢……

"等成了家，买几条金鱼儿回去养着！"傅云祥用胳膊肘推推她，喜笑颜开地望着地上的一盆金鱼。不少人围着看，冰凉的雪地上，脸盆里的金鱼居然没有冻僵，慢吞吞地游着……

鱼儿游在水里，横竖四周都是水，它即使流泪，也是没有人看见的。芩芩出神地望着那些可怜巴巴的鱼。人们总以为它们游得多么快乐，哪里知道它离开了溪泉湖沼，一次次被人强行杂交，制造出面目全非的新品种，圈在这碗口大的天地里供人观赏，它们一定无时不在无声地哭泣，把眼睛都哭肿了呢……

"买两斤烤地瓜！"傅云祥颇带命令口气地说，在炉子上翻来覆去地挑选。

"都是好的……"卖地瓜的老大娘嘟哝着。她的棉袄袖口坏了，露着油黑的棉花。

"这种人不能对她们客气，光知道钱！"傅云祥抱着沉甸甸的兜子满意地走开去，对芩芩说。

芩芩回过头去望了那个老大娘一眼，她还在寒风里嘶哑着嗓子喊着。芩芩突然想起了农场，有一个下雨天，他们的大车陷在地里走不了，他们到附近的屯子去避雨，一个衣衫褴褛的老大娘塞给她一棒热乎乎的煮青苞米……

"你又想啥？"傅云祥在前头站下来等她，"妈说要给你买件那样的羊毛衫。"他指了指路边摊床上挂着的一件鲜艳夺目的高价毛衣。

"我不要。"

"你要啥？"

"啥也不要。"

"你说过要一个十元零八毛的洋娃娃。"

"那我自己会买……"芩芩有点儿哭笑不得,"我也是随口说着玩的……"

洋娃娃?二十五岁的人还买玩具?她在农场幼儿园看过几天孩子,她问他们:"你们家里有些什么玩具呀?""啥叫玩具?玩具是啥呀?"孩子们七嘴八舌地嚷嚷起来。他们生下来还没有见过玩具什么样,只有碎玻璃片和火柴盒……人和人的生活就这么不同,好像这同时出售着高档皮鞋和廉价的苞米面的集市贸易……

当然,这乱哄哄的集市贸易比起前几年货物奇缺的空荡的国营商店总是好得多了。无论如何,生活是在不断地发生着巨大的变化。虽然希望和失望、改革和混乱经常交织在一起,使人们在欣喜之中又不时有些忧虑,可是怎么能想象十年动乱之后,会在一夜之间消灭贫困和落后?也不可能要求倒退之后就是突飞猛进的飞跃。即使建立了一个物质高度文明的社会,人的精神世界又是什么样的呢?难道就没有苦闷和空虚,没有欺骗和出卖了吗?前些年,人们都在被抑制的欲念中无望地度日,被迫遵循着人为划一的程式,愤怒和不平只是一股冰凉的潜流,默默地蕴藏在黑暗的地底。但是突然,大地被唤醒了,地火冲天而起,喷倾出炽热的熔岩火浆。人们开始按照自己的真实愿望去生活,于是潜流变成了翻腾的浪花和波涛,它要冲击旧的堤坝,要呼风唤雨,浇灌新生的花草……这一股洪流所到之处,正在改变,也将会改变许多昔日不为人注意的东西。究竟它是从什么时候渗入了芩芩的心田,连芩芩自己也弄不清楚。但是流水经过不同的河岸,船帆始终不停地在做着比较,把昨天同前天比,把今天同昨天比,今天又同明天比。与芩芩同时代的青年朋友们，无论是年长的还是年幼的，无论是善良的还是丑恶的，大都希望由自己来掌握命运的舵，驶入自己心目中理想的港湾。可是人们对理想的认识和对幸福的理解却不尽相同。究竟哪一种理想才是时代的潮头，而不是随着潮头翻起的泡沫呢？……

比较，当然人们随时随地都在做着比较。可是芩芩有什么可以比较的呢？她把傅云祥同厂里熟识的小伙子比较，按流行的那些标准，她应该心满意足了。难道不正是按这些标准，比较之后才选择了他吗？家庭、工资、长相、人品……如果在一九七六年之前，恐怕还得加上阶级出身这一条……谢天谢地，芩芩那时还小。几年以后，人们突然都变得那么实惠，草绿色的军装变得比炊事员的白褂子还要不值钱。芩芩隔壁邻居的一个女招待员，在三十九张照片中反复比较的结果，是选中了一年前曾被她拒绝过的一位大学毕业的中学教师。"咱们芩芩一定要找个技术员！"她妈妈这样发誓并张罗着，不久后果真有人带来个技术员，细眉小眼，说起话来女里女气，芩芩打心眼儿里讨厌他。那次他提议去看电影，散了场就拉芩芩到北京餐厅去吃馄饨，吃到最后，他突然叫起来："少了一个！""你怎么知道少了一个？"芩芩没好气地问。"我数的！"他理直气壮地端着碗去找服务员。等他补了那一个馄饨出来，芩芩早跑没影了。

比较，就是这么比较，多么实际而又具体——来了个傅云祥，偏偏又去看电影，又经过北京餐厅。"咱们去吃馄饨吧。"芩芩提议，"我来买。"她积极地掏钱，是她提议的怎么好叫他买呢？馄饨端上来了，她全然不知道那馄饨是什么滋味，她一直在紧张地倾听那一声叫喊——"少了一个！"她发誓假如再听到这句话，从此以后不谈恋爱了。还好没有，真的没有。傅云祥大口大口地吞着馄饨，笑眯眯地瞧着她，也不知道烫，末了还在碗里落了一个没吃。芩芩放心了，笑起来。"考试"结束。她宁可不要那个什么技术员，"少了一个"，一想起这句话，她就觉得头皮发麻。傅云祥不知要比他强多少倍。他是三级木匠，钻业务，技术好，脾气也好。再说哪有十全十美的人呢？凑合一点儿算啦。芩芩常常只能在这种自我安慰中求得心理平衡。

"你说我哪点儿好呢？"有一次她问傅云祥。

"你——"傅云祥笑眯眯地，想了好半天，"你的心眼儿好。第一次去看电影我就发现了，搞对象哪有女的掏钱买饭的？以前我谈过一个，吃一顿饭就花十来块……"

芩芩有点儿伤心。可是又有什么可伤心的呢？你在比较，他不是也在比较吗？他知道找一个心眼儿好的，总还比图财图貌的小伙子强些。芩芩她厂里的一位团委副书记，梦里都想攀一门高亲，不知用了多少心计，娶了一位局长的丑小姐。比起这个人来，傅云祥不是够好的了吗？人总是要生活的，他即使不说"少了一个"，也得会问："这白菜多少钱一斤？"有什么可挑剔的？芩芩自己的毛衣不也织得很漂亮吗？总不能把高压锅和痰盂放在一起比较……

"你倒是快走哇！"傅云祥在前面不耐烦地喊道，"磨蹭啥？都几点了……"

无论怎么磨蹭，一切都是无可挽回了。经过那个溜冰场，拐过前面的街口，就是照相馆了。咔嚓一秒钟，一切都结束了，从此以后，就再不需要进行什么比较了。

啊，那个小小女孩儿滑得多么好哇，金红色的滑雪帽，金红色的毛衣，在晶莹的溜冰场上飞舞、旋转，像一柄燃烧的火炬。她是轻盈而欢快的，像一朵天上飘飞的雪花。心的歌是无声的伴奏，在这洁白的画板上描绘自己未来的图景……芩芩小时候也曾经这么无忧无虑地在冰上舞蹈，只不过那时候不像眼前这个小姑娘穿一条天蓝色的尼龙喇叭裤，而是穿妈妈织的竖条毛线裤。她得过全市少年花样滑冰第二名，奖给她一副冰刀，那年下乡临走时，送给叔叔家的孩子了。啊，瞧，那个小姑娘真有毅力，一口气转了那么多个圈儿，总能灵巧地保持身体的平衡。她在旋转中看见了什么呢？她那么自信地微笑，好像看见了未来比赛场上向她飞掷的鲜花……

　　每个人小时候都有过自己的许多梦，美丽的梦，好像生活之路就像这冰场那么光滑、畅通无阻。芩芩在溜冰场上很少摔跤，在生活里也同样。她总算是幸运了，每一步都有人替她事先安排妥帖。可她却为什么总感到抑郁呢？从打送了冰刀那年以后就再没有快活过。你盼哪盼哪，什么飞掷的鲜花也没有出现，倒是出现了结婚礼服，出现了新娘的头饰……

　　让我再看你一眼吧，小姑娘。你的金红色的滑雪帽，同我当年那顶一模一样，我差点儿要以为自己变小了呢。可是这一切都一去不复返了，都要结束了。童年、少年、青春的梦，统统都要消失了，不会再回来。我真想亲亲你冻得通红的小脸蛋，像拇指姑娘吻别洞口的小草那样。她在走向黑老鼠家前的最后一分钟里看见了归来的燕子，可是我知道这样的奇迹是不会有的，不会有的，那只是一个童话。再见吧，小姑娘，祝愿你长大的时候，找到一个称心如意的爱人，一个你真正爱的人，除了他你不会再爱别的人了……

"快走哇!"傅云祥喊道,有一点儿气恼了,"你要看花样滑冰,我给你弄票去!"

现在她就站在照相馆前厅闪闪发光的大镜子面前了。四壁千姿百态的人物摄影使她目不暇接。傅云祥让她等一会儿,自己不亦乐乎地去找熟人了。当然,什么奇迹也不会发生,很快她就要像到这儿来过的所有的新娘那样,穿上拖地的长裙,披上透明的薄纱,重重地抹上口红,淡淡地描上眉毛,然后幸福地微笑。笑得适度,否则会有皱纹。嘴张得不大不小,大了有点儿傻气,小了就会使人以为你不幸福。是的,就这样,再来一张两个人的……

芩芩忽然想起前些日子在一本杂志的封底上看到过的一幅俄国画家茹拉甫列夫画的油画,题名为"婚礼之前",画面上是一个穿着华丽的结婚礼服的姑娘跪在即将成为她丈夫的商人脚下哭泣,不远处站着为贪图商人的钱财而逼迫女儿断送自己幸福的父亲……

这样的时刻她为什么想起这样一幅画来呢?是因为这出租的结婚礼服同那位新娘的服饰很像吗?她马上就要变成那样一个倒霉的新娘,只不过她不会跪在地上哭泣。因为哭泣也无法挽回这一切,更何况并没有什么人逼迫她,一切都是她自愿的。她既不是为了钱也不是为了什么别的,只是因为彼此"合适"。许多家庭不幸的原因不都是由于"不合适"吗?即使芩芩从楼上跳下去,周围又会有谁同情她呢?人们会以为她做了什么见不得人的事。可是她自己,这会儿却觉得比那位画上的新娘还要不幸一百倍。这不幸就是因为她没有什么人可以憎恨的,只能憎恨自己……

傅云祥眉开眼笑地从人群中挤过来,把一张发票在她眼前晃了晃："开好了，出租礼服便宜一半儿价钱，走吧，去化妆……"

当然是得去化妆。不会有什么奇迹的，不会有的。还傻想什么？化完妆，就是地地道道的新娘子……

"唉，人太多！"傅云祥抱怨道，"等会儿吧。"他在化妆室门口停下来。

等什么，横竖是要化的，早晚是要化的。化了妆，就不会再想什么骑士和燕子了……

"待会儿照的时候，你要高兴点儿。"傅云祥像哄小孩儿似的在她耳边说，"你老也不爱笑，其实你笑起来更好看。戴上花环，一定像日本那个电影明星夏子……"

芩芩不置可否地笑了笑。为什么不笑？当然要笑啦。小时候她就不知多少次偷偷戴上妈妈大衣柜里的那条紫色的花环，在镜子前照了又照。每个姑娘都有自己的秘密，难道芩芩一次也没有向往过结婚吗？不，这不是实话。芩芩在三年前就绣好几对尼龙枕套了……

傅云祥在津津有味地观看墙上镜框里的照片，不时地回头瞧她一眼，又美滋滋地转过脸去。

要不了半个小时，他就要在咔嚓一声中，成为她的爱人了。

"爱人？"芩芩突然吃了一惊。她爱他吗？如果说她曾经希望过有一个爱人，那么一定不是他，不是。她没有说她不愿意结婚，只是，只是不愿同他，不愿同他结婚。她从来没有真的相信过自己会同他结婚。真的，他不是她的爱人，她也从来没有爱过他，没有。她不知道什么叫爱，也从来没有碰到过她所爱的人……

"好了，进去吧！"傅云祥和颜悦色地挽住了她的胳膊。

进去，当然只能进去，像走进新房一样。还有什么退路呢？

想哭吗？哭也没有用，奇迹是不会发生的，这既不是刑场也不是坟墓……

"你先梳头！我去取那些衣服。"傅云祥殷勤地将一把铝梳子插在了她的头发上，又忙忙碌碌地走出去了。

芩芩坐在镜子跟前，打开了自己的头发。头发很黑，用不着打发蜡，就那么亮。梳开了，盘到头顶上去，就更美了，像那幅画上的新娘……

忽然有什么东西在镜子里闪了一下。

铝梳子的把上，刻着一只小鹿，扬开四蹄在奔跑，穿过森林，越过雪野……它跑到哪儿去呢？它不知道，可是它还在不知疲倦地跑着。生活总不会停留在原来的地方，总不会像现在这个样子。它会是什么样子的呢？不知道，但总不是现在这样了……

镜子里的东西又闪了一下。

芩芩惊呆了。她没有看清那是什么，却又清清楚楚地看见了——

"北极光！"她轻声呼唤着，"真的是你吗？"

她眨了眨眼睛。镜子里什么也没有，只有她自己。

不，不，她分明是看见了的。这生命之光，只有她自己能看得见，只有她知道它在哪里。她是要去寻找它的，一直到把它找到为止。她可以没有傅云祥，没有仪表装配工的白工作服，没有舒适的新房，没有一切，但不能没有它。不能没有它！失去它便失去了真正的生活和希望，还留着这青春焕发的躯体干什么？她终究是没有爱过傅云祥，不是因为他平庸、普通；不是因为他讲究实际，缺少才华；统统不是。究竟是因为什么呢？她还是说不上来。也许，就是因为这时隐时现的北极光。啊，人生，尽管现状是如此的令人不满，但总不能像傅云祥和他的朋友们那样，在一片浑黄的大海上，没有追求，没有目标地随意漂泊……

……她匆匆揩去了脸颊上的泪痕，站起来，抓起头巾，跑了出去……

八

"……都讲完了吗？"费渊靠在走廊尽头的一扇被封死的玻璃门上，有气无力地问道。他的脸色阴沉得可怕，像下雪前的天空。

"经过……事情的经过……就是这样。"芩芩喃喃道。她站在离他不远的地方，低着头。把所有的一切都对他，一个相识不久又并不那么了解的人讲清楚，她花了几乎一个多小时。红着脸，冒着汗，喋喋不休，语无伦次，好像小学生在向老师坦白做了一件什么错事。她常常浮上来这种感觉，倒不是因为她的故事本身，而是因为费渊的眼光。尽管他在她整个叙述过程中几乎一言不发，那平时就漠然无神的眼睛里也仍然毫无表情，但芩芩却从开始讲就觉得别扭，好像是一个悲痛欲绝的人对着一棵枯树在号叫，或是一个欣喜若狂的人抱起了石头跳舞……他为什么连一点儿表示、一点儿反应都没有呢？芩芩好几次觉得自己再也讲不下去了。那故事本来就是那么平淡，连讲的人自己都没觉得有什么趣味。她硬着头皮讲，越是想简单些便越是哆嗦个没完。她厌烦了，她看出他也厌烦了，一点儿也没有那种同龄人的好奇心，好像他早就猜到了是这么一回事，好像他早就知道了有这么一个傅云祥，好像他早就料到了芩芩要从照相馆里跑出来。他静静地听着芩芩的叙述，一直沉默着。只是当芩芩讲到这一句时，他才情不自禁地"啊"了一声。芩芩说："……不照相，其实也没有用，只是不愿照。其实挽回不了，我知道。因为，因为……早已登记了……"她说得很轻很轻，由于羞于出口，轻得只有她自己能听见。但她却清清楚楚地听见他"啊"了一声。他"啊"得很轻很轻，似乎也只有他自己能听见，但是芩芩听见了，好像一股凉气从头袭来，叫她浑身发冷……"啊"是什么？是惊讶吗？还是气愤？他是根本没想到芩芩会同这样一个人去登记呢，还是没想到芩芩是一个"登记"过的人？这一声"啊"，真叫人百思不得其解……此后便是长久的沉默，长得足足能够再讲两个故事，讲一对情侣卧轨自杀，再讲一对冤家言归于好……"讲完了吗？"沉默被打破了，他神情沮丧地重复，算是芩芩这一番心的呻吟得到的唯一呼应。可是芩芩没有想到会是这样一句话，是的，她从照相馆跑出来，穿过溜滑的大街，跑过冰凝的雪地，自己也不知道为什么跑到这儿来找他。无论如何，她期待的不是这样一句话……

"经过……经过就是这样……"她想快快结束自己的叙述，又加了一句，"自己酿的一杯苦酒，送到嘴边，终究是不愿喝下去……"

"不喝下去，你打算怎么办？"他挪了挪身子，声音嘶哑，冷冷问道。

"……我，我不知道……我想，问问你……你懂得比我多……我自己，宁可泼了它的……"芩芩猛地甩了甩头发，眼里突地涌上来一阵泪花。

"泼啦？"他推了推眼镜，好像由于受惊，镜架突然从鼻梁上滑落下来。

"是的，泼了。无论如何，我不应向命运妥协。过去，是无知，是软弱，自己在制造着枷锁，像许多人那样，津津有味地把锁链的声音当作音乐……可是突然你明白了，生活不会总是这样，它是可以改变的。在那枷锁套上脖子前的最后一分钟里，为什么不挣脱？不逃走？我想，这是来得及，来得及的……"芩芩哽咽了，她转过脸去。

"可惜太晚啦……"他重重地叹了一口气，"太晚啦……登记……你知道意味着什么吗？……以前我并不知道这个情况……你告诉得太晚了……假如我早一点儿知道，也许就不会这样……"他把眼镜摘下来，慢吞吞地擦着，好像要擦去一个多么不愉快的回忆。

"……以前，啊，你知道……我一直很苦恼……又不愿用自己的苦恼去麻烦别人……我多少次想，就这么认了……算了……"她的眼睛里噙满了泪水，"我的心里很矛盾，可是对谁去诉说呢？也许一个人一辈子也难于在生活里找到一个知音……"她的声音发颤，自己觉得那泪水马上就要夺眶而出了，她紧紧咬住了嘴唇。

"我不是这个意思……我一直以为你很单纯……我实在不了解你……"他又长长地叹了一口气。那叹息声很重，落在芩芩心上，像沉重的铁锤。为别人惋惜的感慨声绝不会是这样痛楚的，倒更像是在为自己叹息……他脸上的表情是多么冷酷哇，全然不像那天芩芩在他宿舍里曾经感到过的那温和亲切的一瞥。面对这冷然无情的沉默，就是奔突的岩浆也会冷却。啊，怎么能这样想呢？他不是曾经慷慨激昂地说过——

"你说过，人生的目的就是追求现世的幸福。而从恋爱的角度谈幸福，就是获得他所爱的人的爱。每个人都应该珍惜自己的存在，努力摆脱旧的传统观念的束缚，人应当自救！"芩芩讷讷地说，突然不知哪来的勇气，"我想了好久，我不应当再错下去了。我想找到我真正爱的人，无论付出多大的代价……我想，你会告诉我，应该怎么办……"

她抬起眼睛望着他，看不清他的面容，他的面容模糊了。他的眼镜浸在她的一片迷茫的泪花中……

"你会告诉我的……"她抱着那最后的希望说道，"会的……我想，会的……"

"不，我不知道。"他紧紧抱着自己的双肘，眼睛看着地上，"……我真的不知道……对不起……说过的话，终究是说说罢了……生活很复杂，人生，虚幻无望……我们能改变多少？即使你下决心离开他，生活难道会变得多么有意思吗？……我没法回答你……你想想，别人如果知道我支持你和你的……未婚夫分手，会怎么看我……"

昏暗的楼道里，钻进一片惨淡的夕辉，照着他苍白而清秀的脸庞。窗外飞过几只乌鸦，呱呱地叫着，令人毛骨悚然。棉门帘在不停晃动的门上拍打着，卷进一团又一团白色的寒气……

"再见！谢谢你。"芩芩客气地把手伸给他。为什么不谢谢呢？她腮边、颊上、眼里、心里的泪，顷刻之间全干了，没有了。幸亏没有流下来，多么不值得。

"这就走吗？"他慌忙把手伸给她。冰凉，像大门上的铜把手。"要……借什么书吗？"他问。

她摇摇头，笑了笑。阳光在她脸上跳动，一定可以看到她在笑，多么坦然。她包好头巾，朝门口走去。木门上的把手是温和的。

"芩芩——"拉门的那一瞬间，她似乎听见他在背后急促地叫了一声。他在走廊的深处，声音太遥远了，听起来像一声沉重的叹息……

叹息，到处都是叹息。谁不会叹息呢？谁不会指手画脚地批评指责生活呢？好像他们生下来就该享有一切，而不是自己去创造。傅云祥是这种人，而这个费渊，芩芩心目中一个美好的幻影，莫非也是这种人吗？他倒有几分像挥舞着宝剑的骑士，把高山大河切开了让你看，却不管山塌地陷……他解剖社会的言辞入木三分，却不会在别人需要的时候，伸出去一双友爱的手……他或许每天都在深刻的思索中选择自己的去向，却从来没有迈出去一步……他爱生命，却不爱生活；爱人生，却更爱自己。他在严酷的现实中被扭曲变形，你却把这扭曲了的身影当作一个理想的模特儿……

"我会爱他这样的人吗？"芩芩问自己。她打了一个寒战，似乎为自己的这个念头感到惊愕了。但不久前她确实曾经主动地找过他，并对他满怀了那样一种深切的期望。这种期望与其说是一种感情的呼唤，不如说是一种对生活执着的寻求。可是，失望，又是失望。对傅云祥是谈不上失望的，因为本来就没有希望过什么，而他……

也许生活里本来就没有这样的人，就像他所说的那样虚幻无望。你到底想要一个什么样的人呢？事业、地位、品貌、性情……可是这样的人是没有的，根本就没有。芩芩从来没有见过。也许她根本就不知道自己会爱一个什么样的人。假如他和她在茫茫的人海中偶然相遇，也许就会在淡淡地对视一笑中默默错过……"从来没有爱过的女孩子，是无力为自己描绘爱人的肖像的，即使多次得到过爱的女人也不会有爱的模式。那只是心灵奇妙的感应和吻合，是自己飞扬的气质在一个活生生的人身上得到的体现……"芩芩脑子里猛地跳出了当年那位老三届大姐对她说过的话，不由得越发地觉得茫然……

"这样的人是根本没有的。"芩芩安慰自己说，"一个人活到没有人拉就爬不起来的地步，还活着干什么？我不会爱这个费渊，一定不会。让什么爱统统见鬼去吧！不要傅云祥，谁也不要。有我的日语就够了，有装配合格出厂的仪表就够了，一辈子找不到你爱的人又怎样呢？横竖日出日落……啊，你怎么也变得这么冷酷了？如果不是为了像那只小鹿轻捷地朝前奔逐，你又为什么从镜子跟前跑出来？为什么？你腮上冻成冰珠的泪水，是什么时候淌下来的？你的心在啜泣，在悸动，谁能听得见哪？这寒冷的北国，难道就找不到一颗温热的心吗？不，不……"

听到那欢快的叫喊声了吗？一阵高似一阵，像开江的冰排喧嚣奔腾。那儿有一个冰球场，芩芩熟悉的。以前溜冰的时候，一有空她就爱看冰球赛。那才是生活——激烈、勇敢、惊险，充满了力量、热情和机智……芩芩禁不住向冰球场走过去。她的眼睫毛上结满了霜花，身子却走得发热。

穿着五颜六色、鲜艳夺目的冰球比赛服的运动员，像彩色的流星一样从眼前掠过。只看见绚丽的光斑在跳跃，明亮的眼睛在闪烁。长长的冰球杆，像一把灵巧的桨，在银色的冰河上划动。而那小小的冰球，却像苍茫天际中的一只神奇的小鸟，盘旋，翔翔，逗引着那些头戴盔甲的"猎人"拼命地追逐它，它却时而不见了踪影……那些"猎人"都是些勇敢的好汉，他们奔走争夺，你死我活，风驰电掣，叫人看得屏息静气，眼花缭乱。谁要是观看冰球赛都会为他们拍手叫绝，那真是速度与力度的统一，刚与柔的绝妙对比。站在这激烈搏斗着的冰球场面前，人世间一切纷争械斗顿时都变得平淡无奇了……

冰鞋在自由地滑翔，像跑道上的飞机轮子。可它无论转速多快，却永远不会起飞。但能滑翔毕竟也是一种幸福，总比在烂泥里跋涉强，比在平路上亦步亦趋强……只要你会滑翔，你就会觉得自己早晚是要飞起来的……会的。

冰刀哇，久违的朋友。你尖利的脊梁，要支撑一个人全身的重量，受得了吗？踩在一根极细的钢条上，做这样危险的表演，不仅要保持重心上的平衡，还要保持信心上的平衡。这冰场真像人生的舞台，说不上什么时候就摔倒了，扔出去老远，可是爬起来还要再滑。你总是暗暗地鼓励人勇敢地站起来，重新站起来的……

你奔过来，飞过去，急急忙忙地在那光滑的冰面上留下了一道道印痕，好像你天生就是刻划伤痕的，连眉头都不皱一皱。难道花样滑冰的明星、冰球比赛的冠军，竟然是从伤痕上站立起来的吗？不过不要紧，真的不要紧，伤痕累累的冰场，浇上净水，总是一夜之间就可以恢复原状。运动才留下伤痕，而冰场怕的是寂寞，听听这呼喊声、喝彩声——

忽然，从离芩芩很近的冰场上，红队和蓝队的两个运动员相撞，围观的人还没有反应过来，其中一个人已被腾空挑起，一个跟斗翻出了冰场绿色的栅栏外，重重地摔在一棵杨树下的雪地上，滚下坡去，四周的观众发出了一阵惊呼。

他就摔在离芩芩不远的地方。芩芩眼见他用胳膊在地上挣扎了一下，却没有气力爬起来。她急忙飞跑过去。

"要紧吗?"她弯下腰去搀扶他,看见他的脸色苍白。她心里充满了怜悯:"疼吗?"

"没事。"他咬着牙说,额上跳着青筋。他努力想站起来,翻了一个身,用手撑着地面,果真站起来了,好像一个受伤的武士,穿一身古怪的花衣服,戴着头盔,在雪地上站着,嘴里大口地喷着白色的雾气。

看热闹的人都围上来了,运动员和教练也气喘吁吁地跑过来。

"怎么样?伤着没有?"

"真他妈的缺德,快输了就在合理冲撞上使招数。"有人愤愤不平地嚷嚷。

"啊!"他忽然兴奋地叫起来,一只脚在原地跳着,若无其事地摆了摆手,"没承想我这么结实,骨头茬摔摔倒紧绷了,没事,上场!"他说着,很快走了几步,敏捷地一个翻身又跳进了冰场。

他的声音好像在哪儿听见过,眼睛也很熟悉。他扶着绿栅栏活动了一下腰,忽然回过头来,似乎在寻找什么人。他看见芩芩,感激地朝她笑了笑。

"是你!"芩芩差点儿要叫出声来。怎么会是你呢?全身武装得像一个古代的骑士,差点儿叫人认不出来。你那矫健勇猛的身影与你平时那谦和寡言的外表显得多不相称。假如不是在这里遇见你,真难以相信,你对生活还会抱着这么大的热情。我不了解你,可你却那么使人难忘。我从什么时候开始注意你了呢?或许是我听说你从小没有亲妈那一刻起吧……

他消失在那一群五彩缤纷的冰球运动员的行列中了,再也找不到他。穿着相同服装的冰上运动员,假如没有背上的号码,是难以区别他们的。可是,他们却包裹着一颗颗不同的心。世上许多人看起来很相似，然而开口说话，却有着天壤之别。他究竟是一个什么样的人呢？干着又脏又累的水暖工，还有兴致在这儿打冰球。什么时候学的这一手？也许是在小学？可是谁给他买冰刀呢？到底哪一个是他呢？当然一定是那个最灵活、最勇猛的，像一只快乐的小鹿，穿过森林，越过雪原，不知疲倦地奔跑着……

"曾储！"她脱口而出。没有人听见。他当然不会听见。她的脸红了。

那小鹿奔跑着，冰球在雪野上滚动，像透明的鹿角上挂着的铜铃……

"芩芩！"

一声气急败坏的叫喊从身后传来。小鹿消失了。

"芩芩！"

喊得声嘶力竭，好像地球顷刻就要爆炸。他，啊，面容沮丧，神情恼怒，气势汹汹地朝她跑来。芩芩没想到傅云祥会找到这儿来，他一定跑遍了全城。那模样儿真叫人可怜，淡淡的小胡子结着冰凌，连帽子也没戴，耳朵冻得通红……

"你……"他气得说不出话来，嘴唇在哆嗦，"你……"

芩芩有点儿心慌，她避开了他凶狠的目光，突地感到一种难言的惭愧。他并没有做什么对不起她的事，她凭什么这样对待他呢？无论如何，那事情的结局是明摆着的，她何必要无事生非地从照相馆里跑出来呢？让他在这寒风中心急如焚地到处找她，冻得鼻子都发红了……

"跟我回去！"他大声嚷嚷，像一头发怒的棕熊。

芩芩留心地看了一下四周，很快从冰场边上的绿栅栏下走开去。她不愿让别人注意他们，尤其是冰场上的运动员。刚走开，就听见了冰场上热烈的欢呼声，大概是比赛结束了。红队赢了还是蓝队赢了呢？当然是蓝队，他是蓝队的……

"跟我回去！"他伸出一只戴着棉手闷的手来搋她，像一只大熊掌。

从冰场里三三两两散出来不畏严寒的冰球爱好者，熙熙攘攘地挤满了狭窄的路。芩芩四下张望了一下，张望什么？怕那个运动员看见吗？

"为什么，你说？"他咯咯地咬着牙。

当然，他不会那么快就出来，他要脱下运动服，换上那件油渍麻花的黑大衣……

"你说，为什么……"他咬着嘴唇。

不能再站在这儿，不能再站下去了。黑大衣……

"你走不走？"傅云祥的声音里带着威胁，粗暴又凶残。他的大手像钳子似的捏住了她的胳膊，使她动弹不了。她又张望了一下，竟乖乖地跟他走了。

电车站人多极了，正是下班的时候。

"我自己会走！"芩芩猛地甩掉了他的胳膊。

傅云祥在一棵光秃秃的榆树下站住了。

"你……你……"他想要说什么，却说不出来。

芩芩心里又生起来一股怜悯的隐情。

"你……你知道，我是爱你的……"她想他一定会这么说。他是爱她的，可她不爱他。她早就该告诉他，为什么一直拖到今天？

"你……"他的嘴唇动了动，恶狠狠地说，"你把我坑了！"

是的，他是说"你把我坑了！"而不是说"你知道，我是爱你的。"如果他说了后一句，芩芩或许会感动得流泪，会同他一起回去的。不，即使后一句也不会，不会……

"你倒是说呀，到底为什么？"他又重复了一遍，天暗下来了，风很硬，他用两只手捂住了冻得通红的耳朵。

电车来了，上车的人在"生死搏斗"。他迈了一步，又退回来了。他看了她一眼，声音忽然变得温和了："……你说，是不是因为你突然肚子痛了，才走的？"

"不是。"

"……那……是不是突然遇见熟人？"

"不是。"

"那就是，就是你又把笔记本落在业大教室里了……"

"不是！"芩芩愤怒地叫起来，"不是！"她那么大声，引得旁边好几个人朝她看。那不远的电线杆下站着一个黑乎乎的人影，好像打算走过来，却又忍住了。

"那到底为什么？"傅云祥的声音也变得急躁而粗横了，"你叫我怎么向家里、向大伙儿说呀？"他痛苦地喘息着，拼命揉着他的耳朵。

"为什么？为什么？你还不明白？"芩芩突然咆哮起来，"什么也不为！是我自己要走的，我本来就不想去，压根儿不想进那个照相馆！我什么也不为！不为！"

傅云祥长长地松了口气。

"你不愿穿婚纱服照结婚相，你倒是早说呀。不照就不照呗，也不能这么调理人，不照结婚相，也……"

"我压根儿不想结婚！"芩芩猛地打断他，痛苦地长吟了一声，"我统统告诉你吧，我根本不愿同你结婚！"

"你要什么小孩儿脾气？你以为闹着玩儿呢？"傅云祥倒嘿嘿

笑起来了，"亏你说得出口，是不是神经有点儿不正常？"

"你给我走开！"芩芩突然哭出声来，她掩住了自己的脸，"我不想看见你，我宁可死……"

傅云祥呆呆愣在那儿，张大了嘴。他似乎刚刚开始清醒了一点儿，又好像越发地糊涂了。他站着，两只手捂着耳朵，忽然暴怒地喊道："哼！不要脸！我知道你，像只蜘蛛，到处吐丝，吐情丝……"

吐丝？你也懂得什么叫吐丝吗？人人都有吐丝的本能，可有的好比是蜘蛛结网捕食，有的是缝纫鸟垒窝。而我，我是野地里柞树林里的一条蚕，吐出丝来作茧自缚，把自己的心整个儿包裹在其中，严严实实地不见一点儿光亮，谁知何年何月才能做一只蛹，再变成一只蛾子，咬破茧子飞出去呢？你不会知道，永远不会知道的……

"吐丝？"芩芩冷笑了一声，忽而大声叫道，"我是要吐丝的，我要吐好多好多丝，织十六条结婚用的缎子被面……"

"神经病！"傅云祥骂道。

电车来了，不远处电线杆底下的人影却不动弹。

"走不走？"他推了她一下。

"再织三十对枕套……"

"走不走？你不走……再不走我……"

芩芩转过脸紧张地盯住了他。"再不走我……"怎么？就钻车轮子底下去吗？他若有这种勇气，芩芩会感动，会回心转意。真怕你有这种胆量，可千万别干这种蠢事。我宁可同你一块儿钻进去的，千万别……

"再不走我……我的耳朵要冻掉啦！"他怒气冲冲地嚷嚷，扭歪了脸。

"你走吧!"芩芩平静地说。他的耳朵没掉,可她的心,同他系着的那最后一个扣,无情地掉了,彻底掉了。

"你等着!"他咬了咬牙,跺了跺脚,三步并作两步跑上了车。车门在他身后咔嚓关上了,车窗上是一片厚厚的白霜,什么也看不见。车哐哐地开走了,卷起一阵灰色的雪沫。

"一切都结束了……"芩芩无力地靠在榆树的树干下,两行冰凉的泪从她的脸颊上爬下来,钻进围脖里去了。她浑身发冷,脚已经冻僵了。两条腿发软,胳膊却在微微颤抖……她觉得自己很衰弱,一点儿力气也没有,好像要滑倒。她转身紧紧抱住了那棵树,把脸颊贴在粗糙的树干上,无声地饮泣起来……

一切都结束了……不,也许一切刚刚开始……"你等着!"他恶狠狠地扬长而去……接踵而来的将是父母的责骂、亲朋好友的奚落、邻居的斜眼、背后指指点点、风言风语……传遍全厂的头条新闻,然后编造出一个又一个离奇古怪的故事……如山倾倒的舆论,如潮涌来的谴责,会把她压倒、淹没,而无半点儿招架之力。她有什么可为自己辩护的呢?没有,半点儿也没有?既没有茹拉甫列夫画的那个新娘的父亲,傅云祥也绝不是拇指姑娘的那个黑老鼠未婚夫……既没有人逼迫过她,也没有人欺骗过她,一切都是她自愿的,虽然她并没有自愿过。如今,她将被当成一个绘声绘色的悲剧故事里不光彩的主人公而臭名远扬……一切都刚刚开始,可一切都完了。名声、尊严、荣誉……都完了。或许父亲还会把她从家里赶出去……

可是她却什么坏事也没有干哪。这一切都是为了什么?难道真的没有人能够理解她吗?她痛苦地拍打着榆树的树干,树干在黄昏的冷风中发出"锵——锵——"的响声。榆树已掉尽了最后一片树叶，无声无息地苦熬着冬天。它也许已经死了吧？那枯疏的寒枝上没有任何一点儿生的迹象。或许死了倒是一种解脱呢，芩芩脑子里掠过了这个念头。不知哪一本书里说过，宁可死在回来了的爱情的怀抱中，而不是活在那种正在死去的生活里……她找到了她的爱情吗？如果真的能够找到……

"要我送你回家吗？"一个声音从榆树的树心里发出来，不，不，是树干后面。她吃惊地回过头，恍然如梦——面前站着他——曾储。

"……很对不起……刚才，我听见了……"他低着头，不安地交换着两只脚，喃喃说，"从冰场出来，看见了你们，好像在吵架……我怕他揍你……所以……"他善意地笑了，露出洁白而整齐的牙齿。

"……你……不会见怪吧……我这人……好管闲事。"他又说。

芩芩脑子里闪过了夏天松花江沿的小房子。

"天太冷，会冻感冒。你……总不比我们这种人……抗冻。"

"你都听见了吗？"芩芩抬起头来，冷冷地问。

"听见一点儿，听不太清……我想，你一定很难过……"

芩芩没有作声。

"也许，想死？"他又笑了，却笑得那么认真，丝毫没有许多年轻人脸上常见的玩世不恭的神情。

"我给你打个比方吧，"他爽快地说，轻轻敲了敲那棵榆树的树干，"比如说一棵树，它既然是一棵树，就一定要长大，虽然经风吹、雨打、电击、雷劈、虫蛀，但是它终于长大了。长大了怎么样呢？总有一天要被人砍下来，劈下来做桌子、板凳或其他，最后烧成灰烬。一棵树的一生如果这样做了，也就是体现了树的价值，尽了树的本分。人难道不是这样的吗？他生来就是有痛苦有欢乐的，重要的在于它的痛苦和欢乐是否有价值……"

啊，榆树，这半死不活的冬眠的树木，在他那儿竟然成了人生的哲理，变成了死的注释，揭示了生命的真谛。他怎么能打这样好的比方，好像这棵老榆树就为了我才站在这里……可你是什么？你是一棵白桦，还是一棵红松？或许是山顶上一株被雷劈去一半的残木……你看起来那么平常、普通，你怎么会懂得树的本分？也许你是一棵珍贵而稀有的黄波椤，只是没有人认得你……

"要我送你回家吗？"他又重复了一遍，眼睛却看着别处，显然是下了好大的决心。

送我回家？怕我挨揍？怕我晕倒？谢谢。我不要怜悯。我要人们的尊重、理解和友爱，而不要别人的怜悯。何况，你自己呢？你满怀热忱地向别人伸出手去，好像你有多大的能量。我向你诉说我心中积郁的痛苦，可你所经历过的那些不为人知的苦难又向谁去诉说？水暖工，你这个卑微而又自信的水暖工，你能拉得动我吗？我不相信。那些闪光的言辞和慷慨激昂的演说已经不能再打动我的心了，我需要的是行动、行动……

"要不要我……"他又问，裹紧了大衣。

"不要！"芩芩的嘴里突然蹦出两个字来。"不要！"她又说了一遍。

他默默转身走了。棉胶鞋踩着路边的雪地，悄然无声。是的，他穿着一双黑色的棉胶鞋，鞋上打着补丁……

小鹿在穿过雪原时，奔跑得轻快而敏捷，他自然也是这样，没有惊天动地的响声。它在雪地里留下了自己清晰的脚印，却总没有人知道它奔去了哪个无名的地方……

"曾储!"芩芩在心里轻轻呼唤了一声，紧紧闭上了眼睛。

冬天傍晚的夜雾正在街道两边积雪的屋顶上飘荡、弥漫、扩散。西边的天空，闪现着奇异的玫瑰……

芩芩睁开眼睛，忽然发疯地想去追他，但他粗壮结实的身影已消失在拐角处一所童话般的小木屋后面了……

九

那奇异的冰凌花，严寒编织的万花筒，不知不觉融化在温热的暖气里，好像是由于学校工作的改进，暖气加热了，室内气温上升了，于是，教室的窗玻璃上再也见不着那曾经深深牵起芩芩思绪的冰凌花了。也许这样上课时倒可以专心，不至于总是遐想、傻想了……

"哎，老师刚才讲的什么……"芩芩推了推苏娜的胳膊，低声问道。

苏娜告诉了她。

……他是喜欢坐在最后一排的，可是刚才进来时明明看见他的座位空着。难道他又像那次在大楼梯上碰到过的那样迟到了吗？可没见他进来，没有。假如能回过头去望一眼就好了……他好像已经有好几天没来了，难道出了什么事吗……

"这一段就讲到这儿。下面……"老师咳了一声，又敲敲黑板。芩芩猛醒过来。

"刚才，他讲什么？……没听清……"芩芩又问苏娜。

苏娜奇怪地看了她一眼，把笔记本推过来。

……快一个星期了，傅云祥那儿居然没有一点儿动静。他总不会这么轻易地"放"了我的。不是寻死觅活，就是威胁强迫，大概在同他的父母商量对策吧，总得想个法子说服他才好。可是又有什么法子可想呢？家里人要是知道了，肯定会有一场"暴风骤雨"，而别人呢？谁能帮助你？不是有人告诉你"太晚"了吗？而你又偏偏拒绝了另一个人的"怜悯"……

"下课了！还愣着干什么？"苏娜冲她诡秘地撇撇嘴，"这几天你咋的啦？"

"瞧你那小脸儿一点儿笑影没有，下巴颏都尖啦！"苏娜眯起眼打量她，"怎么样，现在还不到八点，不算晚，带你到话剧院一位化妆师那儿去，她那儿刚来了一批高级珍珠霜……去不去？"

芩芩摇了摇头。两天不见，她发现苏娜又换了一种发型：后脑上梳起的发髻像又细又亮的金丝蜜枣。她总是那么漂亮，漂亮得叫人羡慕；又总是那么热心，热心得叫人讨厌。

芩芩回过头朝教室的最后一排望了一眼。当然，没有，还是没有他。他没有来。

她忽然生出一点儿希望。

"我问你一件事。"她鼓足了勇气问苏娜。

"我知道你要问什么，"苏娜诡秘地眨了眨眼，"你不说我也知道。"

"知道什么？"芩芩心慌了，好像被人揭穿了一个秘密。

"他好几天没来上课了。你在惦记他，对不对？"

"谁？"

"曾储，那个水暖工。"

芩芩羞涩地低下了头。

"我也是刚听说——他，受伤了，被人打了。一群小流氓，嗬，也真有他的，一个干仨，可到底架不住……"

"你说什么?"芩芩惊叫起来。

"有人说就是他一直揭发的原来单位的那个领导报复他……因为市里最近派了调查组，调查那个工厂的问题。那人眼看现在这形势，斗不过了，想把他打成脑震荡，就来这一手……哎，故事长着呢，回头有工夫再给你讲，我该走啦……"

"等等!"芩芩抓住了她亮晶晶的皮手套，慌慌张张地说，"你，你知道他住在哪儿?"

"这个……"苏娜笑起来，神秘地耸了耸肩。

"好苏娜，你一定知道……"芩芩简直是在哀求她了。现在她觉得苏娜一点儿也不讨厌，不讨厌了……

"自己去找吧!"苏娜无可奈何地叹了一口气，"离这儿不远，马家沟一座从前俄罗斯的教堂对面。"

"谢谢你! 苏娜，谢谢你! 你真……哎，改天再谈吧!"

芩芩顾不上说再见，跑出教室，一口气冲下楼梯，跃出了大门。

夜沉沉，只有雪地的亮光，照见夜的暗影。

风凛冽，只有横贯全城的电线，为风的奏鸣拨着和弦。

然而，夜挡不住青春的脚步。无论多么黑，多么晚，她要去找他，找到他。

寒风吹不灭生命的火焰。无论多么冷，多么远，她要去找他，找到他，也一定能找到他。

那所古老的教堂的尖顶，在黑暗的夜空里显得庄严肃穆。沉重的铁门紧闭，微弱的路灯照见空寂荒疏的院子里未被践踏的积雪，一只残破的铜钟，在黑夜里发出不规则的沉闷响声。

芩芩没敢再往里看，快快逃开了它。小时候她上学曾常常走过这里，从那高大幽深的大厅里传来含混不清的赞美诗，总使她觉得压抑和迷茫。生活是什么呢？难道就是跪在那里忏悔和哭泣？不，生活也许更像栖息在教堂屋顶上的那群鸽子，每天早上在阳光里像雪片一样飞扬、舞蹈……就在这教堂不远的地方，有一个溜冰场。虽然冰场上总是静悄悄的，却充满着生命的活力——旋转、飞翔……

"信念……"第一次见他，听他说这个词的时候，面容几乎同这教堂一般神圣。可他就在这神圣的教堂对面，啊，一座小屋，芩芩掏出书包里的手电照了一下，这破旧不堪的倾斜的小屋，门口的积雪扫得干干净净，从窄小的窗子里露出来温暖的灯光。芩芩伸手去敲门，心不由得怦怦跳起来。

……怎么说呢？"来找你。""找我干什么？""不知道。""不知道你来干什么？要我送你回家吗？""不要！""那你来干什么？你很难过是吗？我看得出来……""不是……啊，是的，我很难过，因为听说你病了，受伤了……我来看你……"

没有人来开门。

芩芩呆呆地站了一会儿。忽然，那窄小的窗子里飞出一阵热闹的哄笑。

"真赢了吗？"

"真赢了，这还有假？我在青年宫亲眼看到的，连眼睛都没眨一眨。起初心里直发毛，那个日本人，听说几年蝉联冠军，好厉害，棋子儿捏在手里就同摆弄颗石子差不多。咱们那位毛头小伙子，外号'火鸡'，初出茅庐，还嫩着呢，替他捏把汗……"

“我知道那小子，有胆魄，去年东三省围棋赛，夺了魁首。”

“就是他，嘿嘿，没承想，他真替咱们中国人长脸，坐那儿一动不动，小眼睛一眨一个主意，没等你看清那棋是咋围上去的，嗬，对方就傻了眼，被打得落花流水了……”

“真棒！”

“哦——小火鸡万岁！替咱们争了这口气！”

“中国人到底有志气！”

“今儿过节啦！”

“……明媚的夏日里，天空多么晴朗……美丽的太阳岛多么令人神往……”有人唱起来，用脚敲着地面伴奏。

欢声、笑声、歌声，还有筷子有节奏地打着脸盆的声音，不高明的乐器声，听不出是二胡还是笛子……

芩芩禁不住轻轻踮起脚朝窗子里望去，屋里有好多年轻人，正嘻嘻哈哈闹得高兴。有两人抱着小木凳合着那歌儿的节拍在原地跳着、转着。而他，曾储，靠在屋角一铺土炕的墙上，头上扎着绷带，手里却抓着一只口琴，送到嘴边要吹，好像疼得咧了一下嘴，无可奈何地笑起来，用口琴轻轻敲着炕沿，打着拍子……

“猎手们，猎手们忘不了心爱的猎枪……”

“我们赢啦！”有人又喊。

“今天过节！”

“小火鸡万岁！”

“还有篮球、足球、排球、冰球呢！”曾储突然欠起了身子，抽出一只枕头朝天花板扔去，“我祝中国队统统打翻身仗！”枕头落在他头顶，他又把它抛上去。

“我响应……”

人们七嘴八舌地嚷嚷，有人把一只热水瓶抛上了半空，没接住，掉在地上，砰的一声巨响，炸了，银色的碎片落了一地。又是一阵大笑。

"曾储这回连开水也喝不上啦!"

"假如明年国际排球锦标赛中国队打赢，我豁出来买一个新的!"

"先灌上一瓶生啤酒开庆祝会!"

"哈哈——"

他们笑得无拘无束、无忧无虑，真诚、坦率，小小的一间屋子，充满了朝气和热情，好像一只火炉，看得见那热烈而欢快的火焰在燃烧跳跃。生活在这里，好像又完全变成了另一种样子。芩芩突然觉得自己是那么羡慕他们。她很想走进去，走到他们中间去，加入他们的谈话，那难道不是她一直所向往的吗? ……

小屋通往外屋的门那儿，似乎有一个过道。她又轻轻敲了敲门，可是仍然没有人听见。她犹豫了一会儿，试着拉了拉外屋的木门，门没有插，呀的一声开了。

她轻轻闪身走了进去。掩上门，解开头巾，靠在墙上喘了一口气。"啪——"什么东西从天花板上掉下来，差点儿打在她的头上。她抬头看，黑乎乎的天棚什么也看不清，大概是块剥落的墙皮吧，地板的每一记跳动都会使它发颤——这是芩芩对这个低矮的平房的第一印象。

屋里的人仍是丝毫没有注意到门响，他们讨论得紧张热烈。芩芩不知道自己怎么办才好。

这与其说是一间平房，更不如说是人家家里搭出来的一间偏屋。外屋的墙是倾斜的，半截的砖头露在外面龇牙咧嘴地做着鬼脸。阴湿的墙缝呼呼往里灌着冷风，屋角挂满了成串的白霜，还有两根亮晶晶的冰柱。靠近里屋的那面墙下，有一只炉子连着火墙，炉火很旺，烧着一壶开水。炉灶的另一头有一口熏得漆黑的铝锅，一块砧板和一把菜刀，窗台上搁着几个土豆和一棵冰得梆硬的白菜……

芩芩望着它们发愣，心里吸进了一股凉气。她觉得鼻子有点儿酸酸的。

"……我还是坚持我的观点，"一个鼻音很重的男声慢条斯理地说，"再优秀的人物，也是自私的。怎么说呢？他为了实现自己的理想和抱负，无论他多么任劳任怨，鞠躬尽瘁，也不过是想使自己的灵魂得到安慰。我在市青年宫组织的人生观讨论会上，也是这么说的！"

"我压根儿就不同意你的这种谬论！"一个尖尖的嗓音打断他，"照你这么说，利他只是手段，而利己才是目的啰？或者说，利他是动机，利己是潜动机啰？这是典型的市侩哲学。我认为比较完善的社会主义道德观，应该是通常所说的'利他'，是指从利他的动机出发去行动，在产生利他效果的同时，客观上达到某种意义上的利己。你能说马克思、布鲁诺、秋瑾这样一些历史上的伟人，都仅仅只是为了拯救自己的灵魂吗？使灵魂安息的办法多得很，可以去行善、布施，用不着冒着上绞架的危险。一颗渺小的心又怎么会想到为大众的利益去奋斗呢？不信你叫阿储说，他一定赞成我的！"

"我可当不了这个裁判！"那个熟悉的声音响了，叫芩芩心跳，"我这些日子倒是常常在想，中国过去过于强调目的和理论，争论来争论去，总是'为了什么'，抽象、教条而又脱离实际。我觉得应该把注意力更多地放在怎样生活上，也就是生活的手段和方法。比如一棵树，重要的是怎么长成材；一所房子，重要的是怎样盖得结实、耐用。这是实事求是的态度。因为树和房子总是要有用处。无论'为了什么'，总是为了给人类服务。这是很清楚的。所以，我比较感兴趣的是人们对待生活的态度。活着，怎样使社会变得更合理，仅仅停留在对过去的发问不能使今天的祖国富强起来……"

那个鼻音很重的男声说："可是我却不知为什么总觉得孤独、平淡，我常常听到自己的灵魂中发出同外界不协调的声音，这恐怕是世界范围内的'时代病'吧？谁能回答出'生活的意义是什么'？我看就是伟人也未必……"

他们全都轻轻地、友好地笑起来。

"我认为，回答这个问题也不那么难，重要的首先是去感受生活。"曾储说，"这既不是说教也不是空话，而是一个平凡的真理。为什么在大致相同的经历和环境中，人们对生活会有完全不同的体验呢？可见生活的平淡与否在很大程度上取决于人们自己的激情和感受。我一直这样觉得，只有在生活的深处，在对正义和真理的追求中，我们才会发现真实、善良和美……"

"好极了！"那尖尖的嗓音叫起来，他不知用什么东西当当地敲着茶杯，"曾储高见！我举手赞成！"

"你们又离题了！"一个严肃的女声抱怨说，"每次讨论经济问题，总要扯到思想啊、政治上去，好像不谈人生就活不下去了……"

"那当然啦，"一个人插言，"伟大的哲学家苏格拉底说过：未经思索的生活是不值得过的。"

"言归正传吧。说到经济问题，我最近倒有一个新的想法。"又一个声音急促地说，快得好像会计在拨弄算盘，"我认为最好的办法是应该统统种西瓜，当年种，当年吃光！再不要像前些年那样去种什么核桃树、柚子树，多少年果实也到不了嘴。高积累低效率，人民获利少，需求脱节……"

"也不能全种西瓜。"曾储反驳说，"都这样干，那就谁也吃不着核桃和柚子了。我是主张既要种西瓜又要种核桃的，只是希望核桃长得快些，让我在世时也能吃到，哪怕是它第一年结的果实……"

"上次你写的那篇《对我国经济发展的几点建议》的文章中谈到中国搞现代化方面的弱点和优势，我觉得很有道理。你能不能把优势部分着重谈谈。"有人发问。

"简单说，是这样：我们这个民族和其他东方国家一样，比较注重群体发展，讲究伦理道德。这是东方文明中值得保存的财富。西方文明则注重个体发展，讲究及时行乐。东西方文明，日本结合得比较好。日本搞市场经济，自由竞争，但同时保留了东方国家群体发展的传统，这条路是成功的。这就是集体发展的优势所在。在中国这样一个人口高密度的穷国、大国，繁荣昌盛是一个长期的历史过程，过去我们只强调集体生活，没有引进集体竞争，这是不对的，但从国情出发，恐怕仍要坚持集体生存、集体竞争、集体富裕的国策和价值观。摸索结构优化的道路，同时向生态农业过渡……"曾储不慌不忙地侃侃而谈。

"所以经济改革一定要有一个总体构思。既讲大优势和小优势，也讲避小短和避大短，对吧？"

"对！"

"时间不早了，今天就暂时先谈到这儿吧？"那个斯文的女声认真地说，"刚才分给各人的题目，假如没有意见，就分头去写，三周后交文章，再讨论。"

"可是……"有人叹了一口气，"可是我们做这些到底有多大用处呢？我自己也怀疑。我妹妹就总挖苦我，咱们这么辛辛苦苦，争得口干舌燥，怕是等不到'四化'，自己就先'化'了……"

屋子里顿时静下来，大家都不说话了。芩芩只恨自己看不到他们的神情。

"……是呀，很困难……"她听到曾储也轻轻地叹息了一声，"周围的人不理解，我们自己的力量也很弱……但不管怎样，我认为重要的不在于生活对我的态度，而在于我对生活的态度……"

芩芩拽紧了围巾。倾倒的墙、灌风的窗子、冰柱、白霜、冻土豆……重要的却不是它们对你，而是你对它们！啊，你！你真是一个谜！

"哟，忘了，开水该干锅了吧！"那个尖细的嗓音叫道，一声沉重的地板咔咔响，他急急忙忙地跑出去，差点儿撞在芩芩身上。

"芩姐！"他忽然冲芩芩喊。

芩芩愣住了。这不是"海狮"吗？他怎么跑到这儿来啦？

"你，怎么也？……""海狮"疑惑不解地问，"你认识曾储？"

芩芩不置可否地"啊"了一声，说："你呢？"

"……来听听……祥哥那儿热闹是热闹，到底没这儿有意思。""海狮"直言不讳地说，"进去呀！"

"我……"

"谁?"曾储的声音从里屋传出来,大概他还不能下地。

"走哇!""海狮"拉了她一下。

她满脸通红地出现在门口。扑进她眼帘的,首先是他额头上缠的绷带,还渗着血迹。他靠在炕头上,盖着一床薄薄的灰毯子,屋里装满了人,除了人以外就是乱七八糟一堆又一堆的书……

"是你?"她听见他轻轻问了一句,声音是惊讶的。当然,他没有想到她会来,连她自己也没有想到。

她站在那儿,不知说什么好。

屋里的人一个接一个站了起来,踮起脚偷偷地退了出去。她看见他们中间有的人胸前别着白色的校徽,有的人穿着工作服,都背着沉甸甸的书包……

有一个人走到外面又回转来趴在曾储耳边轻轻说:"那件事你放心,我们已经把你的材料直接交给报社总编辑了,也许市委调查组的人明天就到这儿来找你……好好休息。"

"没事!"他有力地伸了伸胳膊,挥了挥拳头,"我这人,不那么容易趴下,可惜拳击还没练到家,否则也不会吃这个亏。等开春了,上江沿拜个师傅,哪天再好好收拾那些尽仗势欺人的浑小子!"

你还会打架吗?芩芩惊讶地抬眼看了看曾储,他的胳膊真粗,说不定还会武术呢!看他教训那些小流氓一定精彩,他不会屈服,一定打得勇敢、顽强。芩芩喜欢勇敢的人……

他们走了,屋子里顿时静下来。只有开水壶仍然在炉子上有节奏地响着。

芩芩走到外屋去,在炉子里添了一铲煤,把炉盖盖上,拎着水壶走进来。她的眼光在桌上搜寻着杯子，却看见了一只倒扣的碗。她想把那只碗拿起来给他倒水。

"嗬，不是。"他笑笑说，"不是这只。"他侧过身从炕里面拿出一只搪瓷缸来，搪瓷缸外面的釉皮已经剥落，隐隐约约可见"上山下乡"几个字。

她把滚烫的开水递到他手上。

"你有这样的缸子吗?"他问，似乎有点儿没话找话。

"没有。"芩芩答道。她没听懂。再说确实没有。她下乡时发的红宝书，足足有六套。"还是有一个好哇。"他没头没脑地说，"什么东西都盛过，吃过，就什么都不在乎了。"

"你是说……"

"随便打个比方。"

他噗噗地吹着那开水，好久没有话说。

芩芩抬起眼皮悄悄打量这间不到十平方米的小屋，一铺城里不多见的小炕，倒是收拾得光洁整齐。一张蒙着塑料布的方桌，两只方凳，一只大得出奇没有刷过油漆的书架，书架顶上有一只草绿色的帆布提箱。这些就是全部的家具。天棚上糊着纸，斑驳的墙壁上没有任何字画，只有一张《世界地图》，还有一只旧的小提琴盒。屋角的地上有一副哑铃、一副羽毛球拍。虽然陈设简陋，可见主人兴趣之广泛。窗上拉着一块淡蓝的窗帘，像一片蓝色的晴空。窗台上摆着许多小瓦盆，长着各种各样的仙人掌。芩芩再低头一看，靠窗的地上竟也是仙人掌。有的像一个个捏紧的拳头，有的像钟乳石，还有的像小刺猬，像缠绕的古藤……

"为什么，不种点儿花呢。"她问。

"仙人掌，也开花。只是开花不易，就格外地盼望它，珍惜它……"他说，"我喜欢它，倒是因为它不需要太多的水，也不用照料，生命力总那么强……"

他不再说了，朝墙那边偏过脸去。

"头疼，是吗？"芩芩关切地问。她很想为他做点儿什么，像那次钉扣子，但她没说出来："……伤得重不重？"

"没关系。"他笑了笑，却咧了一下嘴。

"要不要我帮你做点儿什么？"芩芩不好意思地说。她又看见了那只倒扣的白碗。

"不用了，他们刚才下、下了面条……"

芩芩用一根手指轻轻拭着碗边上的浮灰。碗已经很旧了，有好几道细细的裂纹，碗底结着油垢。它究竟为什么扣着？为什么？难道它是个古董吗？再不就是个祭器？真奇怪。你为什么不说话？你也许很疲倦。可是，也许……也许那天傍晚应该让你送我回家的……

忽然芩芩的座位下面发出了一阵窸窣的响声。

芩芩吓了一跳，手一哆嗦，胳膊一伸，那只碗就当地掉到地上去了。它在地上转了两个圈儿，居然没有破碎，骨碌碌钻到桌子底下去。

"你……"曾储突然瞪圆了眼睛，涨红了脸，"你看多悬，就差一点儿！"

他掀开毯子，自己挣扎着走下地来捡碗，弯下身子到桌子底下摸了半天，总算把那只碗掏出来了。他又对着灯光小心翼翼地照了半天，松了口气，把它又翻过来，扣在原来的地方。他坐到炕上又歪着把它打量了半天，好像在鉴别一件什么稀世珍宝。

芩芩大大地奇怪起来。她万万没想到曾储竟然会是这样"小气"的人。假如是一件玉雕，即使只磕碰一下，芩芩也会主动道歉，可这只是一只粗瓷碗。一只碗有什么了不起的？大不了去买一个赔你。她赌气扭过身去看那一排仙人掌，心里觉得有点儿失望。

"真对不起。"他忽然说道，一只手使劲地抓着自己的头发，"没想到……对你发火……我这个人，好激动……好动感情，改不掉……唉，算了……噢，你生气了吗？"

"嗯？"芩芩转过脸来，"没，没有。"

"……刚才，实在不知是怎么回事。假如你知道这只碗，你也许……就不会怪我了……让我为自己辩护一次吧……"他的声音很低，有点儿难为情，"一个人常常要做错事，随时随地都可能……"

这只平常的碗还有什么故事？说真的，假如我没有无意中把它推到地上去，你是什么也不会告诉我的。我宁可你对我发脾气，感谢屋角窜动的耗子弄出来的那一记响声……

他的眼睛望着窗台的仙人掌，目光变得温柔而迷茫……

"……你也许不知道，我并不是东北人。十六岁以前，我一直在苏北的一个小镇上。大概是人说的命不好，我母亲在我三岁的时候就得病死了。很快来了一个后妈，她有了自己的孩子以后，待我很不好。每次吃饭，她都在饭桌下用脚踢她的孩子，让他们快点儿吃，吃得多些，有好东西也总是偷偷地给他们留起来。起初我不知道，后来她的孩子自己对我说了，我的自尊心受到了伤害。我每天要去割草来喂鹅，全家的烧柴都归我一个人到山上去砍，砍了再担回来。我长到十二岁，还没有穿过一双新鞋。但是我读书一直很用功。十四岁那年，我考上了县中，就搬出家来到学校里去住了。那时候只要考试成绩好，就有助学金，我用助学金交学费。每年寒暑假，就出去帮人家做工、拉纤、撑船、卸货、打石子……什么都干。学校的老师心肠挺好，每个学期都发给我助学金，这样我每月吃饭的钱就差不多够了……啊，这个开场白太长了，你该厌烦了吧？"

"不……"芩芩只希望他讲下去。

"……有一年过五一节，同学们都回家了，我无家可回。一个同学没有路费，我把身上仅有的七毛钱都给了他。偏偏不知什么人偷走了我的饭菜票，我连吃饭的钱也没有了，而全校一个认识的同学也没有，县城的同学家，我又不愿去。我就只好饿着肚子在教室里坐着，后来抱着一点儿侥幸心理翻着自己的抽屉，忽然从一个本子里掉出来一个硬币，我一看是五分钱，真是高兴极了。我赶快跑到街上的一个小饭店，用这五分钱买了二两白米饭。我很饿，恨不得一口都吞到肚子里去。我吃了两口，想起饭店里常常有一个桶装着不要钱的咸菜汤，可是找找那桶又没有。我就端着碗走过去问服务员："大姊，有清汤没有？"她看了我一眼，指指后院。我走出去一看，后院里桶倒有一只，盛着泔水……我当时又气又恨，从小没娘的孩子脾气总是倔的，不像现在，经过许多年的坎坷，硬是给磨圆了许多。那时我觉得自己受了侮辱，我受不了这样的奚落，尽管肚子饿得咕咕直叫，却走到那个服务员面前，啪地把一碗饭全扣在桌上，然后昂着脖子走了出去。我刚刚走出饭店门口，又饿又气又急就昏倒在地上。等我醒过来的时候，发现自己躺在马路旁边的一块石板上，一个老头儿端着一碗馄饨守在我的身边，正一口一口地喂我。他的指甲很长，衣服也很破、很脏。我认得他，他是这一带的乞丐，是被媳妇从家里赶出来的……我喝着那一毛钱一碗的馄饨汤，眼泪扑簌簌落在碗里。我猛地爬起来给他磕了一个头，把这只碗夹在怀里，一边哭一边跑了……从此以后，这只碗就留在我身边……我常常想，生活大概也是这样，有坏人也有好人，既不像我们原先想象的那么好，也不像后来在绝望中认为的那么坏。人类社会走了几千年，走到今天，总是在善与恶的搏斗中交替进行……我忘不了那个乞丐，他使我懂得了生活……"

真没想到一个平平常常的碗里盛着深奥的哲理，也没想到你会有那样凄苦的童年。假如换一个人会怎么样？会因那一桶泔水把整个世界都看得混混沌沌？五分钱一碗白米饭，天哪，我没有过这样的日子，我比你幸福多了，不，也许应该说，你比我幸福。因为你受了那么多的苦难，还保留了一颗美好的心。你为什么没有堕落，没有沉沦呢？后来你是怎么活过来的？不要回避我的目光，假如你不讨厌我，把一切都告诉我吧，我愿在这里坐到天明……

"后来？……"她问。她恍恍惚惚地好像跟他来到了那没有见过的贫瘠的苏北……

"后来，反正就是这样……没什么好说的了。"他戛然止住了话头，似乎除了这只碗以外，再不愿多说一句。

"你怎么到了东北？"

"……也很简单……到中学二年级那年，我的一个亲舅舅，知道了我的境况，就把我接到他这儿来读书。他是个技术员，大学毕业分配到东北来工作的，在这里安了家。他教我溜冰，给我买书，那是我一生中最愉快的两年……"他的眼睛里放出了光彩，却转瞬即逝了，"……后来就'文化大革命'了……我下了乡，刚下乡的第二年，舅舅的工厂就内迁了，离开了哈尔滨。我在农场种了几年地，工农兵学员当然不够格，办返城也没条件，直到七六年才招工回城。其实在农场干也不坏，我是想研究国营农场的经营体制的，可是偏偏和分场场长不对付，他千方百计帮我找门子，让招工的把我'赶'回城里了，何况那时，我先前的女朋友，也催我回城……就是这样，三分钟履历，不是没什么好说的吗？"

他说得多么轻松、自在。十年辛酸，都在轻轻一笑中烟消云散了。

"那你……没考大学什么的吗？"芩芩问。这是她一直憋在心里的一个疑团。

"嘿嘿，"他笑起来，"我这人大概生来倒霉。七七年、七八年两年招生我都关着受审查，没赶上。去年是最后一年，头两天考得还挺顺利，第三天一大早出门，一边骑车一边还在背题，没留神撞上了一个老太太，坐马路上起不来了。想溜掉吧，到底不忍心，只好送她上医院。等完了事再赶去考场，打下课铃了……"

芩芩紧紧咬着嘴唇，许久没有作声。在她的生活中，还没有见过曾储这样的人。没有。傅云祥是一个走运的人，而他，却是一个不走运的人。她真要为他的不幸痛哭、呐喊、愤怒地呼吁。生活就是这样不分青红皂白地把每一个"契机"不公平地分配给每一个人，造成了社会的"内分泌紊乱"。而他，一个尝过人世间冷遇的人，竟然还对生活抱着这样的热情。如果不是芩芩亲眼见到，她一定会以为这是小说……

夜很静了，听到远处火车汽笛的鸣叫。时间很晚了，你该走了。为什么还不愿走？你心里不是有许多话要对他说吗？他吃过那么多苦，一定什么样的重负都能承担。告诉他吧，他会告诉你今后的路怎么走……

他伸手抓过桌上的闹钟，咔咔地上弦。他在提醒你该走了。他很疲倦了，头上的绷带还渗着血。可他那双乌黑的眼睛里没有愁容。难道在这双眼睛里，生活给予他所有的忧患都在一片宽广的视野里化作了远方的希冀？

"真抱歉，今天不能送你回家了……"他把闹钟放在桌上，"你对经济问题感兴趣吗？假如……"

"不！"芩芩站起来。"你真是个傻瓜！"她想喊，"我对什么也不感兴趣。感兴趣的只是你，你！你是一个谜，我要把你解开，就为了你告诉我那棵树的价值，我也要给你讲故事，讲一个照相馆的故事、一个馄饨店的故事、一个集市贸易的故事、一个……算了吧，我算什么？我那一切一切的悲哀、一切一切的痛苦加起来的总和，还装不满你的一只碗。我还有什么值得诉说的忧伤呢？人们总以为自己很苦、很不幸，不停地抱怨、哀叹……岂知这世上，最不幸的是那些无处可以诉说自己痛苦的人。奇怪的是他们却并不想诉说什么，而默默地忍辱负重，任劳任怨……"

"再见！"芩芩低声说，看着自己锃亮的皮鞋尖，她的声音颤抖了。

"如果你需要我……"她在心里无声地说。嘴唇动了一下，又紧紧抿上了。

门在身后呀地关上了。小屋温暖的灯光，从窄小的窗子里射出去，在黑暗的小胡同里闪耀。教堂那巨大的暗影，在晴朗的夜空里，依然庄严肃穆，只是在那微弱的灯光下，失掉了先前的神秘。

"信念……啊，信仰……"芩芩对自己说，"无论如何，生活总不应是跪在上帝面前祈祷和乞求……"

十

芩芩醒了。

梦中的幻象似乎还没有完全从眼前消失：她骑在一匹小鹿光滑而温暖的脊背上，飞掠过无边无际的原野。雪地里长满了绿色的仙人掌，仙人掌那有刺的大手轻轻地抚弄着小鹿身上金色的梅花，于是那梅花绽开了，飞起来了，变成了漫天飞舞的雪花……

她睁开了眼睛。

天刚蒙蒙亮。窗外依稀的晨光中，什么东西在闪烁。啊，那不是梦，是雪花在飞舞，又下雪了。

雪下得好大，窗外白茫茫一片，连院子里几棵高大的白桦树也望不见了。灰蒙蒙的天空像一块锌板，压得人喘不过气。那雪花，好像在沉重地下坠，跌落在地面上，再也挣扎不起来，如她的一颗心……

谁说雪花是轻松的呢？在西伯利亚发生过暴风雪掩埋整个村庄的事情；在天山常有雪崩；在农场，大雪压塌过牲口棚；在这个城市，有一年，电车在雪墙里行驶……啊，大雪，你一层压一层，越积越厚，真像人心上那无穷无尽的忧虑，再也不会融化……

她睡不着了。家人熟睡的鼾声此起彼落，昨夜不愉快的情景又出现在她眼前。

先是妈妈发疯般的冲进来，乒乒乓乓地摔得满屋子的家什叮当直响，指着她的鼻子骂道："你不嫌丢人，我还嫌丢人呢！你要想同他黄了，算我白养你这个闺女！"妈妈又哭又骂地闹到半夜；爸爸早已戒烟，昨晚上又一支接一支地抽起来，长吁短叹，一口一个："好端端的，弄出这样的事，你叫我怎么见人？叫我怎么见人？"然后是傅云祥全家出动，浩浩荡荡，大驾光临。他的母亲列举了三十二条理由证明傅云祥无辜受骗，陆芩芩要对傅云祥和他的全家所蒙受的耻辱、丧失的名誉做出赔偿。他的姐姐像个泼妇似的站在屋子中央，从她嘴里喷出来一团团墨汁般的污水，劈头盖脸向芩芩泼来："你去另找吧，看你能再找个什么得意的来。就你那样的，找大学生是矬子；找技术员是个聋子；找工程师是瘸子；找教授？哼，教授一堆孩子……我睁着眼睛看着呢，看你陆芩芩眼高，能攀个啥高枝，可惜心比天高，命比纸薄，甩了傅云祥，怕还没人要呢……"

芩芩打定主意不吭声，由他们闹去。她冷冷坐在那儿，毫无表情。他们闹到半夜，芩芩的爸爸妈妈不知赔了多少笑脸，讲了多少好话，一帮人才总算骂骂咧咧地走了。芩芩想到爸爸妈妈为此将要遭到的舆论谴责，心里倒有些难过起来。她又气又急，扑在墙上啜泣不已。他们走了以后，闻讯赶来的大姑又劝了她两个小时，翻来覆去，无非就是那一句话："你再能耐个人，也不能不嫁人，嫁了人，好歹就是过日子。过日子，傅云祥哪点儿不好！"

"我就不嫁他！"芩芩在心里喊，"我情愿一个人过一辈子！你们谁也不明白我！"她心里憋得慌，只好哭。

大姑唠唠叨叨地走了。芩芩心疼这快六十岁的人为自己的事连夜赶来，抹着眼泪送她到楼下大门口。

门外的路灯下站着一个人，在寒风中缩着脖子，来回地走动。等她的大姑走远，他迎上来。

"你站住！"他叫她，嘶哑的声音里露着凶狠。是傅云祥。他们全家出动，唯独他没有露面。

芩芩站住了。

他走上来，一只手插在棉袄口袋里，一只手藏在身背后，呼哧呼哧地喘着粗气。

"你真想跟我黄啦？为啥不早说？我傅云祥哪一点儿地方对不起你？你，你也太过分了……"

芩芩抬起眼睛望着他，轻轻说："……你知道，一个人想明白一件事，弄懂一句话，要时间……你没有对不起我，我只是怕对不起你也对不起自己……"

哐啷！什么东西掉在地上了，是金属的声音。

扑通！他跪在她脚下的雪地上，抱住了她的腿。"芩芩……你……回心转意吧……咱们还好……我，不会……"

芩芩的腿在发颤，她闻到了他头发上发蜡的香味。她轻轻叹了一口气，拨开了傅云祥的手。她不知道自己是怎么走回来的，跌跌撞撞，脚步踩得雪地咔咔直响。她扑进房间，回头看见路灯下的人还站着……

现在天亮了，路灯下的人影已经不见了。昨夜的脚印，已让一场新雪覆盖，再也找不到它们……

然而，人生的脚印，却是没有什么东西可以覆盖的。它走一步，就留下了一步的足迹，无论正的、歪的、斜的、倒退的、朝前的，都会永远地留在你生命的史册上，为你一生的成败做最后的鉴定。那一步假如歪了，你即使更改过来，它也留下了歪斜的印痕……你苦苦挣扎为的是什么？你以为那谣言、谩骂真的不会吃了你吗？轻飘的雪花还能压断大树，而你只是一株柔弱的小草，一阵风来就可以把你连根拔起……

芩芩忽然神经质地从床上跳下来。

她迅速套上了衣服，马马虎虎地擦了一把脸，蹑手蹑脚地打开门走了出去。

　　风真大，少有的大风，刮得雪片横飞漫卷，迎面扑来，呛得人睁不开眼睛。眼睛胀得发疼，是昨晚哭得红肿。芩芩在雪地里疾走，有好几次差点儿摔跤。她的红围巾上披了一层厚厚的雪花，眼睫毛上却闪耀着晶莹的雪水……路边那俄式别墅全玻璃的花房、绿色的栅栏，都隐没在茫茫的飞雪中了，城市重又变得洁净……望得见傅云祥家的二层楼房了，那狭长的梯形小窗、花格子阳台，仍然像是一个童话，是一个你一踏进门即刻消失的童话……

　　"我回来了。"芩芩毫无知觉地朝前走着，木然自语，"无论如何，你还算是一个好人。我一点儿都不怪你，只怪我自己。我除了回来，没别的出路。虽然我明知结婚——作为把命运联系在一起的终身伴侣，是不应凑合，不应将就的。可我仍然只能以失败告终。理想是云彩，而生活是沼泽地。离开了那个破旧的小屋，我的勇气就丧失殆尽了。我不是不清楚，这样结合的婚姻只能是加快走向坟墓的进度。原谅我这样说，我一直无法摆脱这个感觉。我和你在一起并不快活，我从来没尝过爱情的甜蜜，这是事实。我不爱你，我也不知道你是否真的爱我，或许你的爱就是那样的吧。我欺骗了自己很久，强迫自己相信那只是我的错觉，结果也欺骗了你。虽然我从没想过要欺骗人，可是这种感觉却一天比一天更强烈地笼罩了我。人是不应该自欺欺人的，无论真实多么令人痛苦……

　　"人活着到底是为什么呢？人生的意义到底是什么？我想得头疼、头昏、发炸。可是我没有找到回答。也许永远也找不到。

但我不愿像现在这样活着。我想活得更有意义些，这需要吃苦，需要去做许许多多实际的努力，而在事先又不可能得到成功的保证。我知道这在你是绝不愿意的。可是我看到了在你和我的生活之外，还有另一种生活；在你以外，还有另一种人。假如你看见过，你就会对自己发生怀疑，你会觉得羞愧，会觉得生活完全不应是现在这个样子……这十年无论多么艰难曲折，总有人找到了光明的去处；这十年的荒火无论留下了多么厚的灰烬，那黑色的焦土中总要滋生新的绿芽，从中飞出美丽的金凤凰……啊，也许不会，你什么也不会想到，这就是你，这也是我们走到今天终究要分手的原因……原谅我吧，原谅我。我记得你给过我的所有关心，可是我却不能爱你……假如社会能早些像现在这样关心我们，不仅给我们打开眼界和思路，而且为我们打开社交的大门，假如这一切变化早些来到我们心上，假如我早些知道自己应该怎样去生活，也许这样的事就不会发生了……道德、良心，啊，从此我将要承受多么沉重而又无可推卸的负担哪。不不，我没有力量承受，我会被压垮的，我会毁掉的，所以我只好回来了……你会原谅我吗？……我干了一件蠢事，只好自作自受……"

她摘下手套，伸出手去按门铃。

门铃很高，台阶上落满了雪。她的脚底滑了一下，手套掉在地上的白雪上了。

一只墨绿色的呢面手套，是芩芩自己用碎布拼做的，厚实而暖和。她捡起它来，手套上沾满了雪沫。她拍着雪，忽然愣住了——她觉得这不是手套，很像是一盆绿色的仙人掌。

她猛地把手套抱在自己胸口，她听见心的狂跳。

房子的走廊里传出了收音机的广告节目。他们已经起床了。

门铃就在头顶，踮起脚就可以按着。

可是台阶上突然摆满了仙人掌。

有脚步朝门口走过来了。

芩芩抬头看了一眼门铃，怔在那里。

门锁在咔咔地响，插销在响。

她忽然转身跳下了台阶，跳在雪地上。她险些儿又滑倒，却紧紧抱着她的手套，飞快地跑起来。

"芩芩——"她听见身后粗鲁而绝望的叫喊。

雪还在下着。它们曾经从广袤的大地向上升腾，在净化的渴望中重新被污染，然后又在高空的低温下得到晶莹的再生——它们从高高的天际飘飞下来，带来了当今世界上多少新奇的消息！

啊，仙人掌，你不在积雪的路边，也不在芩芩的胸口，而在这里，在这破败的小屋的窗台上，一盆盆、一簇簇，苍翠、挺拔，像手掌、像拳头、像手指，也像手腕……是手，凡人的手，普通人的手，创造生活的手，而不是什么仙人掌。你有刺，可你多么有力，你是会改变一切的，当然会改变，只是唯独不能改变自己的命运……

"我来了！"芩芩急切地喊。她没有敲门，径直闯了进去。"我来了！"她焦灼地喊，站在屋子中央，"假如你需要我……"她说过。可是不，不是。是她需要他。去按门铃的一瞬间她才真正明白了自己。"我来了……"她讷讷地自语，却为这空无一人的小屋的嗡嗡回声感到凄寂怅惘。

门开着，薄薄的被褥叠得整整齐齐，却没有人。仙人掌在举手向她致意，或许是说再见。

她颓然跌坐在凳子上，腰骨震得生疼。

桌上是一堆打开的书，杂乱无章地叠在一起，露出夹在书页里的小纸条。她瞟了一眼，发现那都是关于经济问题的论著。书的最底下压着一沓狭长的白纸，写着黑压压的小字，好像是一篇文章的手稿。芩芩注意到那白纸似乎是从什么地方裁下来的毛边，废品商店有论斤卖的。书稿中露出那只倒扣的蓝边粗瓷白碗，旁边压着一本很旧的笔记本。

闹钟在嘀嗒走着。芩芩坐着有点儿发闷，抬头对了一下表，钟很旧，却走得很准。

她猜想他是出去吃早点了。她的目光停留在那本灰色的笔记本封面上，犹豫了一下，终于忍不住拿起来。

啪，什么东西从本子里掉出来，好像是一块旧布头，还有一张发黄的纸片。

芩芩好奇地打开那块一尺见方的布头来看，她的心骤然缩紧了。

白布上有一行歪歪扭扭的血写的字迹，由于时间而显得发黑和模糊，隐约可辨这么几个字："誓死捍卫……曾储1966年"。

这是一份血书。这么说当年他也写过血书？用牙齿咬破手指，用小刀扎进皮肤，滴下来点点忠诚的鲜血……这么说他也曾经有过狂热的年代，有过迷信，有过受骗，有过……血书是历史真实的记录，凡是从这块土地上长大的青年会犯过的错误他都有过；凡是一颗真诚的心会经历的苦痛他都经历过。可他为什么竟然没有从此一蹶不振呢？为什么没有万念俱灰、沉沦、堕落？

她抓起另一张纸片来看，脸上愀然作色了。

假如她没有看错，这是一张遗书。千真万确，上面用毛笔写着几个字："别了！生活！——曾储1970年。"

奇怪的是，生活两个字被加上了圆圈，在"1970年"的下面，还有几个用钢笔写的阿拉伯字：1971，一个细长的箭头指着"别了"那两个字。

这是什么意思呢？芩芩看不懂，那明明是一份遗书，他却活下来了，活得这么乐观，兴致勃勃。像这仙人掌，不需要很多的水，耐饥耐旱，顽强，固执……他到底怎么活过来的呢？是什么样绝望的悲伤使他产生过死的念头？他总是一个谜，你不能理解他，就永远解不开这个谜底……

门呀的一声被轻轻推开了，伸进来一个小脑袋。

"曾哥在家吗？"是一个小男孩儿，顶多不过八九岁，胖乎乎的脸蛋，怪好玩的。

"进来。"芩芩招呼他，"找他有事吗？"

"有事。"那孩子腮上挂着泪痕，哭哭唧唧地说，"我哥踢球把王奶奶家的玻璃打坏了，反赖我。我妈向着我哥，我让曾哥评理。上回我妈同魏大娘干仗，就是让曾哥评理的……"

"哦？"芩芩觉得有点儿好笑，"你曾哥，是人民代表吗？"

"代表？不，不代表。"孩子想了想，晃晃脑袋，"可他啥都管。"

"哼，管到我头上来了！也不睁眼瞧瞧我是谁？我魏老娘可不是好惹的！"一阵连珠炮般的骂声从窗外飞进来，虽然看不见人影，也能想象出一个泼辣的中年妇女，两手叉腰站在路上，冲着这边叫道，"我的垃圾爱倒哪儿倒哪儿，用不着你来告诉！吃饱了撑的，见天多管闲事……"

"魏大婶，这就是你的不是了。"一个白发苍苍的老太太颤巍巍地出现在小窗口，怀里抱着一包东西，"你那垃圾倒的不是地方，光知自个儿图省事，哪回不是小曾子帮你收拾掉的？一年三百六十五天，人也该有个明白的时候，你还好意思在这儿咋呼……"

"我……哼……他帮我收拾，他这是愿意！"

"哎，别走，魏大婶……"芩芩听见了那个她等待已久的熟悉的声音。脚步咔咔踩着雪走过来，在小窗外站住了，他笑呵呵地说："咱们干脆说清楚了，您要再往这块儿倒垃圾，我就让街坊大伙往上倒脏水，在你门前冻上一座冰山，开春儿够你瞧的！还不是你自个儿倒霉……"

"曾哥回来！"那孩子扑出门去。

"这号人，就得这么治她！"他扶着那白发苍苍的老太太走进来，脸冻得通红，眉毛上都挂着白霜，手里抓着一只咬了一半的火烧，衣袋里露出一只拆开的信封。老太太把怀里的东西小心翼翼地放在锅台上，原来是几只热腾腾、黄澄澄的黏豆包。

"快趁热吃！刚从乡下捎来的。"老太太慈祥地望着他，"伤没好利索，就起来啦？"

"好啦！"他把鼻子凑上去闻了闻，"真香！怪馋人的！王奶奶最疼我！哎，你家房子的事有消息没有？"

他们都没有看见站在里屋门边的芩芩。

"跑了多少次房管局了，还没消息。唉……"老太太叹了口气，"白耽误你的时间，写了多少张申请，没个答复。石头扔水里还听个响，唉，一家七口人住九平方米，还硬是不给落实……真恨死个人了！"

"别生气，王奶奶，着急上火也不管用，您如有事尽管找我。写十次八次不顶用，咱们磨它几十次几百次，不怕它不解决。真不行，哪天陪您老找区里告他们去！"

"哎哎……"老太太用袖管擦了擦眼角，"……快吃吧，好孩子……黏豆包……没啥好玩意儿……明知道同你说这些事，你也没能耐帮俺的忙，可也奇怪，同你说说，心里就痛快，就敞亮了……"

"进屋坐会儿再走吧，看我都忘了让您坐……"他扶着老太太要进里屋，一回身这才看见了芩芩。

"是你？……"他惊讶地张大了嘴，眉心掠过一丝惊喜。

王奶奶善意地望着她笑起来，领着那孩子悄悄走了出去。

芩芩使劲摸着自己的围巾。她觉得自己的手心冒汗了。为什么这么紧张？也许应该坦然地笑一笑……

"我来了……"她喃喃地说，"我要把一切都告诉你……"

他望着她，眼光是严肃而亲切的。

"……我都知道了，"他打断了她，"是小海狮告诉我的……没什么……如果你遇到了困难，无论什么时候……"

无论什么时候？将来吗？不，芩芩要的是现在，是此时此刻。

"嗵……"是铁钩子捅煤炉的声音。他不见了，在外屋添煤，捅得那么用劲。煤呼地着起来，好像静夜中原野上驶过的火车，隆隆地响。火车开走了，风驰电掣，驶过那一个个开满鲜花的小站，没有停留……

"你不要担心，大家都会帮助你的！"他在外屋大声嚷嚷，"一个人没有痛苦，就不会有欢乐……只要还能感到痛苦，心就没有麻木，生活里就还有希望……这种痛苦越是强烈，一个人的生命就越旺盛……你说对不对？"

他走进来，鼻尖上沾着一点儿煤灰。

"你说对不对？"他又兴致勃勃地问了一遍。

芩芩勉强点了点头。她转过脸去，怕自己哭出声来。两颗晶莹的泪，落在她手里那张遗书上，她还没有来得及把它们放好。

"啊……你看见了……"他轻轻自语。

"为什么？为什么？"芩芩急切地抖动手里的那张纸片问道，"十年了，你还留着它们……"

他像孩子似的笑了笑，露出了一脸的稚气。

"为什么不留着！孔夫子还说，温故而知新……"

"别了——为什么要告别？为什么又没有？……"

"因为绝望——一个人一生总会遇到这样的时候，况且是我们这一代人。具体为了什么事产生要'别了'的念头，有点儿记不清了。或许是为受了委屈、侮辱、欺负，或许是为了一句话……后来又为什么没有，也讲不太清楚。很简单，也许是在树林子里看到了一只飞跑过的小鹿，在水边看见了一个小姑娘在专心致志地采花……生活，不会总是这样……否则，要我们活着干什么？……"

"可是，你在'生活'两个字上加上圆圈，'别了'的箭头指着一九七一年——可为什么仍然没有'别了'呢？"

"谁说没有？"他的口气突然严肃起来，"别了——同自己的过去告别。七一年那一次思想危机，才真正开始了我人生道路上的一个新阶段。打一个比方，有一点儿像……像亚瑟偷偷地坐上小船逃走，小说翻到了第二部……"

"可是你为什么没有堕落？你总是那么不顺利……"

他苦笑了一下："堕落？怎么会没有？我曾有好几次走到过堕落的边缘，只是没有掉下去……我从监狱出来后，听说她……

噢，你不知道，就是我以前的女友……结婚了……我痛苦得几乎要发疯……跑到她那儿去……我的血在沸腾，仇恨的火焰在燃烧，那时是什么事情都做得出来的……可是，隔着玻璃窗，我看见她坐在床边晃着一只摇篮，在摇她刚刚出生的婴儿，神态那么安详、宁静……我的心颤动了。我悄悄地逃走了……每个人都有他自认为的幸福，人生来就有追求幸福的欲望和权利，只要妨碍这种幸福实现的社会条件还存在，或是实现这种幸福的客观条件还没有全部具备，我们就不可能指望在某一个人身上得到偿还和报复……我们要做的事情太多了，需要指责和憎恨的不是她，而是十年动乱，是极'左'，是愚昧和其他一切丑恶……"

芩芩忽然气喘吁吁地打断了他，没头没脑地说："你知道北极光吗？"

"北极光？"他有点儿莫名其妙。

"是的，北极光！低纬度地区罕见的一种瑰丽的天空现象，呼玛、漠河一带都曾经出现过，像闪电、像火焰、像巨大的彗星、像银色的波涛、像虹、像霞……"她一口气说下去，"真的，你见过吗？听说过吗？我想你一定听说过……你知道我多么想见一见它。小时候舅舅告诉过我，它是那么神奇美丽，谁要是能见到它，谁就会得到幸福……真的……"

他眯起眼睛，亲切地笑起来。

"你真是个小姑娘。"他哗啦一下拉开了窗帘，阳光映着雪的反光，顿时把这简陋的小屋照得通亮，"我想起来，十年前，我也曾经对这神奇而美丽的北极光入迷过……我是喜欢天文的，记得我刚到农场的第一天，就一个人偷偷跑到原野上去观测这宏伟的天空奇观，结果当然是什么也没有看到……我问了许多当地人，他们也都说没见过，不知道……我曾经很失望，甚至很沮丧……但是无论我们多么失望，科学证明北极光确实是出现过的。我看过图片资料，它比我们所见到过的任何天空现象都要美……无论你见没见过它，承认不承认它，它总是存在的。在我们的一生中，也许能见到，也许见不到，但它总是会出现的……"

他的目光移向窗台上的仙人掌，沉吟了一会儿，又说："……我现在已经不像小时候那么急切地想见到它了。我每天在修暖气管，一根根地检查、修理，修不好就拆掉了重装……这是很具体的劳动，很实际的生活，对不对？它们虽然不发光，却也发热呀……"

阳光从结满冰凌的玻璃上透进来，在斑驳不平的墙上跳跃。那冰凌花真像北极光吗？变幻不定的光束、光斑、光弧、光幕、光冕……不不，北极光一定比这更美上无数倍，也许谁也没见过它，但它确实是有过的。也许这中间将要间隔很久很久，等待很长很长，但它一定会出现的。

"谢谢你！"芩芩说。她的眼睛望着他胸前那亮闪闪的小鹿。"谢谢——"她哽咽了。她多么希望能紧紧地握一握他的手，他的手一定是温暖而有力的。

"咱们到外面去走走……刚下过雪。"他局促不安地提议，"我，好久没去江边了……看见了吗？又是退稿，社会科学院的退稿信。"他摸出衣袋里那只拆开的信封，递给她。"不过没关系，我还要写，我相信自己的想法是对的。也许因为表达得不够准确，暂时还不能为人接受……"

"还写吗？"

"是的。"那声音斩钉截铁。

"……你的伤……好些了吗?"她清醒过来,这才想起来问。

"没问题。"他晃了晃脑袋,"一点儿外伤,没事!活动一下好……你对经济问题感兴趣吗?欢迎你常来参加我们的讨论……世界大得很,听说上海缝纫机厂有一批青年,专门研究现代化的企业管理,写出了有关弹性工作体系和作业指导等方面的书……"

芩芩心里忽地涌上了一阵暖暖的柔情。

夏日里宽阔的松花江,此时像一片无边无际的白雪皑皑的原野。马车的铃声在远远地响着,只看得见那蠕动的黑点儿,好像童话里飞奔而来的十一匹马拉的雪橇……

一个穿着金黄色滑雪衫的小男孩儿,伏在一只崭新的木头冰橇上,像燕子,又像飞机一样从高高的冰台上掠下来,顺着冰橇的跑道,一直滑出去老远,快滑到江心上。后面的一个,冲下冰台后,冰橇却一直打着圈圈转,冷冽的风中传来他们咯咯的笑声……

曾储捧起一团雪,用力一挥手扬了出去,风儿却把它们挡回来,扬了他满头满脸。他紧跑几步,身子向后一仰,打了一个"出溜滑",像孩子似的开心地笑起来。

"你总是这样吗?好像从来没有忧愁……"

芩芩蹲在地上发问。她仔细地看着冰橇的跑道两边刚刚被打扫出来的一块冰面。冰是透明的,呈现着一种晶莹的绿色,好像一眼能望见冰层底下流动的江水,望见江底鱼儿自由地游动……

他抓起一把雪很快地搓着手背,搓了好一会儿才说:"忧愁?为了让人家同情你吗?我不要。也许……因为我从来就这么不走运……在物质生活上,我从来没有得到过什么,所以也无所谓失去。我不像有许多人可以抱怨命运,我好像连抱怨的资格也没有。一个人假如不能自拔于困境，也会流于庸俗。更何况，人活着……总不能仅仅为了自己……我宁可撞死在自己的理想上，也决不回头……"

他忽然惊喜地指了指前方："你看——冰帆！"

芩芩看见在不远的江面上，疾驶着一行鼓满风帆的船。小小的船只高高的桅杆上，挂着一面面三角形的白帆。她看清了，原来船身的甲板只是一根粗大的木方，下面安着两根三角形的铁轴。风吹动白帆，铁轴就迅速地在冰道上向前滑行……每只船上都坐着一群兴高采烈的孩子，戴着漂亮的滑雪帽，不时发出一声声惊呼……

他们情不自禁地朝着冰帆跑去。

"可我还是盼望春天！"芩芩忽然站住了。她的脸让风吹得通红，围巾在脖子上飘动。她凝视着曾储那乌亮的眼睛，大声说："开江了以后，我们来划船好吗？你会划船吗？"

"当然会！"他点点头，掀起了皮帽的帽檐儿，"我也盼望春天……可是，从开江到真正的春天到来，还有一段泥泞而漫长的道路……解冻的地面也许布满陷坑，但充满生机。要走过这一段刚刚开化的路，真不容易……不过我相信我们会走过去的。"

"可是我不会划船。"芩芩不好意思地说，"以前，我总是害怕……"

"为什么要害怕？我来教你！还有游泳，都能学会。你不想横渡松花江吗？毕竟，只是盐才会溶化在水里，而石头却永远不会……这点我算想明白了！"

又有一个穿红棉袄的小女孩坐在冰橇上飞下来，像一个红色的绒线球，一直延伸到江心，又好像一道彩虹，要横贯整个江面。那不是红绒球，是芩芩小时候的滑雪帽，是旋转的冰鞋……而那一切是多么遥远了呀，远得好像那神奇的北极光，看不清，摸不着，只在无比深邃的天际闪耀，照亮了宇宙的一个小小的角落。

芩芩眨了眨眼睛，那炫目迷人的光泽消失了。有一只，不，有一群轻捷的小鹿，在雪地上不知疲倦地奔走，扬起了一道道迷蒙的雪雾……啊，那不是鹿群，而是几匹健壮的枣红马，正嘚嘚地从江面迎面跑来，拉着沉重的马车，芩芩和曾储以前在农场劳动时都坐过无数次的那种结实的马车。她眯起眼睛，看见马车满载的货包上覆盖的一层新雪，在阳光下闪耀着质朴的光……

《收获》1981年第3期